KB060063

숲의
아이들

숲의
아이들

박주영
장편소설

문학동네

차 례

밤의 숲

언제부턴가 세상의 모든 인사는 작별 인사
—박소란,「안부」[*]

저녁이 오고 우리는 정원으로 나갔다.

밤의 숲으로 가기 전 돌아보아야 할 것들……

현관의 백열등을 켜고 새벽까지 먹고 마신 테이블을 치워야 한다. 비워진 유리병, 작은 크리스털 컵 둘, 와인글라스 하나. 누군가 테이블을 닦다가 급하게 사라진 듯 행주가 움켜쥔 모양 그대로 테이블 모서리에 놓여 있다. 조촐한 테이블, 우리가 잠이 든 사이 누군가가 가만가만 조용조용 이 테이블을 치웠다. 새벽의 흔적은

---

[*]『심장에 가까운 말』(창비, 2019)

두 개의 컵, 하나의 와인글라스로만 남았다.

우리는 이제 곧 밤의 숲으로 가야 한다.

그러나 아직 밤은 오지 않았고 어둠은 새벽의 결정을 실행시키기에 충분하지 않다. 잔 셋, 이제 우리는 둘. 서서히 밤이 오고 우리는 테이블에 마주앉아 기다린다. 혹시 누군가 돌아올까. 그러면 달라질까. 무엇이, 어떻게.

***

슬프도록 날씨가 좋은 목요일 오후였다.

고양이인지 개인지 알 수 없는 검은 것이 옆 건물에서 갑자기 튀어나와 검은 양복을 입은 남자 앞을 지나갔다. 햇살은 눈부심을 지나쳐 뜨거웠다. 검은 양복을 입은 남자는 갑작스럽게 들이닥친 햇살의 습격에도 불구하고 지친 기색이나 흐트러짐을 보이지 않았다.

영우는 눈부시게 밝은 병원 이층 창가에 서서 건너편 풍경으로 그 남자를 보았다. 그 남자가 시야에서 완전히 사라진 후 영우는 커피를 가지러 갔다. 따뜻한 커피를 한 모금 마시고 영우가 다시 창밖을 바라보았을 때 검은 양복을 입은 또다른 남자가 걸어오고 있었다. 저 길 너머 어딘가에 장례식장이라도 있는 것일까.

초여름 같은 사월의 봄날, 검은 양복을 입은 남자들이 점점이 그의 오후를 수놓고 있었다.

　아버지는 쓰레기였다.

　남자는 술에 취해 도로에 누워 있다 교통사고를 당했다. 남자는 혼수상태에 빠졌고 병원비는 산처럼 쌓였다. 하루하루가, 시간시간이, 결국에는 일분일초가 돈이었다. 하지만 가족들은 누구도 결정을 내릴 수가 없었을 것이다.

　아버지는 아주 비싼 쓰레기가 되었다.

　선생님, 우리 아버지 이제 어떻게 되는 건가요? 아들은 영우에게 물었다. 저 원수 같은 인간, 차라리 죽지, 산송장이 돼서 온 가족이 다 죽게 생겼어. 병원비 때문에 휴학을 하겠다는 아들에게 어머니는 말했다. 선생님, 어떻게 하면 좋을까요? 아들은 그에게 묻고 또 물었다. 사는 동안 가족의 짐이었던 아버지는 죽음 앞에서도 짐이었다. 하지만 그런 아버지도 가족이었다. 그래서 의사로서 그가 결정했다. 그것이 시작이었다.

　마침내 아버지가 죽자 아들은 통곡했다. 우리 아버지 살려내라고 그의 멱살까지 잡았다. 그는 아들의 말대로 자신이 살려내지 못한 아버지의 장례식에 갔다. 가야만 했다. 확인하고 싶은 것이 있었다. 결국 아들은 그에게 감사했다. 그때 그는 확인했다고 생각했다. 그렇게 믿었다.

　그런데 갑자기 지금 그 믿음이 '믿고 싶음'에 지나지 않았을지도 모른다는 생각이 든다. 그 질문의 의미를, 그 통곡의 의미를, 그 감사의 의미를. 그때 그는 마음대로 결정한 것은 아니었을까.

세상이 흑백으로만 보이는 순간이 있다. 세상이 흑백으로만 보여도 거기에는 농도가 있다. 짙은 검정, 더 짙은 검정, 환한 흰색, 더 빛나는 흰색, 그리고 그보다 더 다양한 회색…… 사람이 죽기 아주 좋은 날이란 없다. 그래도 죽기에 그리 나쁘지 않은 날은 있지 않을까. 살아 있는 사람들에게……

영우는 요즘 들어 세상이 더 자주 흑백으로 보였다.

*

날씨도 날짜도 분간할 수 없는 완벽한 어둠 속이었다.

남자가 물었다. 너는 누구니?

남자가 또 물었다. 집으로 돌아가고 싶니?

오늘도 어둠 속에서 눈을 뜬 혜주는 집에서 가장 큰 창의 암막 커튼부터 열었다. 어제부터 내린 비가 여전히 내리고 있었고 초록색 청소차가 쓰레기를 수거하고 있었다. 까만 우산을 쓴 남자가 청소차를 멀리 우회하면서 왼쪽 길로 접어들고 있었고 노란 우산을 쓴 여자가 건물에 접한 좁은 인도를 종종거리며 걷고 있었다.

휴대전화의 알람이 울렸다. 어제와 같은 시간이지만 어쩐지 어제보다 조금 어둡게 느껴졌다. 혜주는 알람을 끄고 일정을 확인했다. 사월 첫째 주 금요일, 비번인 날이었다. 휴대전화 첫번째 화면의 날씨는 오늘 흐림, 그리고 내일 맑음, 모레 다시 비를 예고하고 있었다. 휴대전화를 처음 구입했을 때부터 그 위젯은 그 자리에 있었다. 슈퍼컴퓨터가 예측한다는 날씨는 요즘 들어 더 자주 틀렸지만 혜주는 그 위젯을 그냥 내버려두었다.

비번인 날에도 별일이 없으면 출근을 하는 혜주였지만 오늘은 별일이 예정되어 있는 날이었다. 비가 그치고 햇살이 순식간에 밝아지더니 유리창 전면을 가득 채웠다. 여섯시 십구분. 다시 시간을 확인한 후 창밖을 바라보았다.

어느새 눈부신 아침이었다. 하얀색 재킷을 차려입은 여자가 오른손을 눈 위로 들어 햇살을 가리면서 그녀가 있는 건물 쪽으로 걸어오고 있었다. 겨울의 눈 같고 봄의 꽃 같은 재킷이 사월이 어떤 계절인지 예고하는 듯했다.

*

아버지는 잘 계시냐?

한 달에 한 번 혜주가 찾아갈 때마다 그가 하는 질문이다. 오랜 고향 친구의 안부를 묻듯이.

조남국…… 그는 혜주의 아버지와 나이가 비슷했다. 남해의 한 섬에서 태어나 국민학교까지 다니다가 부산으로 유학을 왔다. 대학은 서울에서 졸업했고, 결혼 후 아내의 고향인 부산으로 다시 내려와, 이 년 후 남자아이 하나를 낳았다. 조남국은 그렇게 지극히 평범한 사람처럼 보였다. 한 아이를 유괴하기 전까지는.

수인 번호 1423 조남국.

그는 부산 교도소에서 십오 년째 복역중이다.

평범한 사십대 남자였던 조남국이 아이를 유괴하기까지 무슨 일이 있었던 걸까. 언론에서 말하는 것처럼 단순히 돈 때문이었을까. 돈 때문이었다면 다른 방법도 얼마든지 있었다. 하지만 그는 자기보다 한참 어리고 연약한 존재, 아이이자 여자를 희생자로 선택했다. 조남국은 그편이 안전하다고 판단했을 것이다.

유괴는 우발적 범죄가 아니라 계획적 범죄다. 대상을 오래도록 살펴보고 가장 좋은 때를 골라 가장 믿을 만한 거짓말과 행동으로 아이를 속여 데려간 후, 그 아이를 가장 사랑하는 부모에게서 돈을 뜯어낸 다음 아이를 돌려보내고 감쪽같이 사라질 것을 계획한다. 계획은 자신이 머리가 좋다고 생각하는 조남국이 아주 좋아하는 방식이었다.

조남국은 아이와 일면식도 없었다. 그는 아이의 아버지를 알았지만 그 또한 개인적인 관계는 아니었다. 현금 보유가 어마어마하다는 소문 속 남자의 무남독녀. 아이는 일 년 전부터 방과 후에 피아노 학원을 다녔다. 그는 피아노 학원 앞에서 기다렸다가 아이를 납치했다. 필요한 돈을 받으면 아이를 돌려보내려고 했다. 그에게는 도주 계획, 아니 잡히지 않을 거라는 확신이 있었다. 아이를 해칠 생각 같은 건 애초에 없었다.

조남국은 실패로 끝난 그 계획을 가끔 복기해보곤 했다.

완벽하고 안전한 계획을 그르친 건 아이의 아버지 때문이었다. 아이의 아버지는 이성적인 그를 극단적인 감정 상태로 몰아갔다. 아이의 아버지는 단칼에 몸값을 거절했고 일체의 협상을 거부하면서 그를 비웃었다. 그는 순간적으로 화가 치밀었고 분노를 자제할 수 없었다. 그래서 아이를 살해했고 유기했다고 형사에게 말했다. 하지만 그가 아이를 유기했다고 자백한 장소에 아이의 시체는 없었다.

조남국은 법정에서 자백을 부인했다. 아이를 유괴했으나 죽이지는 않았다. 그러면 아이는 어디로 갔는가? 그는 아이를 놓아주었다고 했다. 현명하고 똑똑한 아이가 그를 설득했다고 했다. 살려만 주면 죽은듯이 살겠다. 아저씨도 잊고 나 자신도 잊겠다. 이십일세기가 되기 직전 일어난 그 사건으로 조남국은 무기징역을 받았다. 시체를 찾을 수 없었지만 정황과 증거로 유괴와 살인의 사실은 명백했다.

자신의 안전과 아이의 안전 가운데 최선은 자신의 안전이었고, 철저히 계획적이었던 조남국을 무너뜨린 건 무엇이었을까. 처음부터 목적은 돈이었다. 아이 아버지가 몸값만 지불했으면 그도 아이도 그의 가족들도 모두 안전했을 것이다.

돈 때문에 계획들이 모두 틀어졌고 결국 그는 감옥에 갇힌 신세가 되었다. 실패한 계획을 복기하고 그후에 일어난 일을 생각하고 또 생각해도 조남국의 결론은 여전히 그랬다.

접견 시간이 끝났다.
"이제 면회 그만 와라. 다음에는 바깥세상에서 보자고."
단언은 확실한 미래의 선언이자 희망에 대한 자신감이다. 문득 혜주는 저 단언을 밟아버리고 싶다고 생각한다. 하지만 참는다. 어쩌면 지금이 감옥에 갇힌 그에게 답을 들을 마지막 기회였다.
또다시 묻는다.
"어디에 있지?"
"누구 말이야?"
"……"
"잘 있을 거야. 아니, 잘 못 있을까……"
혼잣말하듯 중얼거리며 조남국이 자리에서 일어났다. 그러더니 갑자기 혜주 쪽으로 불쑥 다가와 뚫어질 듯 얼굴을 쳐다보았다. 그에게는 혜주의 얼굴이 그때도, 지금도 제대로 인식되지 않았다.
조남국이 나직이 속삭였다.
"그날 내가 너를 유괴했다면 어떻게 되었을까?"
조남국의 질문은 혜주가 지난 십오 년 동안 해온 질문이었다.
그날 내가 유괴되었다면 어떻게 되었을까?

*

바닷가 특유의 사월 봄 햇살은 벌써 한여름 정오처럼 뜨거웠다.

아내가 밥을 먹으라며 황현준을 깨웠다. 오후 두시가 지나고 있었다. 모처럼 휴일을 맞아 단잠을 자고 있던 현준으로서는 내키지 않는 기상이었다. 창밖으로 아이들의 비명에 가까운 웃음소리가 들렸고, 간간이 차의 경적 소리가 들렸다. 그는 베란다로 나가 아이들을 바라보았다. 무엇을 하며 놀기에 저리 시끄러운지 궁금했다.

"애들 시끄럽지? 자기가 조금만 참아. 엄마들이 금방 데리고 들어가. 요즘 애들 얼마 놀지도 못해."

아내가 점심을 준비하며 말했다.

아이들의 소리가 시끄러운 것은 사실이었지만 짜증이 나서 베란다까지 나간 것은 아니었다. 현준은 그저 궁금했을 뿐이다. 무슨 말인지 도저히 분간할 수 없어 소음에 가깝게 들리는, 커다란 목소리의 정체를, 웃음과 비명소리의 이유를. 아이들은 뜨거운 햇살 아래 그저 뛰어다니고, 그네를 타고, 시소를 탔다. 그저 그럴 뿐이었다. 특별한 것은 없어 보였다.

아내가 밥을 다 차렸으니 식기 전에 먹으라고 현준을 재촉했다. 아내와 오랜만에 식탁에 마주앉은 그가 얼큰한 소고깃국부터 한 숟갈 떠먹었을 때 그야말로 진짜 소음이 들렸다.

아내는 익숙한 듯 말했다.

"요즘 매일 저래. 중앙 화단 없애고 분수대 만든대."

"분수대는 왜?"

"그게 좋은가보지, 뭐. 집값 올리려고 운영위원회에서 신경쓴 거래."

"그런데 무슨 공사를 일요일에도 해?"

"여름 오기 전에 끝낸다고 그러나봐."

점심을 먹고 현준은 아내가 타준 냉커피를 마시며 텔레비전을 보았다. 시간이 아무리 지나도 아이들의 고함소리는 그치지 않았지만 텔레비전 소리에 묻혀 더이상 신경쓰이지 않았다. 아내도 그의 옆에 앉아 텔레비전을 보고 있었지만 휴대전화를 들여다보는 시간이 더 길었다. 누구와 메시지를 주고받는지 아내의 표정은 웃었다가 찡그렸다가 심각했다가, 변화무쌍했다.

그의 집 거실 창으로는, 일어서면 바다가 보였고 앉으면 하늘이 보였다. 청소한 지 오래된 커다란 창의 얼룩 너머로 구름 하나 없는 예쁜 하늘색만이 이어졌다. 해안 도시의 일요일 오후는 다소 시끄럽게 평화롭고 분주하게 천천히 흘러가는 듯했다.

그때 멀리서 날카로운 비명이 들렸다. 아이들이 즐거워서 지르는 소리가 아니었다. 이내 웅성웅성 아파트 전체가 소란스러워졌다. 현준에게는 그 비명소리가 방음이 취약한 옆집의 텔레비전 드라마에서 나는 소리처럼 선명했지만 그래서 더 비현실적으로 느껴졌다. 뭔 소리야? 라면서 잠시 반응하던 아내도 이후에는 휴대전화만 들여다보았다. 그러던 아내가 그의 팔을 잡아당기며 말했다.

"자기야, 정말 무슨 일 났나봐."

"무슨 일?"

"분수대, 일하던 아저씨들이 난리가 났다는데……"

"사람이 다쳤어? 뭐 그리 급한 일이라고 주말에 공사를 하고 그러더니……"

"인부 아저씨들이 다친 거 같진 않다는데…… 경찰차가 왔대. 자기도 가봐야 하는 거 아냐?"

아내가 그를 쳐다보았다. 아내는 아직도 사건이라면 물불 안 가리던, 젊디젊은 시절의 현준을 생각하고 있는 것일까. 이제 그럴 계급도 위치도 아니다. 아무래도 세월은 아내를 비껴가고 현준 혼자만 나이를 먹는 모양이다.

"무슨 일인지 궁금하네. 나는 가봐야겠어. 자기는 안 갈거야?"

아내가 일어나면서 다시 물었다.

현준은 고개를 저었다. 아내는 사건이 끝나기 전에 목격하고 싶어하는, 전형적인 불구경꾼의 자세였다. 급한 마음에 소파에 휴대전화까지 놓고 나가는 아내에게 그는 휴대전화를 챙겨주었다. 아내는 전화할게, 라고 말하면서 서둘러 나갔다.

홀로 남은 현준은 혹시나 싶어 휴대전화를 힐끗거리다가, 보던 텔레비전 프로그램이 끝나자 베란다로 나가서 바깥에 무슨 일이 일어났는지 살펴보았다. 바깥에서 뛰놀던 아이들이 한 명도 보이지 않았다. 확실히 예삿일은 아닌 듯했다. 경찰이 출동했고 폴리스라인이 쳐졌다. 베란다마다 사람들이 닭장의 닭처럼 목을 길게 빼고 그 광경을 바라보았다. 웅성거림이 심상치 않았다.

휴대전화가 울렸다. 아내였다.

"이거 최악인데."

"뭔데 그래?"

"시체야, 시체."

"뭐?"

"아니, 뼈라고 해야 하나?"

"뼈?"

"사람 뼈!"

"정말 사람 뼈 맞아?"

"응. 딱 사람 모양이래."

"사람이 죽었다고?"

"응. 자기야, 이거 뉴스에 나오겠지? 사람들이 아파트값 떨어지겠다고 난리야."

"사람이 죽었는데 아파트값이 문제야?"

"설마 내가 그렇게 생각하겠어? 난 그냥 여기 분위기를 자기한테 이야기하는 것뿐이야. 산 사람은 살아야지, 뭐 그런 거 있잖아."

구경 갔다가 마땅히 같이 수다를 떨 아는 얼굴을 못 만났는지 아내의 통화가 길어질 듯하자 현준은 적당한 선에서 말을 자르고 전화를 끊었다.

현준은 자신이 사는 이곳을 어설픈 중산층이 모여 사는 아파트라고 정의내린 지 제법 되었다. 정말 많이 갖지도 못한 사람들이 온갖 있는 체는 다 하고 싶어하는 분위기랄까. 오랫동안 일한 수위 아저씨들을 한꺼번에 자르고 경비 용역 업체로 바꾸는 주민 투표를 할 때부터 그런 생각이 들기 시작했다.

한 가정의 가장일지 모를 이들의 일자리가 없어진다는 사실에 관심을 가지는 주민들도 있었지만 각자 생계로 바쁘다보니 투표율은 현저히 낮았다. 애초에 경비 용역 업체로 바꾸고자 하는 의지를 가진 사람들만 열심히 투표를 한 꼴이었으니 결과는 이미 정해져 있는 것과 마찬가지였다.

이십 년 된 아파트에 커다란 아치형 대리석 출입구를 만드는 것도 그는 마음에 들지 않았다. 그런데 이번에는 분수대를 만든다고 오래된 화단을 파헤치기 시작했다. 오랫동안 그 자리에 뿌리내리고 잘 자라고 있던 나무들은 어떻게 되는 것일까. 요즘 새로 짓는 아파트의 외양을 흉내낸다고 해서 아파트값이 오르지는 않을 것이다.

현준이 그렇게 투덜대면 아내는 우리집이 아니라서, 그러니까 전세살이 당신이 비판적인 거라고 단번에 잘라 말했다. 아파트값이 오르면 전세값도 오를 테니까. 아내의 판단은 분명 납득할 만한 것이었지만 지나치게 일차원적이었다.

이 아파트 단지 내 최고 평수 중의 하나가 그의 부모 소유였다. 그는 그 사실을 아내에게 비밀로 하고 있었다. 아내가 무슨 돈으로, 라고 물으면 설명하기가 번거로웠다. 그 아파트 한 채가 칠십여 년을 열심히 산 부모의 유일한 재산 내역이었다. 그것도 외동아들이 효도 차원으로 융통한 돈과 합해서 겨우겨우 마련한 것으로, 어쩌면 그의 부모 인생에서 성공의 상징 같은 아파트였다. 그는 언젠가는, 이 말을 입에 담기도 싫지만, 그래도 사람은 누구나 죽는 거니까, 그들이 죽으면 그 아파트를 물려받게 될 것이다.

다시 전화벨이 울렸다. 이번에는 아내가 아니었다.

"반장님……"

김형사는 출동 경위를 간략하게 현준에게 보고했다.

"나도 가지."

"네? 오신다고요?"

"그래."

"네, 알겠습니다."

"참, 은혜주 형사도 부르지."

"은혜주 형사는……"

"뼈라면서?"

"그건 어떻게……? 저도 이제 막 보고 있는데요."

"오래된 거면 은혜주 담당으로 갈 거잖아."

"네, 무슨 말인지 알겠습니다. 은형사가 나중에 들쑤시고 다니느니 처음부터 보면 우리가 편하긴 하죠."

김형사의 말에 현준은 경찰서에서 은혜주의 위치를 생각했다. 그렇게 쉬쉬해도 소문은 암암리에 퍼져나간다. 경찰의 위상이 아무리 좋아졌다고 해도 중학교 때부터 해외 유학을 한 있는 집 여식이 선택하기에 경찰은, 게다가 강력범죄수사팀 형사는 결코 괜찮은 직업이 아니라고 수군거렸다. 다행히 아직까지 혜주의 과거까지 아는 사람은 없는 듯했다.

그는 아내에게 그만 집으로 올라오라고 전화를 했다. 그리고 옷을 갈아입고 신분증을 챙겨 현관문을 나서기 전 신발장에 부착된 전신 거울로 다시 한번 자신을 점검했다. 그는 은혜주의 얼굴에서 또다시 그 소녀의 얼굴을 보고 싶지 않았다. 그 진심이 그에게 남은 죄책감이자 양심이었다.

*

혜주의 앞에 석조로 된 거대한 문이 있다.

그 문 건너 아파트 단지는 멀리서는 평화로워 보였지만 다가갈수록 점점 더 소란스러웠다. 사람들은 공포와 호기심에 휩싸여 있었다. 공포는 사람을 달아나게 하고 호기심은 사람을 다가가게 한다. 지금 여기서 일어난 일은 딱 그 경계인 모양이다.

일요일 오후 느지막이 혜주는 호출을 받았다. 전화를 걸어 대뜸 어디냐고 묻던 김형사는 그녀가 선뜻 대답을 못하자, 네가 오든 안 오든 사실 상관없는데 반장님이 오셔서……라고 우물거렸다. 반장이 현장에 나갔다면 평범한 사건은 아니라는 뜻이다. 설마 살인은 아닐 거야, 반신반의하면서 혜주는 여기까지 왔다.

그런데 아파트 이름이 아치에 새겨진 거대한 석조 문을 거쳐 폴리스 라인을 통과해 혜주가 본 것은 하얗게 뼈를 드러낸 완전한 유골이었다. 핑크색 담요에 싸여 발견된 유골은 한눈에 보기에도 작았다.

김형사가 말했다.

"시신을 편하게 유기하기 위해서 담요로 감쌌다가 그대로 파묻은 것 같은데……"

혜주는 강보에 싸인 갓난아이 같다고 생각했다. 유골은 갓난아이라고 하기에는 컸고, 담요는 무겁고 더러웠지만 말이다.

과학수사팀에서는 윤서준이 나와 있었다.

"자세한 건 더 조사해봐야겠지만 예닐곱 살 정도의 여자아이 같아요."

유골에 시선을 고정시킨 채 윤서준이 말했다.

다들 숨죽여 다음 말을 기다렸다.

"묻힌 지 이십 년은 된 거 같고요."

누군가가 혜주의 어깨를 툭 쳤다. 황현준 형사과장이었다.

극적인 전개가 없는 한 이런 사건은 미제 사건 전담인 은혜주가 최종으로 담당하게 될 것이다. 그러면 어차피 혜주는 처음부터 다시 조사하느라 이것저것 묻고 여기저기 들쑤시고 다니게 될 것이고, 그럴 바에는 시작부터 같이하는 게 나았다. 그래서 태만과 전능 사이를 능구렁이처럼 타넘는, 수완 좋기로 유명한 황과장이 미리 앞을 내다보고 몇 단계를 뛰어넘어 혜주를 호출했을까.

뼈가 어린아이의 것이란 걸 안 지금, 현준은 과연 자신의 판단이 옳았는지 모르겠다고 생각했다. 피해자를 온전히 이해하는 것은 경찰로서 은혜주의 장점이자 단점이었다. 그 장점이 아니라면 아무도 관심 갖지 않는 미제 사건에 그토록 열정적일 수는 없을 것이다. 하지만 지나친 열정은 스스로를 갉아먹는다. 십오 년이 흐르는 동안 현준은 그 사실을 분명히 알게 되었고, 결국 지금의 자신을 납득하게 되었지만 여전히 은혜주를 볼 때면 그 믿음이 흔들렸다.

"과학수사 보고서 나오면 시작하자. 지금으로선 할 수 있는 게 없어."

현준이 말했다. 이 말이 겨냥한 목표는 은혜주였지만, 은혜주는 대답하지 않고, 거기 있던 다른 수사 인력 모두가 대답했다. 현준이 먼저 자리를 떴다. 할 수 있는 것이 더이상 아무것도 없을 때가 있다…… 모두가 아는 걸 혜주는 아직 모른다. 그러니 마지막까지 혜주는 이 자리를 지킬 것이다.

오래된 사건들은 수면 아래 점점 더 깊은 곳으로 가라앉는다. 어떤 사건은 영영 가라앉아 다시는 떠오르지 않고, 어떤 사건은 끝없이 수면 위로 출렁거리고, 어떤 사건은 저 밑바닥에서 잡아당기던 끈이 끊어지면서 갑자기 퉁 하고 솟아오른다. 그리고 또 어떤 사건은 그녀가 스스로 다이빙을 해서 바닥에서 끌어올려야만 한다.

혜주는 포기할 수 없다. 포기는 아직 살아 있는 자까지 죽은 자처럼 만들 수도 있는 일이기에.

*

사월의 해는 길었지만 충분하지 않았다.

해가 서쪽으로 기울어지면 사건 현장에는 그림자가 길어졌다. 혜주는 과학수사관 윤서준의 일을 지켜보았다. 오래된 유골을 수습하고 주변의 증거를 빠짐없이 수거하는 일. 이십 년이면 이곳에 남아 있는 증거는 아주 미미할 텐데도 서준은 끈질기고 집요했다. 근처에서 놀던 아이가 이 일련의 사태에 충격을 받아 떨어뜨리고 간 것 같아 보이는 사탕 봉지까지 살폈다.

윤서준과 은혜주는 남부경찰서 2대 미스터리라고 불렸다. 해외 유학파의 소심한 형사 은혜주와 명문 의대 출신의 미녀 과학수사관 윤서준. 둘 다 이 일이 아니라 다른 일을 하는 것이 훨씬 낫지 않느냐고 사람들은 함부로 판단했다.

한눈에 봐도 성격까지 좋아 보이는 서글서글한 미인형의 윤서준은 경찰서 내에서 혜주를 제일 편하게 대하는 사람이었다. 옆자리의 김형사도 혜주를 편하게 대하긴 했지만 그건 마음에서 우러나서 그렇다기보다는 선배로서 밀리지 않으려는 의지가 더 커 보이는 과잉반응이었다. 사실 누구도 혜주를 편하게 대하지 않았다. 어릴 때부터.

"진짜 싫다."

서준이 혜주에게 낮게 속삭였다. 아직도 각자의 집으로 돌아가지 않은, 호기심이 넘치게 많거나 할일 없는 사람들이 폴리스 라인 근처에 남아 있었다.

"응?"

"나, 애들 진짜 싫어하잖아."

애써 밝은 척 윤서준이 말했다.

"애들 시신 보는 게 제일 싫어."

"서준아, 그런데 말이야. 이 여자아이 살았으면 지금 우리랑 나이가 비슷한 거지?"

"예닐곱 살에 이십여 년이면 우리 또래네. 소오름!"

어떤 소녀가 여자가 되는 동안 어떤 소녀는 영원히 자라지 않는다. 죽어 땅에 묻힌 소녀는 떠나지 못한다. 살아 있는 자가 소녀의 이름을 불러주기 전까지는.

희망이 완전히 사라진 자리에서 무엇인가가 다시 시작된다.

사진과 그림

여정이 일치하는 그곳에 당신이 있고
길이 생겨나기 시작한다.
　　　　　　　　　　—윤성택, 「여행」[*]

　사진인지 그림인지 모르겠다.
　모란과 서양 양귀비꽃이 사방으로 뻗어나간 뒤로 희미하게 다른 형상이 겹쳐 있다. 멀리서 보면 회색 바탕에 꽃 사진 혹은 꽃 그림처럼 보일 뿐인데 다가가면 그뒤에 다른 흔적이 있다. 사진이라면 블러 처리가 된 것처럼, 그림이라면 수채화를 그린 후 물을 묻혀 흐려진 것처럼. 어쩌면 사진과 그림을 합쳐놓은 것일 수도

_____

[*] 『감에 관한 사담들』(문학동네, 2013)

있겠다.

더이상은 다가갈 수 없도록 선이 그어져 있다. 그 안으로 들어가지 말라고 경고문까지 있다. 최대한 다가선 거리에서 봐도 유리액자와 내리쬐는 조명 때문에 실체를 파악할 수 없다.

하지만 이것만은 알겠다. 꽃 뒤에 숨겨진 것이 사람이라는 것을.

***

어디선가 희미한 마림바 소리가 들렸다.

아주 흔한 휴대전화의 벨소리였다. 영우가 전화를 확인하려고 허우적거리며 손을 뻗었을 때 마림바 연주가 멈췄다. 영우는 가늘게 뜬 눈으로 자신이 누워 있는 곳을 확인하고자 했다. 평범한 목재 가구, 티끌 하나 없이 하얀 침구…… 그의 침대, 그의 방이었다.

하지만, 불을 켜두고 잤던가.

천장의 원형 등이 보름달처럼 새하얗고 환하게 빛나고 있었다. 영우는 잠들기 전을 떠올렸다. 밤이 깊어도 잠이 오지 않았던 그는 거의 일 년 가까이 침대 옆 탁자에 놓여 있는 『안나 카레니나』를 이어서 읽었다. 모두가 다 안다고 생각해서 정작 읽지 않는 책. 『안나 카레니나』를 읽던 첫번째 밤을 기억한다.

세 권 가운데 첫째 권을 삼분의 일 가까이 읽었음에도 타이틀롤이자 주인공인 안나는 나타나지 않았다. 그후에도 비중이 적은 안나를 기다리며 책의 페이지를 넘겨야 했다. 세상에서 가장 유명한 여자 중 하나인 안나의 비극적 결말을 그는 이미 알고 있었고, 그래서 읽으면서도 마음이 조마조마하지 않았다. 그 파국의 세부 사항을 무심히 읽어나가며 안나를 기다리다보면 어느새 잠이 찾아왔다.

하지만 이번에는 소용이 없었다. 점점 더 잠이 오지 않았지만 일단은 시도하지 않을 수 없었다. 자신이 읽은 페이지가 열 장은 넘었으리라 짐작되었을 때 그는 멈추었고, 시간은 어느새 자정이었다.

일 분, 이 분, 삼 분……

초조하게 시곗바늘을 노려보다가 책을 덮고 일어날 결심을 했던 것까지 기억이 난다. 그러나, 그뒤는 아무것도 기억나지 않는다. 아니, 기억나는 것도 있지만 그것은 분명 잊는 게 더 나은 꿈일 것이다.

영우는 휴대전화를 확인했다. 같은 번호로 벌써 세번째 전화가 걸려왔다. 불면의 치유와 꿈의 피로. 점점 더 깊은 잠 속으로 끌려갔고 꿈은 더 강력해졌다. 발신 번호는 알지 못하는 곳이었지만 부산 지역번호였다. 무슨 일일까? 그는 아버지를 떠올렸다. 그러자 아무것도 알고 싶지 않아졌다.

다시 전화벨이 울렸다. 아무것도 알고 싶지 않았지만 아버지라는 가능성을 가리키는 신호를 완전히 무시할 수는 없었다. 결국 영우는 통화 버튼을 눌렀다.

"부산 남부 경찰서입니다…… 이영우씨…… 이영우씨 맞으신 가요?"

"네."

아주 잠깐의 침묵…… 그 속에서 결심과 망설임과 한숨의 기운이 느껴졌다. 영우가 물었다.

"무슨 일이신가요?"

"이영채양이……"

경찰이 더 말하기 전에 그가 말했다.

"동생입니다."

얼마 만에 말해보는 가족인지 모르겠다. 그러나 동생은…… 누군가가 가슴을 짓누르고 목을 조르는 것처럼 숨을 쉬기가 어려웠다.

"네, 동생분……"

"동생은, 흠, 동생은……"

무슨 말을 하려던 걸까. 주어를 내뱉은 후 목이 멘 사이, 전화기 건너편의 목소리는 세 번이나 연이어 전화를 건 목적을 이야기했다.

"……경찰서로 오실 수 있으시겠습니까?"

이런 날을 기다려왔던가. 아니면 이런 날이 영원히 오지 않기를 바랐던가.

이십 년 동안 그는 꿈을 꾸었고, 오래전에는 기도를 했으며, 마침내 잊으려 노력했다. 어느 정도는 성공했다고 믿기도 했지만 재발의 위험을 늘 안고 살았다. 오래도록 꾹꾹 눌러왔던 감정과 의

문, 그러니 지금 그의 상태는 폭발 직전일 것이다. 그럼에도 그는 한편으로는 덤덤했다. 아닐 수도 있지 않은가. 그 아닐 수도 있음이 희망인지 절망인지 지금으로서는 알 수 없었다.

마침내 그는 두꺼운 커튼을 열어젖혔다. 정오의 햇빛이 한꺼번에 몰려들어왔다.

*

전화기 저편의 남자는 혜주의 이야기를 잘 알아듣지 못하는지 겨우겨우 대답을 했다. 혜주는 거듭해서 자신이 누구인지, 무슨 일인지를 이야기했다. 경찰서에 오실 수 있겠냐는 혜주의 물음에 네, 라고 대답하긴 했지만 과연 제대로 알아들었는지 의심이 들 정도로 남자의 대답에는 감정의 고조가 없었다.

전화를 끊고 혜주는 유골이 발견될 당시에 찍은 현장 사진을 다시 보았다. 아직은 화단이었던 그곳에 동백꽃이 송이째 떨어져 뭉개져 있다. 동백꽃은 이름 그대로 겨울의 꽃이다. 봄이 깊어질수록 떨어진 붉은 꽃송이가 융단처럼 나무 주위에 깔린다. 이제 벚꽃도 지고 장미도 졌다. 시간이 흐르고 있다. 죽음은 시간을 따라잡지 못한다.

미제 사건 전담 형사 은혜주의 책상 위에는 언제나 시간을 따라잡지 못한 파일이 한가득이다. 오랫동안 붙들고 수사하던 강력 사건은 특별 수사 생략 승인 신청을 거친 후 미제 사건으로 분류된다. 미제 사건, 범인이 누구인지도 모르는 것은 당연하다. 게다가 희생자가 어디 있는지 모르는 것도 태반이다. 그러므로 그녀에게로 넘어오는 사건의 대부분은 수사보다는 전담에 방점이 찍혀 있다.

질서정연하게 가로로 높이 쌓여 있는 그 사건 파일들은 자의 반 타의 반으로 혜주가 맡은 것들이다. 혼자서 감당하기엔 너무 많다. 하지만 대부분은 혼자서 감당해야만 한다.

놓여 있는 파일에는 순서가 있다. 오른쪽과 왼쪽, 아래부터 위로. 오른쪽 가장 위쪽에 놓인 것이 현재로서 긴급하고 심각한 것이고 왼쪽 가장 위쪽에 놓인 것이 오래전부터 꾸준히 중요한 것이다. 그 판단은 오로지 혜주의 몫이다. 혜주는 분수대 아이 유골 사건 파일을 오른쪽 가장 위쪽에 놓았다.

분수대를 설치하기 위해 파헤친 화단 자리에서 유골이 발견된 지 넉 달. 과학수사팀에서도 제대로 된 물적 증거를 발견해내지 못한 채 별다른 진전이 없었다. 실종 아동 찾기에 등록되어 있는 가족의 유전자에는 일치자가 없었다. 이십 년 전이라면 가족이 유전자 정보를 올리지 않았을 가능성도 있다. 혜주는 미제 사건 파일과 실종자들의 데이터베이스를 비롯해 뒤질 수 있는 자료를 모두 뒤져 가능성 있는 가족부터 차근차근 접촉을 시도했다.

그동안 멈추었던 분수대 공사가 재개되면서 현장의 모습은 거의 사라졌다. 사건은 끊임없이 발생하지만 인력은 부족하고, 범인의 윤곽은커녕 희생자의 실체까지 모호하다면 수사는 한걸음도 나아가지 못하고 그대로 멈춘다. 그렇게 서서히 가라앉았다가 이내 잊힌다. 아이가 누구인지 알지 못하는 한 이 사건은 다시 수면 아래로 가라앉을 것이다.

이십 년 전 사라진 예닐곱 살의 여자아이들…… 가능성이 있는 가족들에게 연락을 하는 것도 쉽지 않았다. 경찰입니다, 라고 시작되는 전화 통화는 가까스로 유지되던 그들의 일시적인 평온을 다시 파괴할 것이 분명했다.

유골로 발견되었다…… 아이의 행방을 알고 싶은 이들에게 이런 소식은 바라던 끝이 아닐 것이다. 그 아이를 사랑하는 사람들은 아직도 아이를 찾고 있을 것이고, 돌아오길 기다리고 있을 것이다. 어떻게든, 어떤 식으로든 기도의 시작은 살아 있다는 소식일 것이다. 희망을 버리거나 절망을 인정하는 일은 언제나 쉽지 않다.

"이제 얼마 남지 않았지?"

옆자리의 김형사가 혜주가 보고 있는 리스트에 눈짓을 하며 말했다.

"네, 그러네요."

"끝까지 연락하고 나면 속이 다 시원하겠다."

김형사의 말과는 느낌이 다를 것 같아 혜주는 두려웠다. 소녀가 누구인지 밝혀내지 못하면 사건 파일은 책상 오른쪽 제일 위쪽에서 왼쪽으로 옮겨질 것이다. 그리고 혜주가 포기하지 않는 한 캐비닛에 들어가지 못한 채로 책상 왼쪽에 머물게 될 것이다. 매일 누군지도 모르는 그 소녀를 생각하게 될 것이다.

"참, 황과장님이 찾으시던데."

잠시 멍해져 있던 혜주에게 김형사가 말했다.

"아, 네."

"빨리 갔다 와."

혜주는 천천히 자리에서 일어났다. 형사과장 황현준의 호출은 아무래도 느낌이 좋지 않다. 한때는 그녀의 히어로였던 남자…… 소중한 사람을 악당에게 잃은 소녀에게 희망이었던 경찰. 가난과 나이를 차별하지 않고 공정하며 정의로운 사람. 하지만 그가 안티히어로임을 알게 되는 것으로 소녀는 어른이 되었다.

저마다 상황과 사정이 있다. 히어로에게도, 안티히어로에게도, 희생자에게도, 심지어는 악당에게도…… 하지만 이해가 가능한 건 최소한 그들이 사람일 때까지이다.

*

황현준이 가장 잘하는 일은 타인을 의심하는 것이다. 그리고 최악을 가정하는 일. 나쁜 일은 늘 일어난다. 그중 어떤 일은 일어나기 전에 막을 수 있고, 어떤 일은 일어난 후에 최선을 다하는 수밖에 없다.

내일 이후로 일어날지 모를 나쁜 일, 최악의 일을 현준은 막고 싶다. 그러나 생각대로 되지는 않을 것이다. 그것이 나쁜 일일 경우 더더욱.

십오 년 전, 그놈은 초등학교 육학년인 열세 살 소녀를 유괴하고 죽였다. 계획대로 되지 않아서 아이를 죽였다는 건 변명일 뿐이다. 처음부터 죽일 생각이었을 것이다. 소녀는 열세 살이었다. 아무것도 모르는 어린아이가 아니었다. 경찰의 폭행 강요에 의한 자백…… 다 거짓말이다. 그놈은 순순히 모든 이야기를 했다. 소름 끼치도록 담담하게. 유기 장소만 거짓이었을 뿐이다. 돌이켜보면 그것도 다 계산된 거였다. 시체가 발견되지 않으면, 재판이 시작되고 혐의를 부인하면 유리할 거라고 생각했을 것이다.

놈의 지문과 아이의 피가 묻은 칼이 발견되지 않았다면 정말 그놈 계획대로 됐을지도 모른다.

노크 소리가 들린다. 네, 라고 인기척을 내자 혜주가 들어왔다.

"커피 마실래?"

황현준이 말했다.

"괜찮습니다."

"잘하고 있니?"

'무엇'이 없는 이 질문이 무슨 뜻인지, 혜주는 안다고 생각했었다. 하지만 이제 점점 더 그 무엇을 모르는 것 같아지고 있다.

"할 수 있는 게 없어요."

"생각하던 거랑 조금 다르지?"

"아니요."

"……"

"많이…… 많이 달라요."

그러고는 혜주는 한숨을 쉰다.

"한숨 쉬지 마라."

"……"

"경찰은 한숨 쉬는 거 아니다."

그러는 현준은 요즘 부쩍 한숨을 자주 쉰다. 아내가 걱정을 할 정도로. 그놈은 세상 바깥으로 나오면 안 되는 놈이다. 무기징역이었던 놈의 감형 심사에 꾸준히 참석해서 놈이 풀려나면 안 되는 이유를 말했다. 하지만 오지 않을 것 같던 날이 결국 왔다.

"너, 그놈…… 그놈 말이야…… 대체 무슨 생각인 거니? 왜 자꾸 그놈을 찾아가? 아이 엄마까지 감쪽같이 속이고 결국 자기편으로 만들어서 감형을 받아낸 놈이야. 그놈 농간에 너까지 놀아나지 마라. 언제까지 그 일에 끌려다닐 거니?"

"끌려다닌 적 없어요."

현준에게 그 유괴 사건은 기회이자 위기였다. 경찰로서도 인간으로서도 어떤 결정적 순간이었다. 윤곽조차 보이지 않던 용의자를 특정해냈고 도주중이던 범인을 잡아 자백을 이끌어냈다. 그리고 애초에 그것조차 그의 발 빠른 대응. 평범한 경찰이었다면 들어주지도 않았을 아이의 가출 사건에 부모의 마음으로 귀기울인 결과였다. 하지만 범인은 법정에서 범행을 부인했다. 담당 형사의 폭언과 폭력 때문에 자백할 수밖에 없었다고 말했다.

용의자의 말을 믿는다면 그는 폭력 형사였고, 피의자의 말을 믿는다면 그는 좋은 형사였다. 애초에 그는 어떤 사람이었을까. 그리고 지금 그는 어떤 사람일까.

그 사건에는 언론에서 제대로 보도되지 않은 이면이 있었다. 그 이면 속에 더 많은 인간의 본성이 숨어 있다고 현준은 생각한다. 자기 자신도 미처 깨닫지 못했던 본성.

"김소희씨는······"

혜주의 표정이 일그러지기 시작했다. 말해봤자 소용없다는 걸 그는 알고 있다. 하지만 말하지 않을 수 없다.

"머릿속에 뭐가 들었는지 모르겠다. 다 포기한 척하면서 아무것도 포기하지 않으면 어쩌자는 거야. 그애가 어떻게 살아 있을 수 있냐는 말이야."

그 유괴 사건은 형사과장 황현준의 화려한 경력의 시작이었다. 시체 없는 살인 사건이었음에도 탄탄한 수사로 결국 범인은 최고 형량을 받았고 언론은 정의의 실현이라고 떠들어댔다. 그애가 살아 있으면 곤란한 사람, 살아 있기를 바라지 않는 사람은 과장님 아니냐고 말하려다가 혜주는 그만둔다. 그애가 살아 있다고 믿고 싶지만 믿을 수 없는 근원을 가진 사람이 그녀이기 때문이다.

"과장님! 저한테 절대 포기하지 않으실 거라고 한 거 잊으셨습니까?"

"너는?"

"······"

"삼촌이 다 알아서 할 거니까 너는 잊어도 된다 하지 않았니? 내가······"

그 '다 알아서'가 그때는 무슨 의미인지 몰랐으니까요, 라고 혜주는 말하고 싶다. 하지만 그 생각을 말하지 않는다. 이제 황현준은 그녀가 삼촌이라고 부르던 좋은 경찰 아저씨만은 아니다.

"과장님! 저, 이만 가봐도 되겠습니까?"

"그래, 나가봐."

혜주가 문을 닫고 사라지자 현준은 어느 때보다 길게 한숨을 쉬었다. 저 아이는 성정이 경찰에 어울리지 않는다. 타인을 의심할 줄 모른다. 한번 믿기 시작하면 어쨌든 계속 믿으려고 한다. 그런 아이가 자라면서 자신을 의심하는 법을 배우기 시작했다. 타인을 믿고 자신을 믿지 못하는 어른이 되었다. 그 책임은 누구에게 있을까.

현준은 어른답지 못했던 지난날을 생각한다. 하지만 다시 그때가 온다면 다르게 행동할 수 있을까, 라고 자신에게 묻는다면 대답이 망설여진다. 다만 이렇게 대답할 순 있다.

정의로운 결과를 위해 최선을 다했다고.

그것이 그가 아직도 '국가 사회의 공공질서와 안녕을 보장하고 국민의 안전과 재산을 보호하며, 또 그 일을 하는 조직. 국민의 생명·신체·재산을 보호하고 범죄의 예방과 수사, 피의자의 체포, 공안의 유지 따위를 담당하기 위해' 수단과 방법을 가리지 않는, 경찰일 수밖에 없는 이유이다.

*

"그래, 알았어. 자네가 수고가 많아."

전화로 묵묵히 황현준의 이야기를 듣던 은용훈이 말했다.

"조남국이 출소하면 위험합니다. 혜주 기억에 문제가 있다는 걸 알게 될지도 모르고, 또 사실을 알아채게 되면……"

"우리만 변하지 않으면 돼. 그자가 더이상 무얼 할 수 있겠어?"

"하지만, 그렇게 되면……"

"절대 포기하지 않아. 혜주는 내 딸이야."

"죄송합니다."

"자네는 최선을 다했어. 앞으로도 잘 부탁하네."

전화를 끊고 은용훈은 깊은 한숨을 내쉬었다. 또다시 무언가가 잘못되는 건 아닐까. 그는 또 잘못할까봐 두렵다. 그래서 또다시 나쁜 아빠가 될까봐.

어릴 때 은혜주는 왕따였다.

그 사실을 은용훈은 뒤늦게 알게 되었다. 그때는 그런 단어가 지금처럼 노골적이지 않았고, 그래서 혜주가 스스로를 그렇게 정의내릴 수 없었던 것이 그나마 다행이었을지도 모른다. 규정은 인간을 한정시키고 자라나는 아이들에게는 더 그랬을 테니까.

혜주가 왕따였던 이유는 모든 것을 가진 아이였기 때문이다. 하지만 그 표현은 사실이 아니다. 혜주는 모든 것을 가진 아이처럼 보였을 뿐이다. 돌이 지나자마자 엄마가 죽었고, 누구나 있는 단짝 친구조차 오랫동안 제대로 갖지 못한 아이가 모든 것을 가졌을 리 없지 않은가.

시작은 늘 그렇듯 은용훈의 욕심이었다.

초등학교 삼학년 가을 혜주는 전학을 갔다. 집에서 가까운 공립 초등학교에서 사립 초등학교로. 애초에 혜주는 그 사립 초등학교 추첨에 탈락해 공립 초등학교로 간 것이었다. 은용훈은 비싼 학비를 더이상 감당할 수 없어 누군가가 전학을 간 자리에 재빠르게 손을 써서 혜주를 집어넣었다.

어떤 아이의 불행이 혜주에게는 기회였다. 그것이 그때까지 은용훈의 삶의 법칙이었다. 그렇게 최대한 많은 사람이 손해본 자리에서 그가 최대 이익을 차지할 수 있었다.

같은 반에서 이 년 반을 보낸 아이들은 저마다 이미 단짝이 있었고 같이 노는 무리가 있었을 것이다. 느닷없이 나타난 낯선 아이에게 아무도 쉽게 손을 내밀지 않았을 것이다. 부산에서 제일 경쟁률이 높다는 사립 초등학교에 아이를 보내고 싶어하는 부모를 상상해보라. 평균 경쟁률 백 대 일. 일 퍼센트의 행운을 뚫었고. 그보다 먼저 좋은 부모를 타고난 아이들은 대체로 손을 내밀기도 전에 손을 잡아주는 사람들에게 익숙했을 것이다. 하지만 혜주가 그 누구에도 손을 먼저 내밀지 않았던 건 그렇게 해본 적이 없었기 때문일 것이다. 누구에게나 처음은 있다.

어쩌면 그 시절 혜주에게는 특수한 고통도 특별한 행복도 없었는지 모른다. 어릴 때는 행복이 행복인지도, 불행이 불행인지도 모른다. 아니, 몰라야 한다. 그 최소한의 감각의 평등이 인간을 괴물로 만들지 않는다는 것을 은용훈은 수많은 시간을 겪고 난 이후에야 알게 되었다.

은용훈은 혜주에게 전화를 걸었다.

전화를 받은 혜주는 심상한 목소리로 네, 라고 말했다.

"뭐하나?"

"……"

"어디야? 아직 경찰서야?"

"무슨 일이세요?"

사정은 황현준에게 이미 다 들었다. 그러므로 그에 대해 은용훈은 혜주에게 아무것도 말하지 않는다. 대신 또 이렇게 말할 뿐이다.

"김소희를 호스피스 병원 일인실로 옮겨줄 수 있어."

그는 할게, 가 아니라 할 수 있어, 다. 늘. 아니, 언젠가부터.

"그 대신 저한테 원하는 게 뭐예요?"

"그게 딸이 아버지한테 할 소리냐?"

"거래를 제안한 건 아버지예요. 전 시간 없어요."

"그래, 넌 늘 시간이 없지."

"그런 건 자꾸 아버지를 닮아가네요."

"그런 거라도 닮아 다행이라고 할까?"

혜주는 갈수록 뾰족해졌다. 세상 누구 앞에서보다 더. 어쩌면 세상의 자식들에게는 그런 면이 조금씩은 다 있을 것이다. 사춘기 청소년이 부모에게 괜히 신경질을 부리는 것처럼. 열셋에 멈춰버린 것이 혜주에게는 또 있었던 것이다.

이렇게 될 줄 알았더라면 그때 기꺼이 전 재산이라도 내놓았을 것이다. 아니, 목숨도 아깝지 않다고 은용훈은 생각한다. 결과적으로 단순한 돈 문제로 치환되고 치부되는 것들이 은용훈은 지겨웠다. 늘 돈으로 해결되는 것, 하지만 결코 돈만으로 해결되지 않는 것. 혜주를 둘러싼 모든 것이 이제는 그랬다. 하지만 딜이 시작되면 그도 멈출 수가 없다. 이렇게 살게 하려고 그때 그런 결정을 내린 것이 아니니까.

"집에 와라."

"네?"

"집에 들어와서 살라는 말 아니다. 그러면 좋을 거라고 지난번 진료 때 윤박사가 말하긴 했지만…… 한 달에 한 번이라도 와."

"……"

그때도 아버지는 그랬다. 김소희의 병이 심상치 않아 입원시켜야 했을 때였다. 아버지는 그 대신 혜주에게 요구하는 것이 있었다.

"너 사는 데를 옮겨라."

"싫은데요."

그때 은용훈은 혜주를 해운대구 주택가의 낡은 빌라에서 막 입주가 시작된 삼십 평대 아파트로 이사시키고 싶어했다. 더 큰 것도 얼마든지 해줄 수 있었지만 무조건 해준다고 받을 혜주가 아니라는 걸 알았다. 그럼에도 은용훈은 언젠가부터 적당한 선을 지키기 어려웠다.

"어차피 거기가 거기인 곳이야. 일부러 벌받듯이 그러고 살 필요는 없잖아. 옮겨. 너 때문에 나까지 감옥살이하듯 살아야겠니? 이사만 해."

아버지는 그때 김소희를 입원시키는 대신 이사만 하면 된다고 했다. 그리고 이제는 또 이렇게 말한다.

"집에 가끔 오기만 하면 돼. 그러면 김소희씨 마지막은 편안할 수 있어."

"제가 약속을 안 지키면요?"

"아니, 넌 약속은 꼭 지키는 아이다. 그건 네 엄마를 꼭 닮았지."

그때 은용훈은 전화 한 통으로 김소희를 가장 좋은 의사에게 다시 진찰받게 하고 가장 좋은 병원을 섭외했다. 그 모든 것이 기다림 없이 이루어졌다. 이번에도 그럴 것이다. 평범한 사람들을 지치게 하는 그 기다림의 무력함을 겪지 않게 하기 위해 은용훈은 돈을 벌었다. 자본주의 사회에서 돈보다 더한 권력은 없다. 권력은 할 수 없는 것을 하게 만든다. 그리하여 때로는 하지 않아도 되는 것까지 하게 만든다.

*

서울역에 도착했다. 서울역은 영우에게 서울의 시작이자 끝이었다.

영우가 부산에 가야 한다고 말했을 때 장원장은 갔다가 오늘 바로 올 거지? 라고 했다. 그러면서 서울에서 부산까지 기차로 두 시간 남짓 걸린다고 했다. 비행기는 그것보다 짧지만 수속 시간이 길잖아. 라고 덧붙였다. 장원장은 그에게 목적지가 부산 어디냐고 물었다. 그는 경찰서가 속한 동네 이름을 말해주었다.

"거기면 기차가 나아. 김해공항에서 그리 들어가려면 오래 걸려."

장원장의 설명은 확신에 차 있었다. 그가 알기로 장원장은 부산과 아무런 연고도 없는 사람이었다. 그가 도대체 무얼 제대로 알고 있을까. 자신의 삶에 대해 최소한의 것만을 유지하고 사는 그로서는 타인의 삶에 대한 관심도 최소한이었다. 그 최소한으로도 경우에 따라서는 죽음을 생각할 만큼 피로했다.

마지막으로 장원장은 그에게 하루쯤 쉬고 와도 괜찮을 거라며 지난번 자신이 묵었던 호텔을 친절히 추천해주었다. 세계적으로 유명한 호텔 체인을 추천하면서 아주 특별한 듯 말하는 것이 장원장다웠다. 이제 부산은 누구라도 한번은 가서 즐기며 쉬다 오고 싶은 도시일까. 하지만 그에게 부산은 심리적으로 도쿄보다, 런던보다, 뉴욕보다 먼 곳이었다.

그는 장원장이 목적을 묻지 않은 게 다행이라고 생각했다. 왜, 무엇 때문에 거기에 가느냐고 물었다면 그는 뭐라 대답했을까.

그 도시의 귀퉁이에서 그는 태어나 자랐고, 스무 살이 되기 전에 쫓기듯이 아니 도망치듯이 벗어났다. 다시는 돌아가고 싶지 않았고 떠올리고 싶지도 않았다. 그래서 사투리를 고쳤고 약력에 스무 살까지를 애써 기록하지 않았다. 그의 인간관계는 기계적이었고 사교성은 가면처럼 굳건했다. 삶에서 아무런 기능도 하지 못할 과거를 지우는 데 망설일 이유가 없었다.

그와 비교적 가까운 사람이라고 할 수 있을 장원장 같은 사람조차도 그의 출신지가 부산이라는 사실을 상상도 하지 못했다. 굳이 숨기려 했던 적은 없었다. 하지만 연고지를 말하며 우애를 다지고 동질감을 느낄 이유가 그에게는 없었다.

그러나 이제 그는 그곳으로 가야 한다. 그리고 확인할 수밖에 없을 것이다.

기차가 얕게 흔들리기 시작했다. 그는 결코 돌아가고 싶지 않은 꿈속으로 조금씩 빠져드는 기분이었다.

*

기차는 두 시간 반 만에 종착역인 부산역에 도착했다. 기차가 멈추기 전부터 서둘러 일어나 짐을 챙기는 사람들과는 달리 영우는 기차가 도착하고 사람들이 일어나 출구를 향해 복도에 줄을 서는 것을 지켜보면서도 가만히 앉아 있었다.

그가 떠나오던 때는 부산에서 서울까지 지금의 두 배는 시간이 걸렸다. 물리적 거리는 그대로였지만 시간적 거리가 줄어들었다면 정서적으로도 그만큼 가깝게 느껴지기 마련이지만 그에게는 부산이 이 세상 어떤 곳보다 먼 곳이었다. 추억의 한 움큼마저도 끝내는 고통에 맞닿을 것을 알았으므로.

승객들이 하나둘 빠져나가고 이제 기차 칸에는 그뿐인 듯했다. 그는 자리에서 일어났다. 나가면서 보니 한 남자가 잠에 빠져 있었다. 그는 남자를 깨우려다 그냥 두었다. 단잠에 빠진 남자가 부러웠다. 어차피 남자가 더 잘 수 있는 시간은 얼마 되지 않을 것이다. 역무원이 나타나 남자에게 이곳이 어디인지를 알려주면, 그때 남자는 안도할까, 아쉬워할까.

에스컬레이터를 타고 역사를 나왔다. 차가운 역의 모습은 그의 기억에 남아 있던 어렴풋한 이미지와는 너무 달랐다. 하지만 그가 있는 곳은 분명했다. 건물 꼭대기에 새겨진 부산역이라는 글자는 맑고 푸른 하늘에 닿아 너무도 선명했다.

해안 도시 팔월 여름의 태양은 눈부셨다. 영우는 역 광장에 서서 인파가 사라지길 기다렸다. 익명의 타인들은 우수수 먼지처럼 부유하더니 곧 철새처럼 일정 방향으로 점점이 흩어졌다. 지하철 역사, 택시 승강장, 버스 정류장, 그리고 건너편 길을 향한 건널목. 이제부터 그도 그 가운데 하나의 방향으로 걸어가야 했다.

한 걸음을 옮기면서 그는 보았다. 타오르는 아스팔트 위에 여자 하나가 주저앉듯 쭈그리고 앉아 있는 것을. 처음에는 아픈 것이 아닌가 생각했다. 한 걸음씩 다가갈수록 그 광경은 조금씩 다르게 보였다. 여자는 휴대전화를 꺼내 팔을 뻗고 있었다. 사진을 찍는 것인가. 광장의 휑한 바닥에 어떤 피사체가 있단 말인가. 그와 여자의 거리가 십 미터쯤 되었을 때 여자가 일어섰다. 그러곤 걷기 시작했다. 그가 여자에게 다가갈수록 여자는 더 멀어졌다.

마침내 여자가 앉아 있던 자리에 도착했다. 그 자리에서 선 채로 내려다보았다. 무언가 파릇한 것이 솟아나 있었다. 보도블록

사이 조그만 틈새에 푸른 식물이 있었다. 이런 곳에서도 생명이 자란다. 심장이 움직였다. 그는 재빨리 주위를 둘러보았다. 여자가 사라진 방향을 좇았다. 한껏 달구어진 아스팔트의 아지랑이, 지평선 너머로 그녀가 흐릿하게 점점 사라지고 있었다.

부산역은 그에게 끝이었다. 그냥, 끝이었다. 그리고 안녕이었다. 영원히, 안녕이었다. 늘 그렇다고 생각하면서 살았다. 그러므로 사실은 끝일 수 없었다. 그리고 이제 돌아와 다시 끝이었다. 끝의 시작이었다.

그는 택시를 타고 목적지를 말했다. 서둘러 이 모든 일을 끝내고 싶었지만 그것이 과연 가능한 것인지, 그가 이곳에 도착하는 순간부터 분명한 것은 아무것도 없었다.

*

택시 안은 시끄러웠다. 크게 틀어놓은 음악은 정신을 혼미하게 만들 정도였지만 영우는 참았다. 부산역에서 경찰서까지 그리 멀지 않으리라 생각했다. 하지만 현실은 늘 예상을 배반한다. 희미한 담배 냄새와 정체를 알 수 없는 방향제의 냄새가 뒤섞여 속까지 좋지 않았다. 생각해보니 기차를 타기 전 서울역에서 커피 한 잔을 마신 것이 다였다.

대학 시험을 치르기 위해 서울로 가던 날, 아버지는 그에게 새

마을호 특실 티켓을 쥐여주었다. 그리고 딱 한마디 했다. 최선을 다해라. 아버지다운 말이었다. '시험 잘 봐라'도 아니고. '꼭 합격해라'도 아니고. '최선을 다하라'고.

아버지의 삶은 과연 최선이었을까.

경찰서에서 아버지에게도 연락을 했을 것이다. 그의 기억에 남아 있는 아버지의 마지막 모습은 서울로 시험 보러 가는 아들을 배웅하는 바로 그 모습이었다. 그러나 그것은 아버지의 진짜 마지막 모습은 아니었다. 그리고 그가 기억하는 마지막 모습이 늘 기억의 시작은 아니었다. 그의 기억을 지배하는 시작은 다른 것이었고, 그러므로 그는 아무것도 기억하고 싶지 않았다.

울렁거리는 택시 안에서 그는 마음속으로만 생각했다. 운전 더럽게 못하네. 울컥하는 성질로 싸우는 것, 사소한 시비로 논쟁하는 것, 그 모두를 그는 성년이 되기 전에 끝냈다. 화를 낸다는 것, 분노한다는 것에 소모할 여력이 이십대의 그에게는 없었다.

십대 때 그는 세상 모든 것과 싸웠다. 싸울 이유가 충분해 보이는 세상이었다. 불공평하고 불공정하고 불평등했다. 이 세상의 누군가에게 행해지는 이유 없는 불행에 항의하고 싶었다. 출구를 찾지 못한 분노의 끝은 살의에 가까웠다.

오늘 그 분노가 조금씩 살아나는 것이 느껴졌다.

거칠고 사나운 억양의 사투리. 흡사 싸우는 것처럼 들리고, 표정을 지우면 화가 나 있는 듯한. 그는 그들의 그 거친 억양 뒤에,

인색한 표현 뒤에 숨은 진심을 바로 그 억양과 표현에서 느낄 수 있는 이곳 태생이었다.

그러나, 면허증에 적힌 택시기사의 이름과 소속을 보면서 그는 그래도 이 택시기사는 아니다, 라고 생각했다. 어디서 어쩌다 여기서 이러고 있나, 라고 자신의 현재를 비하하는 듯한 몸짓, 조금이라도 틈이 보이면 달아날 생각뿐인 하루하루, 자신이 하고 있는 지금 이 일에 대한 어떠한 예의도 없는 것이 택시기사의 운전에서 바로 느껴졌다.

이 택시기사는 그와는 다른 사람이었다. 그리고 그의 아버지와도 다른 사람이었다. 그래도 굳이 두 사람 가운데 하나를 택하라면 오히려 그와 비슷한 사람일 것이다.

택시가 갑자기 비틀하더니 택시기사의 입에서 욕설이 튀어나왔다. 폐지 줍는 노인이 느릿하게 끌고 가는 리어카를 제대로 보지 못한 택시기사가 깜짝 놀란 것이다.

"아, 씨발. 저런 미친, 다 죽어가는 노인네가 왜 돌아다녀."

"잘못은 기사님이 하신 것 같은데요."

"제가요? 애초에 쓰레기 주우러 돌아다니는 쓰레기들이 문제죠. 왜 사나 모르겠어. 나 같으면 벌써 죽었다. 손님 눈에는 택시 몬다고 제가 우습게 보일지도 모르지만 저 원래는 잘나가던 사람이에요. 이건 잠시, 그냥 잠시 하는 거라구요."

"조금만 운이 나빴더라면 저 노인분 다치실 수도 있었어요."

"저런 노인네 죽든 말든 누가 신경이나 쓰겠어요. 오히려 죽여
줘서 고맙다 할걸요."

택시기사는 무슨 급한 전화인지 전화가 걸려오자 통화까지 했
다. 뒷자리에 앉은 영우의 존재를 지워버린 것 같은 태도였다.

"우리 꼰대, 씨발…… 지가 어쩌겠어…… 죽겠다고 울고불
고하지…… 죽으면 나야 고맙지…… 꼰대 집 내 거 되고 좀 좋
아…… 어디? 뭐…… 몇 시? 난 열두시 넘어야 갈 수 있지……
그럼 가야지…… 씨발새끼들, 저번처럼 그딴 식이면 죽여버린다."

상대방의 목소리는 들리지 않았지만 택시기사의 말만으로도 상
황은 짐작할 만했다. 부끄러움을 모르는 인간들이 있다. 인간보다
짐승에 가까운, 그들이 예의를 모르는 것은 누구의 탓일까. 선천
적으로 타고난 인성이 글러먹은 것일까, 후천적으로 배우지 못한
탓일까. 그는 택시에서 당장 내리고 싶었다. 하지만 참을 것이다.
잠시 뒤에 맞닥뜨릴 광경을 생각했다. 여기서 내린다면 다시는 출
발할 수 없을 만한 크기의 분노와 허무에 휩싸일지 모른다. 지금
당장은 참아야 했다.

택시가 갑자기 급정거를 했다. 목적지에 도착한 것이다. 택시
요금으로 만원권 지폐 한 장을 건넸다. 거스름돈은 처음부터 받을
생각도 없었지만 기사의 움직임은 굼떴다. 그는 그대로 택시 문
을 닫았다. 쿵, 소리는 문이 부서질 듯 컸다. 바깥에서보다 안에서
파열음은 배가된다. 기사는 복수라도 하듯 부앙 소리를 내며 그의

옆을 위협하듯 지나갔다.

그는 기억할 것이다. 이 모든 분노를……

*

"은혜주 형사님……"

어떤 남자가 입구를 들어서면서 혜주를 찾고 있었다.

"네, 접니다. 어떻게 찾아오셨습니까?"

"저는 이영우라고 합니다. 동생 때문에 왔습니다. 동생 이름은
이영채이고, 어제 연락받았습니다. 저……"

남자의 목소리는 낮고 덤덤했지만 태도에서 주저함이 느껴졌
다. 혜주는 남자의 말을 잘랐다. 시신이 동생인지 확인하고자 한
다는 내용일 것이고, 죽음이라는 단어를 직접적으로 말해야만 하
는 것이 실종자 가족에게는 쉽지 않다는 것을 알기에.

"저는 미제 사건 전담 은혜주 형사입니다. 저쪽으로 가서 얘기
나누실까요?"

혜주는 면담실로 남자를 안내했다.

면담실에 남자와 마주앉아 물 한잔을 건넨 후 혜주는 잠시 파일
을 다시 확인했다. 남자의 여동생 이영채는 199X년 십일월 실종
신고가 되었다. 실종 당시 나이는 일곱 살. 키 백사십 정도에 몸무
게 삼십오 전후. 가족은 오빠인 이영우 외에 아버지 이정규가 있

었다. 실종 당시에는 어머니가 있었지만 현재는 사망한 상태였다.

"아버님과는 연락이 되지 않았습니다."

혜주가 말했다.

"볼 수 있습니까?"

"네?"

"……"

"아! 유해는 동생분이라고 확인된 후에 보셔도 늦지 않습니다. 유전자를 주시면 도움이 될 것 같습니다. 그리고 동생분이 사라진 정황을 이야기해주셨으면 합니다."

이영채의 실종 사건은 조금 특이한 점이 있었다. 남아 있는 자료만으로는 언제 어떻게 없어졌는지 제대로 확인이 되지 않았다.

"제가 경찰에 신고했습니다. 영채가 없어진 것 같다고."

"부모님은요?"

"어머니는 그보다 먼저 집을 나갔습니다. 영채가 없어졌을 때 아버지는 어머니가 데려간 줄 아셨을 겁니다. 제가 어머니를 찾아다녔습니다. 영채를 찾아서 집으로 데리고 오려고. 물어물어 겨우 어머니를 찾았는데 거기 영채는 없었습니다."

"그래서 경찰에 신고를 하셨고요. 늦었겠군요?"

"네, 많이 늦어버렸습니다."

"아버님은?"

"……"

아버지 이야기가 나올 때마다 그가 초점을 벗어나고 있다고 혜주는 느꼈다. 침묵하거나 다른 이야기를 꺼내거나.

"아버님과는 어떻게 연락해야 합니까? 주소가 소멸되셨던데요."

"저도 모릅니다."

혜주는 그의 얼굴을 물끄러미 바라보았다.

"동생이 보고 싶습니다."

영우는 또박또박 그렇게 말했다. 그 모습에서 혜주는 동생을 찾아 헤매던 어린 소년의 모습을 보았다. 그리고 또 자신의 모습도. 시간이 지나면 지날수록 내가 기억하는 그 얼굴을, 그 모습을 볼 수 없어진다. 그리고 지금 내 모습도 사라진 이가 기억하는 모습이 아니다. 우리는 변했고, 변하고 있다. 그 기억이 우리를 다른 사람으로 만들었다. 우리가 되어야 마땅했던 그 사람이 아닌 다른 사람……

혜주는 그가 보고 싶어하는 동생의 모습을 보여줄 수 없을 것이다. 지금도, 그리고 앞으로도. 돌아오지 못하는 사람에게는 돌아올 수 없는 이유가 있다.

*

경찰서를 나와 얼마나 걸었는지 모르겠다. 주변을 둘러보다가

도로변에 우두커니 서 있는데 택시가 영우 앞에 멈췄다. 택시기사가 고개를 돌려 아련히 올려다보는 것을 그는 보았다. 백발이 성성하고 얼굴에 잔뜩 주름이 있으나 푸근한 인상의 나이든 기사였다. 영우는 택시를 탔다.

"어디로 모실까요?"

그는 어디로 가야 할지 마음을 정하지 못했다는 사실을 깨달았고 택시는 이미 움직이려 하고 있었다.

"호텔에 가야 하는데……"

"네, 어느 호텔로?"

"어디로 가야 할까요?"

막상 택시를 탔지만 그의 머릿속은 백지처럼 하앴다. 아무 생각도 나지 않았고 아무 생각도 할 수 없었다.

택시기사가 다시 물었다.

"여행 오셨나요?"

"……"

"여행 오신 건 아니겠군요. 아무리 못해도 잘 곳을 대략은 알아보고들 오니까요."

택시기사는 그의 행색을 살폈다. 검정 양복을 입고 짐이라곤 아무것도 없지만 부산 사람은 아니었다. 장례식이나 결혼식에 참석하러 왔거나 아니면 출장을 왔을 것이라고 짐작했다. 어쨌든 이 손님의 원래 계획은 볼일만 보고 떠나는 것이었으리라고 추측할 수 있었다.

"오늘 돌아가셔야 하는데 못 가시게 된 거죠?"

"좀더 있어야 할 거 같습니다."

"얼마나요?"

"잘 모르겠습니다."

손님에게서 난감한 기운이 풍겨져나왔다. 아는 사람 하나 없는 곳에 홀로 남겨진 미아 같다고 택시기사는 생각했다. 어떻게든 돕고 싶었다.

"여행이라면 일단 해운대로들 가시긴 하죠. 여기선 광안리도 가까워서 괜찮습니다."

"해운대나 광안리……"

택시기사는 바다를 볼 것이 아니라면 굳이 해운대나 광안리를 추천하고 싶지 않았다. 특히 서울 사람에게는. 그가 생각하기에 해운대는 바다를 빼면 서울의 강남과 비슷했다. 아들 때문에 처음 가본 서울에서 그는 그런 인상을 받았고 갈수록 점점 더 그랬다. 서울에 있는 그곳이 부산에도 있는, 그런 걸 부산 토박이로서 권하고 싶지는 않았다. 그는 서울 간 아들이 그리워하는 부산을 외지 손님에게 무심히 권하곤 했다. 하지만 이 손님은 조금 달랐다. 부산의 참 괜찮은 곳을 추천하는 게 무의미해 보였다. 어쩐지 특별한 그 무엇도 하지 않을 것 같아 보이는…… 그렇다면, 해운대였다.

"처음 오셨으면 광안대교 한번 건너고 해운대로 가시는 것도 좋습니다."

"네, 그럼 그럴게요."

미적거리던 택시는 목적지를 정하자 속력을 냈다.

"그런데 해운대 어느 호텔로 모셔다드리면 될까요?"

손님은 또 말이 없었다.

"거기 해변 호텔들이 좋기는 참 좋다고 하더군요. 저는 부산 사니까 거기 묵을 일은 없지만 밥은 몇 번 먹으러 가봤습니다. 특급 호텔이라 비싸 그렇지 좋긴 좋더군요."

"괜찮습니다."

"네?"

"가격은 상관없습니다."

"그럼, 해운대 도착해서 한 바퀴 돌고 마음에 드는 곳으로 고르세요."

"네."

택시기사는 나지막한 목소리의 디제이가 아주 가끔 음악의 제목만을 알려주는 라디오 방송을 틀었다. 볼륨은 카페의 소음처럼 적당히 편안했고 택시기사의 운전은 굴곡 없이 안정적이었다.

영우는 움직이는 창으로 부산을 바라보았다. 십 년을 넘게 떠나 있었지만 어떤 풍경은 어느새 익숙했다. 바다의 내음, 산의 집들, 지하철역의 이름들…… 어느덧 해운대 해변이 가까워졌음을 기사가 알려주었다. 오른쪽으로 비현실적으로 높고 반짝이는 고층 건물들이 있었다. 애초의 계획대로 해변을 한 바퀴 둘러보는 것을 포기하고 그는 아무 호텔이나 가까운 데로 데려다달라고 부탁했다.

"이왕에 여기까지 왔는데 아무데서나 주무시면 안 되죠. 제가 알아서 모셔다드릴게요."

택시가 해변의 초입, 동백섬에 위치한 호텔에 도착했다. 영우는 택시비를 건네고 거스름돈은 사양했다. 백발의 기사는 미소를 띠며 고맙다고 말했다.

"아닙니다. 친절히 안내해주셔서 제가 고맙습니다."

"당연히 해야죠. 타지에서 오신 분들께는 택시기사가 부산의 첫인상이 될 수도 있는걸요."

그랬다. 지금 그를 친절히 이곳으로 안내한 택시기사가 아니라 부산역에서 경찰서까지 난폭한 운전으로 그를 불쾌하게 한 첫 택시기사가 그에게는 부산의 첫인상이었다. 부산은 그에게 늘 그런 도시로 기억되었고 다시 돌아온 부산도 역시 그런 도시라고 생각했다. 그러나 이 호텔까지 데려다준 친절한 택시기사 덕분에 그 나쁜 인상이 조금 무너지고 있었다.

하지만 그는 끝내 첫인상을 고집할 것이다. 좋은 일보다 나쁜 일이 강렬한 상처로 깊이 기억되는 법이니까. 지금 그에게는 그것이 옳을 것이다.

*

특급 호텔의 칠층 복도는 조용했다. 영우는 방향을 살피면서 카펫 위를 걸어 707호 앞에 도착했다. 카드키를 대자 문이 열렸다. 켤 수 있는 모든 조명을 켰지만 호텔방은 어두침침했다. 창에는 커튼이 처져 있었다.

그는 커튼을 열어젖혔다. 시커먼 바다가 보였다. 이미 해는 져서 캄캄한 해변가에서 불빛들이 현란하게 반짝이고 있었다. 유리창에는 양복을 입은 그의 모습이 비쳤다. 하얀 와이셔츠에 짙푸른 색 넥타이는 어둠 속에서 검정 넥타이처럼 보였다. 하루종일 돌아다니느라 구겨진 주름 같은 건 창에서 보이지 않았다.

끝내 아무것도 확인되지 않았다.

경찰은 확인되는 대로 연락주겠다는 기약 없는 대답을 주었을 뿐이다. 분수대 공사 현장에서 발견된 아이의 시신은 그의 동생이거나 동생이 아니거나 두 가지 가능성으로 남은 것처럼 보일 수도 있다. 그러나 오엑스 문제처럼 단순하게 여겨지는 답의 확률은 사실 오십 대 오십이 아니었다.

영채는 실종된 수많은 아이 가운데 하나였고, 분수대의 아이 시체는 집으로 돌아오지 못하는 아이들 중 가장 나쁜 경우였다. 그는 그 아이가 영채일 수 없다고 생각했다. 우리 영채는 그렇게 죽었을 리가 없다.

경찰서를 나와서 할 수 있는 그의 선택도 두 가지였다. 집으로 돌아가거나 그러지 않거나. 어쩌면 서울로 돌아가는 것이 합리적인 선택이었을 것이다. 비행기든 기차든 몇 시간 만에 그를 다시 그곳으로 되돌려놓을 수 있었다. 하지만 그는 하룻밤이 될지라도 이곳에 머물기로 했다.

아직 아무것도 준비되지 않았다.

지금 그에게는 전투복 같은 양복을 벗고 갈아입을 옷조차 없었다. 전화를 받았던 그 순간부터 일상이 모조리 멈추었다. 처음부터 그에게 일상이라고 할 수 있는 것도 한 줌이 되지 않았는데, 그마저도 그는 제대로 사고할 수 없게 됐다. 작은 가방에 편안한 옷과 속옷, 양말 정도는 준비해도 됐었다. 당연히 그래야 했다. 그런데 그는 병원에 출근할 때보다 더 허술하게 집을 나섰고, 부산에 왔다. 몸에 걸친 것 외에 아무것도 없었다. 스무 살 집을 떠날 때와 그리 다르지 않았다.

그는 양복 윗도리를 벗고 넥타이를 풀고 와이셔츠의 목 제일 위 단추와 소매 단추를 풀고 침대에 걸터앉았다. 시계를 보았다. 장원장에게 전화를 하기에는 조금 늦은 시간이었다. 내일 아침에 연락해도 괜찮을 것이다. 사무적이고 기계적인 타인과의 약속부터 먼저 제자리로 돌아오기 시작했다.

피곤한 가운데도 머릿속이 점점 더 맑아지는 게 오늘밤도 잠을 자는 게 쉽지 않을 듯했다.

어린 시절, 어머니는 잠들기 전 침대에서 영우에게 책을 읽어주었다.

어린 그는 어머니의 무릎을 베고 누워 어머니가 읽어주는 이야기를 듣다가 잠이 들곤 했다. 언젠가부터 그는 한글을 조금씩 읽기 시작했고, 아버지는 어린이날 선물로 그에게 동화책을 사주었다.

어린이날부터 그는 동화책을 읽기 시작했다. 아는 글자는 읽고 모르는 글자는 상상했다. 그렇게 읽고 상상한 끝에 그해 크리스마스가 되기 전 동화책의 마지막 페이지에 도달했다. 마지막 문장은 "그리고 그후 헨젤과 그레텔은 아버지와 함께 행복하게 살았습니다"였다. 그때 그는 '헨젤과 그레텔'도, '함께'도, '행복'도 읽지 못했다. 그래서 그는 '그리고 그후…… 살았습니다'라고 읽었다.

그해 십이월, 그는 행복이라는 단어를 읽을 수 없었지만 진정한 의미의 그 단어를 알고 있었다.

이듬해 여동생 영채가 태어났다. 얼마 후 엄마가 이야기를 들려주던 침대가 사라졌고, 가구들이 사라졌고, 텔레비전과 냉장고와 세탁기가 사라졌고, 마침내 집이 사라졌다. 수많은 것이 사라지는 동안 잠자고 있던 것들이 깨어나기도 했다. 천성적인 나약함은 무기력을 일깨웠고 실패는 술을 마시게 했고 술로 인한 인사불성은 화를 불렀다. 아버지는 지옥의 시작이자 끝이었다.

그리고 드디어 엄마가 사라졌다.

엄마가 사라진 후부터 그는 아무것도 사라지지 않았던 그때 엄마가 그에게 해주었던 것처럼 여동생이 잠들기 전에 책을 읽어주었다. 그가 포개진 베개에 등을 기대고 앉아 자신의 무릎 위에 낡은 동화책을 펴면 동생은 그의 어깨에 머리를 기대었다. 동화책은 그의 입을 통해 이야기가 되어 방안에 울려퍼졌고, 어느 해 십이월에 기분이 좋았던 아버지가 설치한 크리스마스 초크 등은 붉은색, 파란색, 초록색, 노란색, 주황색으로 차례차례 반짝였다.

책의 마지막 문장은 이번에도 "그리고 그후 헨젤과 그레텔은 아버지와 함께 행복하게 살았습니다"였다. 그는 온 힘을 다해 행복이라는 단어를 읽었고 동생에게 그 단어의 의미를 가르쳐주고 싶었다. 집이 사라졌고, 엄마가 사라졌지만, 그에게는 남아 있는 것들이 있었다. 하지만 아무리 애써도 그는 어린 동생에게 행복이라는 단어의 의미를 가르쳐줄 수 없었다.

그리고 마침내 동생이 사라졌다.

동생이 사라진 날부터 그의 삶의 목적은 남아 있는 것으로부터 벗어나는 것이었다.

지금 그에게는 약도 없고 책도 없다. 술이 있고 텔레비전이 있다. 그리 도움이 되지 않을 것이다. 아무 도움도 되지 않을 거라 믿었던 것들만 있다.

그는 텔레비전을 켰다. 누군가가 훌쩍이고 있었다. 훌쩍이면서 슬픔인지 억울함인지 모를 것들을 격앙된 목소리로 토해내고 있었다. 그는 텔레비전 속 누군가의 사연이 궁금하지 않았다. 그는 세상의 일에 되도록 무관심했다.

자기 자신이 가장 중요한 시간을 지나왔기에 아무도 중요하지 않았다. 아무도 중요하지 않았기에 자기 자신조차 중요하지 않은 때가 왔다.

텔레비전 속 누군가는 이제 울음을 쏟아내고 있었다. 이미 말은 필요 없었다. 그 울음소리는 장례식장의 곡소리처럼 들렸다. 그는 텔레비전을 껐다.

누구나 겪는 고통을 자기만 겪는 것처럼 유세를 떠는 것이 보기 싫었다. 누구나 하는 일을 자기만 하는 것처럼 유난을 떠는 것이 보기 싫었다. 누구나 아는 이야기를 자기만 아는 것처럼 잘난 체하며 말하는 것이 보기 싫었다. 그런 인간이야말로 이기적이라고 그는 생각했다.

그는 고통을 마비시킨다. 다가올 고통의 양을 예상하고 그 고통을 잊을 최선의 방법을 찾는다. 마취과 전문의가 되기 전에도 그는 그랬다. 모든 의사는 고통의 양을 알아야 한다. 적절한 고통은 살아 있다는 증거이다. 고통을 완벽하게 마비시키면 기억이 사라진다. 기억이 사라지면 인간이 사라진다.

그에게 살아남는다는 것은 죽는다는 것과 동의어였다. 죽은 뒤에 사는 것이 살아남는 것이다.

그레텔이 없는 헨젤의 시간.

*

누구나 겪는 고통이 그녀에게는 없었다. 누구나 해야만 하는 일을 그녀는 하지 않아도 되었다. 누구나 아는 이야기를 그녀만 몰랐다. 그런 채로 어른이 되었다. 그 대신 그녀에게는 오로지 그녀만 알아서 누구와도 나눌 수 없는 고통이 있었다. 그래서 아무도 하지 않는 일을 하고 싶어졌다. 누구도 모르는 그 이야기를 혼자서만 알아들을 수 있게 되었다.

그런 채로 혜주는 경찰이 되었다.

"보미야, 보미야……"

침상에 누운 여자, 김소희가 잠에서 깨어났다. 자면서도 김소희는 보미를 부르지만 이 목소리는 꿈속의 것이 아니다. 이제 김소희의 목소리는 탁하고 힘이 없는 병자의 것이다.

"언제 왔어?"

"조금 전에요."

"밥은 먹었어?"

소희가 표정 없는 얼굴로 물었다.

"네, 먹었어요."

"정말?"

"아니…… 사실은, 안 먹었어요."

"얼른 가서 밥 먹어."

"배 안 고파요."

"배 안 고파도 밥은 먹어야지."

소희의 목소리가 더 거칠어지고 숨이 가빠진다.

"말 안 해도 아니까, 그만 말해도 돼요."

김소희는 만날 때마다 혜주의 끼니를 걱정하는 사람이다. 요즘 누가 밥 못 먹고 산다고, 일부러 안 먹는 사람이 얼마나 많은데, 같은 이야기가 통하지 않는 사람이다. 그날로부터 지금까지 혜주는 이 여자 김소희와 늘 함께였는지도 모른다.

혜주는 그날 이후, 김소희를 처음 만났을 때를 기억한다. 그 기억은 구체적인 말이나 행동, 모습으로 떠오르기도 하지만 그때 혜주가 가졌던 느낌이 지금도 가장 먼저다. 그 느낌은 분명 당황스러움이었다. 김소희가 무슨 옷을 입었는지를 기억하는 것은 쉽지 않다. 김소희가 어떤 머리 모양을 하고 있었는지도 모르겠다. 다만 엄마라기엔 김소희는 너무 젊고 작아 보였다.

젊고 작은 여자가 작고 거친 손으로 그녀의 손을 덥석 잡으며 말했다.

김보미……

*

김소희의 딸, 김보미는 은혜주의 유일한 친구였다.

"야, 은혜주…… 오랜만이다."

"……"

"혜주야, 나 모르겠어?"

"……"

"나, 푸른유치원 달님반 김보미."

"응, 보미야."

혜주는 보미를 다시 만난 그날을 영화의 장면처럼 기억한다.

혜주는 보미를 몰랐는데 보미는 혜주를 알고 있었다. 혜주가 당연히 자기를 알 거라는 듯 말을 걸었고 친밀하게 대하는 보미에게 혜주는 너 누구니? 라고 묻는 게 미안했다. 그래서 알은척했고, 그러자 이미 아는 사이가 되었고, 곧 친한 사이가 되었고, 어느새 둘도 없는 단짝이 되었다.

보미와 함께 지낸 그 시간은 이제 일기장 속에만 남아 있다.

어느 날인가 분식집에서 떡볶이를 사 먹고 있는데 아줌마가 말했다.

"너희 둘이 쌍둥이야?"

"네?"

"자매야? 하도 매일 둘이서만 붙어다녀서."

사진과 그림   65

"아, 네 , 쌍둥이예요. 제가 언니고 얘가 동생이에요."

그 착각과 이어진 거짓말이 재밌는지 보미는 내내 킥킥거렸다. 학교도 다르고 사는 곳도 다른 두 소녀는 키도 비슷했고 몸집도 비슷했고 머리카락 길이도 비슷했다. 그후로 둘은 일부러 더 비슷하게 하고 다녔다.

비슷한 가방, 운동화, 티셔츠, 청바지를 입고 있었지만 혜주의 것은 오리지널이고 보미의 것은 카피였다. 물질적인 것에 대한 결핍을 몰랐던 혜주도 한숨짓고 비교하고 시무룩해지는 보미를 눈치챘을 것이다. 그래서 어느 날부터 아무렇지 않게 물건을 바꿨을 것이다. 모르는 척 혜주는 보미의 운동화를 신고 먼저 나섰고, 옷이 불편하다고 바꿔 입자고도 했다.

어느새 두 소녀는 내 것 네 것이 없어졌고, 점점 더 닮아갔고, 세상의 구분은 무의미해졌고, 오히려 다른 사람들이 자신들을 구분하지 못하는 것이 즐거웠다.

그리고 진짜 두 사람이 서로가 되어야 했다. 살기 위해서.

*

똑똑 노크 소리가 들리고 간호사가 들어왔다.

"김소희님, 불편한 거 없으세요?"

소희가 고개를 끄덕이자 간호사가 처치를 시작했다.

"필요한 거 없어요?"

혜주가 물었다.

"없어."

"진짜 없어요?"

"응."

"책은 다 읽었겠다……"

혜주는 가방에서 주섬주섬 책을 꺼내며 계속 말했다.

"다음에는 더 많이 가져다줄게요. 뭐가 제일 좋았어요?"

혜주는 소희에게 여러 권의 책을 가져다주고 다음 방문 때 소희가 선택한 제일 좋은 책 단 한 권만 다시 집으로 가져왔다. 혜주는 그 한 권을 소희의 방이라고 여기는 방의 책장에 꽂았다. 돌아올 수 없을지도 모를 소희 대신 소희의 방에는 소희의 책이 쌓여갔고, 비어 있는 날만큼 책의 숫자는 늘어났다.

언젠가부터 그것이 혜주와 소희 둘만의 의식으로 자리잡았다. 그런 식으로, 또다른 식으로 의식을 치르며 사라진 소녀의 존재를 여전히 기억하는 두 사람은 기다렸다. 어떤 소식을, 덜 나쁜 소식을, 더 좋은 소식을, 그 어떤 소식이라도.

소희가 가리킨 책 한 권만 혜주가 가방에 넣는 것을 본 간호사가 말했다.

"그럼, 나머지 책들은 저희가 치울게요."

"고마워요."

혜주가 간호사에게 미소를 띠며 말했다.

"늘 다른 환자들을 위해 좋은 책을 기부해주시는데 저희가 오히려 감사하죠."

병원 관계자들이 감사할 일은 물론 그것만은 아닐 것이다. 아버지는 이 병원의 고액 기부자였고, 간호사도 의사도 그 사실을 알고 있다.

은회장이라고 불리는 은혜주의 아버지 은용훈……

이제 아버지는 가격표를 아예 거들떠보지도 않고 물건을 척척 산다는 진짜 부자다. 하지만 겉모습만으로 아버지가 부자라는 걸 짐작하기는 어렵다. 유행과는 거리가 멀고 그렇다고 클래식하다고 하기에도 지나치게 답답한 옷차림이며, 동네 이발소에서 깎았음직한 헤어스타일, 기천만원은 족히 하는 팔목의 시계조차도 지나치게 번쩍이는 탓에 오히려 짝퉁으로 보인다. 세련된 취향은 돈이 있다고 어느 날 갑자기 생겨나는 것이 아니다.

돈을 아무리 써도 되지 않는 취향 대신 아버지에게는 더 표시나게 돈을 쓰는 방식이 있었다. 언젠가부터 아버지는 기부를 했다. 가진 것이 돈밖에 없는 사람이 세상에 자신을 알리고 인정을 넘어 존경을 얻을 수 있는 최선의 전략이었을 것이다. 자신이 돈을 썼다는 걸 알릴 수 있는 곳이라면 세상 어디든 기부를 했다. 돈을 기부하고, 환하게 웃으며 사진을 찍고, 나중에는 표창장을 받았다. 더불어 세금 혜택도 받았다. 그후로는 아버지의 투박한 취향 없음이 소탈한 성품처럼 보이기 시작했다.

하지만 세상이 다 속아도 혜주는 자신만은 절대 속지 않을 것이라고 생각한다. 아버지가 한 짓은 절대 용서할 수 없는 오만과 기만이었다.

신경은 쓰고 관심은 갖지 말라는 명백한 요구에도 불구하고 사람들은 며칠 전 이 브이아이피 병실로 옮겨온 환자를 궁금해할 수밖에 없을 것이다. 은회장님과의 관계, 그리고 은회장님의 무남독녀와의 관계. 혜주는 그 위태로운 호기심이 이 병실에 가만히 누워 외롭게 죽음을 기다리고 있는 김소희에게 도움이 된다는 것을 알 만큼은 세속적이었다.

혜주는 아버지의 하나뿐인 가족이자 유일한 자식이라는 사실 덕분에 자신이 아주 특별하다는 것을 안다. 그 모든 것을 자기 힘으로 일군 아버지보다 그 모든 것을 물려받을 것으로 예상되는 그녀가 이제는 더 부러움의 대상인 세상이다.

세계가 불공평하다는 것을, 보미를 만나지 않았다면 혜주는 영원히 몰랐을지도 모른다. 그리고 아버지의 세계가 영원히 불공평하리라는 것을 딸은 지금도 모른다.

*

혜주가 김소희를 위해 할 수 있는 것 모두가 결국은 은용훈에게서 나왔다.

소희의 마지막을 위해 혜주는 아버지와 거래를 해야만 했다. 처음에는 자신이 좋은 집으로 이사를 하고 소희는 좋은 병원에 입원을 했다. 그다음에는 자신이 한 달에 한 번 아버지의 집에 가기로 하고 소희는 더 좋은 병실로 옮겼다. 아버지의 요구는 결국 돈 자랑이었다. 재건축이 계속 미뤄지고 있는 오래된 아파트에서 김소희가 마지막을 혼자 보내게 할 수는 없었다. 어쩌면 그녀 때문에, 아니 또 어쩌면 아버지 때문에 이 순간까지 혼자일지도 모를 김소희였다.

혜주는 소희를 위해 할 수 있는 것이 있다면 그것이 무엇이든 해야만 했다.

새 아파트로의 이사를 결정할 수밖에 없었던 날 그녀는 아버지의 전화를 받았다.

"이사야 이삿짐센터가 하겠지만 어떤 방을 어떻게 쓸지는 결정해야 하는 거 아니냐? 미리 가보고 대충이라도 네가 결정을 할래, 아님 영도댁 아줌마한테 알아서 하라고 할까?"

영도댁 아줌마는 아버지 집안일을 오랫동안 해주고 있는 사람이었다. 처음부터 이미 예순은 되어 보였던 영도댁은 십 년이 지난 지금도 여전히 예순쯤으로 보였다. 아니 오히려 점점 얼굴이 좋아졌다.

"이사는 제가 알아서 할게요."

"흠……"

"약속은 지킨다니까요."

"알았다. 내일 김기사 편에 필요한 거 보내마."

아버지는 그녀의 말을 반쯤만 알아듣고 그녀를 반쯤만 믿는 사람이었다. 비어 있는 새집이니 언제든 가봐도 된다는 말과 함께 열흘도 남지 않은, 손 없는 날로 이사 날짜가 정해진 포장이사 예약 서류와 카드키가 그녀에게 전해졌다.

그리고 아버지와의 딜이 성립한 바로 그날, 마치 준비된 듯 김소희는 호스피스 병원 일인실로 옮겨졌다.

아버지가 그녀를 반쯤 믿듯 그녀도 아버지를 반만 믿었다. 세상 모두를 속일 수 있는 사람이라지만 그래도 자신의 유일한 혈육인 딸을 위해서라면 절반만이라도 진실을 말하리라는 것, 아니 아버지가 무슨 말을 하듯 그 속의 거짓 속셈을 그녀가 알아채리라는 것을 아버지가 알고 있다는 것이 그 믿음의 정체였다.

간호사가 링거를 꽂았다. 소희는 곧 잠들 것이다.

고통을 멈추게 하는 방법이 점점 더 잠뿐이다. 열셋과 스물여덟. 그사이에 처음부터 없었던 사람들, 있다가 사라진 사람들. 그리고 혜주는 이제 또 한 사람을 잃을 것이다. 이 예고된 죽음 앞에서 그녀는 무력해지는 자신이 싫었다.

"오늘은 그만 갈게요."

"그래."

혜주가 의자에서 일어나 주위를 돌아보기 시작했다.

"그날 뭐라고 이야기했어?"

창밖의 단풍나무를 바라보던 소희가 갑자기 생각났다는 듯 물었다.

"필요한 말을 했어요."

죽음을 앞둔 소희의 마지막 소원은 무엇일까. 처음부터 끝까지 변함없이, 딸이 그저 어딘가에서 잘 살아 있기를 바랄까. 그 믿음의 유효 기간이 얼마 남지 않았다. 혜주는 그렇게 생각할 수 없으니까. 소희 없이 혼자서는 단 한순간도 그런 희망을 믿을 수는 없을 테니까. 그리고 소희 없이 혼자서는 그런 희망을 믿는 척할 필요가 없을 테니까.

소희가 죽으면 보미가 살아 있다는 희망이 이 세상에서 완전히 사라지는 것이다. 그래서 그때가 오면 혜주는 보미가 살아 있다고 스스로 믿어야 할지도 모른다. 믿을 수 있을까. 그리고 그 믿음으로 무엇을 할 수 있을까.

*

병실의 창으로는 단풍나무 두 그루가 보인다.

단풍나무는 언젠가부터 늘 붉은색이다. 단지 날씨에 따라 다른 붉은색이었을 뿐. 주홍에서 빨강으로, 점점 더 짙은 빨강이었다가 적갈색에 가까워진다. 그리고 겨울이 되면 시들어가면서 말라비틀어진 핏빛의 잎이 떨어져내린다. 바람이 불 때마다 잎사귀들이 마구마구 떨어지고 잎이 사라지는 것만큼 낮의 빛도 사라진다.

어느 날 문득 밤의 창으로 바라본 나무는 인간의 뼈처럼 보였다.

십오 년 전 겨울이었다.

밤샘 작업을 끝내고 돌아온 소희는 보미가 언제부터 집에 없었는지 알 수 없었다. 하지만 이 시간에 집에 없을 아이가 아니었다. 집에 없다면 어디에 간다고 메모를 남기는 아이였다. 메모도 없이 나갔다면 엄마가 돌아올 시간을 기억했다가 집으로 전화해 자초지종을 알릴 아이였다. 보미는 이 세상에 자신과 엄마 둘뿐이라는 걸 아는 아이였다.

소희는 경찰서에 갔다.

경찰관은 대뜸 그러다가 돌아오겠죠, 라고 했다. 단순 가출일 수도 있다고. 그녀는 경찰서라는 공간과 단정적으로 말하는 경찰관에게 주눅이 들어 입을 다물었다. 하지만 한 걸음도 물러서지 않았다. 나무처럼 입을 다문 채 굳건히 서 있었다.

그사이 경찰관은 정수기로 다가가 컵에 뜨거운 물을 받아 커피를 타고, 동료와 친근한 눈인사를 나눴다. 한 소녀가 어디 있는지 모르겠다고 안절부절못하는 엄마 앞에서 경찰관은 아무렇지도 않은 것처럼 보였다. 그에게는 이미 누군가가 사라지는 것이 당연한 세상이었는지도 모른다.

그때 한 소녀가 경찰서로 들어왔다.

"친구가 없어졌어요. 이름은 김보미구요. 찾아주세요."

소희는 그날 딸의 친구 은혜주를 처음 보았다.

경찰은 아이 엄마를 무시했듯이 아이 친구의 의견도 무시했다. 하지만 열세 살 소녀 은혜주는 김소희처럼 가만있지 않았다.

"보미, 가출 아니에요. 찾아주세요."

"……"

"찾아주세요."

혜주가 큰 소리로 말하자 뒷자리에 앉아 있던 계급이 더 높은 경찰관이 말했다.

"무슨 일입니까?"

"애가 집에 안 들어왔답니다."

"집에 안 들어온 게 아니에요. 보미는 가출할 애가 아니라고요."

계급이 높은 경찰관이 혜주의 얼굴을 빤히 바라봤다. 그 얼굴에는 네가 뭘 알아, 라는 무시나 어린것이, 라는 경멸이 없었다. 따뜻하진 않았지만 성실한 표정으로 그는 아까 그 경찰관에게 말했다.

"사건 접수해요."

명령인지 권유인지 모를 높은 경찰관의 말에 두 사람을 상대하던 경찰관의 얼굴에는 순간 불쾌감이 스쳤다. 그 경찰관은 어쨌든 접수는 받겠다면서 선심 쓰듯 컴퓨터 앞에 앉았다.

혜주는 어렸고 소희는 착했다. 그 어림은 경찰에게 부탁하는 것밖에 할 수 없을 정도의 것이었고, 그 착함은 경찰이 할 수 있는 모든 것을 다 하리라고 믿을 만큼의 것이었다. 그 어림은 슬펐고 그 착함은 약했다.

한 해 실종자 수는 상상을 초월한다. 실종자들 중 많은 사람이 조만간 집으로 돌아온다. 그러니 실종 사건이라고 경찰이 전부 수사에 나섰다가는 다른 일은 아무것도 못할 것이다. 경찰의 업무가 얼마나 많은 줄 아느냐, 경찰관이 마지못해 접수를 받으면서 설교했다. 게다가 그는 이렇게 덧붙였다. 이런 불안정한 청소년의 실종 사건은 십중팔구 돈 떨어지고 배고프고 잘 곳 없으면 돌아오게 되어 있다. 그러니 기다려라. 시간이, 그것도 곧, 해결해줄 것이다.

경찰관의 설교는 나이는 비슷하나 계급이 더 높은 상관의 지시에 대한 불만이 포함되어 더 길고 격렬했다. 시민에 대한 배려 없는 잔소리에 가까운 충고에도 불구하고 경찰에 신고할 수 있게 되었다는 희망 때문인지 소희의 얼굴은 한층 밝아졌다.

경찰관이 물었다.

"신고자분 성함이 김소희…… 주민번호는요?"

소희가 주민번호를 불러주자 경찰관이 갑자기 고개를 들어 소희의 얼굴을 한번 쳐다보더니 혼잣말을 하면서 서류를 작성했다.

"딸이 열세 살인데 그럼 열여덟 살에 애를 낳았네. 어쩌다 가…… 남편도 없이…… 그 나이에…… 아무래도 가출이지 싶은데…… 걱정 마세요. 돌아올 거예요."

소희의 표정이 순간적으로 캄캄해졌다.

경찰관의 태도는 충분히 분노할 만한 것이었다. 거기에는 사무적인 최소한의 예의조차도 없었다. 그의 개인적인 판단만이 존재할 뿐이었고, 그 판단은 편견일 뿐이었다. 가난하고 초라한 행색의 어머니, 게다가 사람들이 흔히 말하는 결손가정의 아이, 더더구나 아버지가 없는 아이…… 하지만 소희는 화를 낼 수 없었다.

그날 김소희는 처음으로 생각했을 것이다. 없어진 아이가 내 아이가 아니라면, 내 아이가 아니었다면, 모든 것이 달랐을지도 모른다.

그날 이후 소희는 신에게 기도했다.

하나. 아이가 살아 있게 해주십시오. 둘. 아이가 돌아오게 해주십시오. 셋. 아이가 평안하게 해주십시오.

살면서 기도가 이루어진 적은 많지 않았다. 아니, 거의 없었다고 해야 하지만 그렇게 생각하면 어쩐지 더 비참해질 것 같은 순간이었다. 단 한순간도 비참하지 않은 적이 없었다.

이제 소희는 아이가 서른이 되는 것을 보지 못할 것을 안다. 의사의 선고대로라면 그녀는 올해 봄도 보지 못했을 테지만. 의사는 사람이다. 그리고 신에게도 한계는 있다. 그녀는 이 세상 이후를 믿지 않는다. 믿지 않기에 기도할 수 있었다.

죽음조차 공평하지 않다.

이곳에서 소희는 그 사실을 다시 깨닫게 되었다. 호스피스 병원의 일인실을 차지하고 있는 자들은 다 돈이 있는 자들이다. 돈이 있어도 죽음이 온다는 사실이, 그 누구도 결국은 죽음을 피할 수 없다는 사실이 위안이 될까. 부자들과 같은 병실을 쓴다고 해서 삶의 마지막이 비참하지 않은 것은 아니다. 오히려 그녀의 마지막은 그것 때문에 더 비참하게 느껴진다. 이 호의를, 이 적선을 거절할 방법이 없다.

그날 이후 내내 그랬다. 일자리를 잃었다고 했을 때에도 걱정하지 말라고 했다. 집이 사라진다고 말했을 때도 걱정하지 말라고 했다. 병이 났다고 말했을 때도 걱정하지 말라고 했다. 하지만 죽을지도 모른다고 말했을 때 아이는 처음으로 아무 말도 하지 않았다.

병이 나고 집을 잃고 이곳에 들어왔다. 한 번도 아이 외에 온전히 자신의 것이라고 믿을 만한 것을 갖지 못했던 소희에게 혜주는 자신이 있는 곳이 소희의 집이라고 했다. 그리고 이제 쉬어도 된다고, 하고 싶은 것이 뭐냐고 물었다. 한 번도 그렇게 말해준 사람이 없었던 것처럼 죽음 앞에서 새로워졌다.

소희는 자신의 인생이 열여덟 살에 다시 시작되었다고 믿었다.

그를 만났고 그의 아이를 가졌고 그가 떠났고 아이가 남았다. 그 때부터 아이가 자신과 다른 삶을 살기를 소망하면서 지냈다.

그 소망은 잔인하게, 결국 이렇게 이루어진 것일까.

죽을 때가 오면 삶을 용서하게 된다는 것은 거짓이다. 누구를 원망해야 할까…… 가난한 결손가정의 아이이니 유괴가 아니라 가출일 거라고 단정했던 경찰관…… 자기 딸이 아니라고 몸값 지불을 거절하고 범인을 비웃었던 남자…… 원래 유괴범이 유괴하려고 했던 그 아이…… 아니면 딸에게 아무것도 해줄 수 없어 딸이 다른 소녀 행세를 하게 했던 자기 자신……

그 일이 일어난 후 소희는 이 세상이 천사보다 악마가 살기에 나은 곳이라고 믿게 되었다. 그 믿음이 그녀를 지금까지 살아 있게 했다. 그리고 그 믿음이 그녀를 병들게 했을 것이다. 다시는 건널 수 없는 강을 그때 건넜다.

그녀는 자신이 한 번도 용서한 적이 없다는 것을 깨달았다. 자기 자신도, 그 누구도. 죽을 때까지 고백하지 않을 것이다. 고백으로 속죄받을 수 있다고 믿는다면 그 믿음이야말로 악마의 것이다.

다시 책을 읽는다. 읽고 또 읽는다. 지금 아이의 집에 자신의 방이 있다는 걸 소희는 안다. 아직 한 번도 가보지 못한, 자신의 방. 그리고 그 방에 책장이 있고 그녀가 읽었고 아이가 읽기를 바라는 책이 있다. 어쩌면, 그 책 가운데 삶의 증명을 찾을 수 있을까. 읽는 것밖에 할 수 없어 읽을 수밖에 없었다. 말하기조차 어려울 때,

누군가와 말할 수 있는 유일한 방법이자, 또 아무와도 말하지 않을 수 있는 방법이자, 아무에게도 말할 수 없는 것을 말할 수 있는 방법이기도 했다.

이 세상 이후를 믿지 않는 그녀는 궁금하다. 아이에게도 이런 시간이 있을까. 마지막까지 그녀 옆에 있을 아이, 그래서 결국은 혼자가 될 아이……

소희는 자신의 죽음이라는 미래를 알게 된 후 기도를 바꾸었다. 소원이 여러 개라면 신은 그 가운데 아무거나 하나만 들어줄 수도 있다. 그러므로 이제 그녀는 오직 하나의 소원만을 신에게 이야기한다.

최우선인 것. 복수.

마지막 기도는 이루어질 것이라고 그녀는 믿는다. 반드시. 이루어져야만 한다고.

열대야

불어가는 핏빛 바람에 대해

할 말이 있다

—진은영, 「고백」[*]

이곳이 그곳일 거라는 느낌이 강하게 왔다.

차를 숲속에 대고 걸어서 울타리에 도착했다. 숨이 차오르고 이마에서 땀이 솟아났다. 걸음을 멈추자 추위가 느껴졌다. 옷깃을 여미고 울타리를 뛰어넘었다. 더이상은 몸을 숨길 수 없는 막막한 대지가 펼쳐졌다.

삼백 미터 전방에 빨간 창고 건물이 있었다. 페인트칠이 군데군

---

[*] 『훔쳐가는 노래』(창비, 2012)

데 벗겨져 건물은 피가 흘러 굳은 것처럼 보였다. 꼭대기에는 풍
향계가 돌고 있었다. 피 흘리고 상처 입고 죽어가는 괴물……

그 괴물의 입을 향해 그는 담담히 걸어 들어갔다.

*　*　*

커튼을 치지 않고 잤던가.

호텔방에서 눈을 떴을 때 영우는 생각했다. 창으로 햇살이 쏟
아지고 있었다. 꿈속에서 누군가와 한차례 싸움이라도 한 것일까.
팔근육이 당기고 온몸이 물에 젖었다가 마른 것처럼 서늘했다. 흰
색 와이셔츠에는 불그스름한 얼룩이 있다. 물에 젖은 핏자국……
그는 자신의 손을 내려다보았다. 상처는 없다. 보이지 않는 어딘
가에서 다시 피가 흐르기 시작한 것일까.

그는 침대 귀퉁이에 가만히 앉았다. 당장 무엇을 해야 할지 몰
랐다. 지금도 여전히 할 수 있는 것이 없었다. 영채가 사라진 후
그의 삶은 꽤나 분명했다. 목적이 있었다. 그러나 지금은 발견된
유체가 영채인지 아닌지를 확인하는 것 외에 다른 목적은 무의미
한 것처럼 느껴졌다. 그리고 그 확인 다음에 찾아올 것들이 무엇
인지 알 수 없었다.

영우는 장원장에게 연락을 했다. 내려오기 전 이틀 정도면 충분
할 거라고 했는데 주말까지 여유를 두는 건 어렵지 않을 것이다.

예상대로 장원장은 흔쾌히 그러라고 했다.

"몇 년 동안 여름휴가도 못 갔잖아. 휴가라고 생각해."

그러면서 오래간만에 즐기라고 말했다. 즐긴다, 그 말이 가진 어떠한 의미도 그는 알 수 없었다. 주말 동안, 무얼 할 수 있을지 무엇을 해야 할지 모르지만 지금으로서는 그 시간이 그가 부산에 머무를 수 있는 최대 기간일 것이다. 그 안에 어떻게든 결론이 날까.

일단 오늘밤을 견디려면 읽을 책이 필요했다. 그는 호텔 밖, 세상으로 나가기로 했다.

*

"이 근처에 서점이 있나요?"

"잘 모르겠는데요."

두 명에게 물어본 후 포기하고 영우는 휴대전화로 검색을 했다. 블로그에서 서점의 위치를 확인했다. 커다란 쇼핑몰의 지하였다. 그곳에 도착했지만 지하에 서점은 없었다. 그는 다시 지나가는 사람에게 물었다. 서점은 이미 오래전에 없어졌다는 대답이 돌아왔다. 그는 그럼 여기 말고 가까운 곳에 서점이 어디 있냐고 물었다. 건너편 길을 가리키며 학교 앞에 작은 서점이 있을지도 모르지만……이라는 불확실하고 의문스러운 대답을 들었다.

이중의 불확실이었다. 첫번째는 서점이 있을지 없을지 모르겠다. 두번째는 서점이 있다고 한들 참고서나 팔지 당신이 찾는 책이 있을 가능성은 없어 보인다. 그러면서 친절히도 지하철로 세 코스 정도만 가면 거기에 아주 큰 백화점이 있고 아주 큰 서점도 있다고 알려주었다. 이중의 불확실. 아니, 사실은 삼중의 불확실이었다.

서점이 있을지도 모른다고 말한 이조차 정확한 위치를 모르는, 이름도 없는 서점보다는 대한민국 어디에나 같은 이름으로 존재하는 커다란 서점이 찾기 쉬울 것이다. 하지만 커다란 서점의 이름을 듣자마자 그는 깨달았다. 자신이 찾는 것은 서점이 아니라 서점이라는 향수라는 걸.

어릴 때 영우가 살던 곳에서 가까운 시내에 조그마한 서점들이 줄줄이 늘어선 골목이 있었다. 영우는 그 헌책방 골목에 가서 책 한 권을 사는 즐거움을 누리곤 했다. 오래된 책들이 뿜어내는 냄새, 매일 털고 쓸고 닦아내도 쌓이는 먼지들이 그곳의 세월을 속삭였다. 사람 하나가 들어갈 공간을 벌려놓고 세워놓은 책꽂이마다 빼곡히 책이 꽂히고도 모자라 책 위에 놓인 책들, 그리고 바닥에 눕혀져 놓인 책들까지 놓을 수 있는 모든 공간에 책이 들어차 있었다. 어디서부터 보아야 할지 알 수 없었지만 어디서든 찾지 않았으나 기다려온 그 책이 있을 것만 같은 곳이었다.

이번에는 그곳을 검색했다. 조그만 서점들의 골목은 여전히 있었다. 그에게는 일상이었던 그 골목이 이제는 관광 명소가 된 듯했다.

어쩌면 그 향수 어린 장소는 그에게 또다른 실망을 안겨줄 수도 있었다. 여기서 그곳은 멀었고, 그는 배가 고팠다.

커다란 쇼핑몰 일층의 벤치에 앉아 그는 다시 검색을 시작했다. 해운대 식당. 잠시 검색해보고는 해운대가 꽤 넓은 곳이라는 걸 새삼 깨달았다. 그는 위치 서비스를 켜고 지도로 자신이 있는 곳을 파악했다. 해운대구 우동. 그는 해운대 우동 맛집을 검색했다. 너무 많은 조언과 너무 많은 장소가 쏟아졌다.

어떤 조언도 제대로 된 조건 없이는 찾아질 수 없다. 질문을 제대로 해야 답을 찾을 수 있다. 하지만 그는 지금 제대로 된 질문을 할 수 없었다.

질문을 찾기 위해 그는 주위를 둘러보았다. 그가 있는 건물의 일층에는 제대로 된 음식점이 없었다. 대한민국 어디에나 있는 빵집과 세계 어디에나 있을 것 같은 햄버거집, 아이스크림집, 도너츠집 정도가 보일 뿐이었다. 무엇을 찾는지는 모르지만 세상 어디에나 있는 이런 곳이 아니란 건 확실했다. 영우는 이 건물에서 나가기로 결정했다.

건물을 나오자 제일 먼저 길 건너 맞은편 건물에 닭갈비집이 보였다. 혼자 먹기엔 부담스러운 메뉴였다. 그는 온 길을 거슬러올라갔다. 동네 어디에나 있을 것 같은 분식집과 실제로 웬만한 동네에는 다 있는 프랜차이즈 식당과 커피숍을 지나 꽤 오래 이 자리에 있었을 것만 같은 중국집을 발견했다. 낡았지만 단정하고 촌

스럽지만 정감이 가는, 동네 중국집.

그는 중국집으로 들어갔다. 점심시간이 이미 한참 지나 있었지만 두 명이 앉은 테이블이 하나, 한 사람이 앉은 테이블이 하나 있었다. 그는 그 두 테이블과 적당히 거리를 둔 테이블에 앉았다. 메뉴는 벽면에 붙어 있었다. 짜장면과 짬뽕 사이에서 그는 습관적으로 고민하다가 짬뽕을 주문했다.

짜장면은 그에게 어린 시절을 연상시키는 음식이었다. 세상 모든 사람에게 공동의 추억이 되어버린, 세뇌된 추억에 가까웠지만 짜장면을 앞에 두고 있으면 그는 서럽고 아름다운 기억이 떠올랐다. 서러워서 아름다운지, 아름다워서 서러운지 알 수 없는 기억.

아버지는 영채가 가지 말라고 매달리면 영채가 좋아하는 짜장면 사줄 돈 벌러 간다고 말하곤 했다. 그리고 돈이 생기는 날이면 실제로 영우와 영채에게 짜장면을 사주었다. 다정한 아버지와의 특별한 날의 식사, 그리고 짜장면의 자국을 입가에 묻히고 웃는 영채의 모습. 어쩌면 그 기억조차 조금은 날조의 과정을 거쳤을 수 있다. 하지만 잠 못 드는 밤에 아프더라도 기억하면 좋을 장면이기도 했다.

중국집의 주인 여자는 화교인 듯했다. 주방 쪽에서는 두런두런 중국어가 들렸다. 주방을 나온 주인 여자는 느릿느릿한 한국어를 구사했다. 빠르고 높고 활력 있는 중국어와 느리고 낮고 느긋한 한국어를 필요에 따라 바꿔 썼다. 두 언어 사이의 간극이 그에게는 사투리와 표준어만큼 흥미로웠다.

그는 세상에서 제일 시끄러운 언어가 중국어라고 생각했었다. 언젠가 장원장이랑 중국집에 갔을 때 옆자리에 중국인 단체 손님이 있었다. 십여 명의 사람이 쏟아내는 언어는 한 단어도 알아들을 수 없었기에 아무것도 상상할 수 없어서 그를 더 괴롭혔다. 그가 인상을 찌푸리자 장원장은 자신은 프랑스어가 그렇게 시끄러울 수 없다고 했다. 프랑스어가 늘 우아하다고 생각했던 그는 잠시 장원장의 견해를 다시 생각해보았다. 과연 프랑스어도 시끄러운 언어였다.

그날 장원장은 말했다. 한국의 사투리 중에는 단연 경상도 사투리가 시끄럽다는 견해를 가지고 있었는데 얼마 전 딸애의 이야기를 듣고는 아닐 수도 있다는 생각을 했다고.

"얼마 전에 우리 딸이 수학여행을 갔는데 거기 검은 교복을 입은 아이들이 있더래. 멀리서 그 말을 들으니까 일본어처럼 들렸대. 교복의 느낌도 약간 그랬겠지. 그래서 일본 애들도 자기들처럼 수학여행 왔구나 했는데, 가까이 가서 들으니까 부산 애들이더래."

그러면서 장원장은 덧붙였다.

"경상도 사투리가 제일 진화한 언어라는 견해도 있어. 아주 짧은 음절이나 강렬한 억양으로 의사 전달이 가능하다네. 자네, '마'라고 들어봤어?"

그러면서 장원장은 "마!" 하고 어설프게 흉내를 내더니 이야기를 계속했다.

"야구 보면 자주 나오는데, 롯데 자이언츠 팬들이 이렇게 소리치지. 알고 봤더니 '하지 마'라는 뜻인가보더라구. 단 한마디로 의사 전달이 끝나는 경우가 제법 있나봐. 그리고 이건 우리 딸이 인터넷에서 본 거라던데, 경상도 사람들은 이게 다 구별된다고 해. 2의 2승, 2의 E승, E의 2승, E의 E승."

하지만 장원장은 그 모두 구분되지 않는 서울 사람이었다. 서울 사람이 말로는 구분이 되지 않아 끝내 글로 쓰는 이의 이승. 2의 2승, 2의 E승, E의 2승, E의 E승을 보았다. 쓰는 걸로도 설명이 부족해서 장원장은 그 신기한 걸 보여줄 수 없어서 안타까워했다. 그때는 그도 신기했다. 그 모든 것이 구분된다는 것이. 그리고 여전히 그가 그 모두를 다르게 발음할 수 있다는 사실이.

지금 그는 그 완벽하고 간결하다는 언어에 둘러싸여 있다. 하지만 그는 이곳 사람과 제대로 된 한마디도 그들의 언어로 나누지 않았고, 몇 마디를 나눈 그들은 그를 서울 사람으로 판단했다. 말할 줄 알면서도 말하지 않는 언어로 그는 이곳에 있었다.

*

식당을 나온 영우는 바닷가로 발걸음을 옮겼다.

늦여름 마지막 해수욕을 즐기려는 피서객들 가운데 양복을 입은 그의 모습은 기묘했다. 부산으로 출장을 왔다가 일이 예상보다 일찍 끝나자 유명하다는 해운대나 둘러볼까 하고 찾아온 회사원처럼도 보였고, 근처의 호텔에서 세미나를 하다가 지루해져 담배나 한 대 피우려 나왔다가 여름의 마지막 햇살에 매료되어 돌아가는 것을 잊은 교수처럼도 보였다.

　그는 벤치에 앉아서 바다를 바라보다가 옆 벤치에서 허름한 행색의 사내를 발견했다. 사내는 막걸리를 마시고 있었다. 멀쩡한 양복을 입은 남자와 남루한 행색의 남자. 그들 앞으로 테이크아웃 커피잔을 든 젊은이들이 유유히 지나갔다. 아장아장 위태위태 걷고 있는 아이 바로 뒤에 그의 부모가 웃으며 끊임없이 소리쳤다. 아이의 손을 부모가 잡았고 연인들은 팔짱을 꼈다. 완벽한 자세와 복장을 갖춘 사람들이 이어폰을 끼고 달리기를 했다.

　부서지는 파도 소리와 흩어지는 웃음소리, 사람의 물결⋯⋯

　나란히 놓인 두 개의 벤치에 각각 자리잡은 두 남자는 앞만 보고 있지만 눈앞의 것이 아닌 다른 것을 보고 있었다.

　장원장은 해운대에 처음 왔던 기억을 이렇게 이야기했다. 정말 힘들 때 충동적으로 바다를 보자며 출발했던 여행이었다고. 텅 빈 고속도로를 시속 이백 킬로로 밟아 세 시간 만에 도착해서 아무도 없는 바닷가에서 혼자 일출을 보았다고. 다음날 먹은 돼지국밥은 정말 오묘해서 한 숟갈 뜨고 포기했고 복국은 정말 시원하고 맛있어서 그때부터 즐기는 음식이 되었다고.

하물며 서울 사람도 있는 해운대에 대한 추억이 부산 사람인 영우에게 없을 리 없었다. 부산 사람이라면 누구나 해운대에 대한 추억이 있다. 어릴 때는 부모와 가고 자라서는 친구와 가고 언젠가는 연인과 가기를 꿈꾸는 곳. 부산 사람에게 해운대는 특별한 관광지가 아닌 그저 누구와 함께인가가 추억의 포인트인 곳인지도 모른다.

해운대에 관한 그의 최초의 기억은 해수욕장이었다. 초등학교도 가기 전이었을 것이다. 푸르른 솔밭과 너른 백사장, 그 끝에 놓인 파도치는 바다. 아버지와 함께였을 테지만 아버지의 모습은 까맣게 지워졌다. 그 대신 자신의 눈으로는 보지 못하는 자신의 어릴 적 모습이 영화의 장면처럼 떠올랐다. 감각은 선명한데 어쩐지 자신의 기억이 아닌 것만 같은 기억. 그의 기억 속에서 해변 마을이었던 해운대가 이제는 고층 아파트가 촘촘히 들어선 계획 도시가 되었다.

시간은 파국의 속도를 내고 세상은 흔적도 없이 변해가고 있었다. 그래도 바다는 바다이고 파도는 파도이리라, 변함없이.

입수 시간이 지났음을 알리는 방송이 흘러나왔다. 사람들이 하나둘 바다를 떠났다. 막걸리가 비었는지 사내가 일어섰다. 일어서서 어디론가 비틀비틀 걷는다. 그도 일어나 다시 걸어야 한다.

*

하늘은 이미 어두워졌고 상점들은 불을 밝히기 시작했다. 영우는 건널목에 서 있다. 건널목 건너편 왼쪽 길 가로수 두 그루 사이에 플래카드가 걸려 있다. 하얀 바탕의 왼쪽 끝에 사람의 얼굴, 새하얀 백발의 노인이다.

일흔여섯의 치매에 걸린 노인. 집이 있는 기장에서 유월에 사라졌다. 키는 백육십오 정도, 베이지색 상의, 짙은 남색 바지에 검정색 슬리퍼 차림. 제보를 해주신 분께 오백만원의 사례를 하겠다는 문구와 휴대전화 번호.

신호등은 초록불로 바뀌었지만 그는 건너지 않는다. 두 달 반 전 기장에서 사라진 노인을 찾는 마음이 해운대의 사거리 가로수에 걸려 건널목을 건너려는 한 남자를 멈추게 했다. 그리고 바뀐 신호등 앞에서 멈춘 한 남자를 건너편 거리에서 한 여자가 보고 있다.

그녀는 그를 보고, 그가 보고 있는 것을 보고, 그가 보고 있는 것 너머를 보고 있다.

그녀는 초록 신호등에 카운트 숫자가 나타나자 서둘러 발걸음을 옮겼다. 길을 건넌 그녀가 그의 옆에 섰다. 어두운 밤, 한 발만 내디디면 차도. 인도의 마지막 경계선 바로 앞에 그와 그녀가 나란히 섰다. 그는 모른다. 그리고 어쩌면, 그녀도 모른다. 어떤 것을 혹은 아무것도.

사람들로 넘실대던 해운대. 하루에도 수만 명이 다녀가는 이곳에서 누가 저 노인을 보았을까. 아니, 지금 눈앞에 노인이 있다면 알아볼 수 있을까. 영우는 생각한다. 알아보아야 한다. 세월이 흘러도 기억해야만 한다. 기억할 수 있을 것이다.

　"노인들의 얼굴은 놀라울 만큼 비슷하죠."

　여자의 목소리가 들렸다. 고개를 돌려 바라본 여자의 얼굴을 그는 기억할 수 있을까. 잠깐의 침묵. 그는 처음에는 그녀의 옆얼굴을, 다음에는 자신을 향해 고개를 돌린 그녀의 앞 얼굴을 가만히 바라본다. 하지만 모르겠다. 오늘 처음 본 것은 아닐지 몰라도 아직은 모르는 여자이다. 세상에는 그가 모르는 사람투성이다.

　"이런 곳에서 뵐 줄 몰랐어요."

　여자가 계속 말한다. 목소리가 낯설지 않다.

　"저 할아버지, 가족에게 무사히 돌아갈 수 있을까요?"

　의문형이지만 간절함이 밴 이야기. 그는 다시 여자의 얼굴을, 그리고 눈을 바라본다. 이제 여자를 조금씩 알 것 같다.

　형사…… 은혜주 형사……

　그사이 신호등은 다시 초록불로 바뀌었지만 두 사람은 건너지 않는다.

*

영우와 혜주는 조그만 술집에 앉아 있다.

사차선 도로를 지나 이차선 도로로 접어들어 다시 차 한 대가 겨우 다니는 길을 빙그르 돌아 도착한, 테이블 다섯 개가 있는 작은 술집이다. 내부의 테이블은 빈자리가 없어 그들은 열대야의 테라스에 앉았다.

"이 근처에서 지내시는 건가요?"

혜주의 질문에 영우는 고개를 끄덕였다. 그녀는 더이상 묻지 않았다. 이곳은 부산 하면 사람들이 제일 먼저 떠올리는 곳이다.

"원래도 조용한 곳은 아닌데 여름이라서 더 붐비네요."

"그렇군요."

그는 부산이, 해운대가 처음인 사람처럼 대답했다. 하지만 그녀는 그가 부산에서 태어나고 자랐음을 이미 알고 있다.

"저는 예전 살던 곳이 더 좋아요. 혹시 아세요?"

혜주는 어릴 때 자신이 살던 동네에 대해 이야기했다.

이제 그녀는 그 시절의 많은 것을 기억하지 못한다. 입학식 풍경, 등하굣길, 담임 선생님, 몇 분단 몇 째줄에 앉았는지, 몇 반이었는지, 수업은 몇 시에 시작하고 몇 시에 끝났는지, 점심시간은 어땠는지. 다른 사람들에 비해 그녀가 어릴 적 기억이 적은 것만큼은 틀림없었다. 그리고 그 기억을 공유하고 점검할 친구가 그녀에게는 없다. 가끔은 그 기억이 정말 있었던 일인지 일기장의 기록에서 비롯된 상상인지도 헷갈렸다.

"네, 거기 알아요."

영우는 혜주가 말하는 동네를 알았다. 어릴 때 그가 살았던 동네와 비교적 가까웠다. 두 동네는 행적구역상 같은 구에 속했고 학군도 아마 같을 것이다.

"거긴 이제 구도심이죠. 하지만 전 그 동네가 좋아요."

"그러면서 왜 여기 살죠?"

사는 동네를 선택하는 일차적 기준이 삶의 편의라고 생각할 정도로 그는 순진하지 않았다. 하지만 그는 늘 그 편의에 의해 살 곳을 선택했다. 그리고 그게 무엇이든 선택할 수 있음에 안도했다.

혜주가 대답했다.

"우리집이 사라졌어요."

"거기서 얼마나 사셨어요?"

"저는 학교를 대부분 부산에서 다니지 않았어요. 하지만 몇 년 전만 해도 거기에 우리집이 있었죠. 아직도 저는 거기 우리집이 있을 거 같아요."

은형사의 억양에서 사투리가 거의 느껴지지 않는다는 사실을 그는 이제야 알게 된다. 여자들은 남자들보다 고향의 억양을 쉽게 지워버린다. 그가 아는 어떤 남자들. 대학 때부터 고향을 떠나 십 년, 이십 년을 넘기고도 여전히 고향의 억양을 고수하거나 혹은 고집하는 남자들이 있다. 그가 지우고자 했던, 지우고만 싶었던 것을 고스란히 간직할 수 있는 사람들.

"부산은 언제 떠나신 건가요?"

혜주가 영우에게 물었다.

"대학교 때요."

"오래되셨겠네요. 그래서 사투리를……"

"필요 없으니까요. 기억할 필요가……"

"저도 부산에서 태어났는데 다른 곳에서 더 오래 지냈어요. 그래서 전 사투리 쓰고 싶어도 잘 못해요. 그래도 저는 미세하게 억양은 좀 남았다고 하던데요. 고향이 부산이라 그러면 다들 아! 하긴 해요. 그런데……"

혜주는 영우를 보더니 계속 말한다.

"전혀 안 느껴지네요. 제가 무딘 건가요?"

"형사님이 무딘 게 아닐 겁니다. 아무도 몰라요."

"네?"

"부산 출신이라는 거 아무도 몰라요."

"그럴 수가 있나요?"

진학을 위해, 취업을 위해 집을 떠나는 사람들은 많다. 하지만 그들은 일 년에 몇 번은 이곳으로 돌아올 것이다. 그리고 만날 것이다. 부모, 친구, 친척, 이웃 들. 하지만 그는 달랐다. 아주 많이 달랐고, 앞으로도 다를 수밖에 없을 것이다.

혜주가 물었다.

"해운대는 어떠세요?"

"……"

"오래간만에 오셨을 거 같은데, 아닌가요?"

"맞아요. 기억도 안 날 만큼 오랜만이죠. 우리 어릴 때는 전혀 이런 모습이 아니었잖아요?"

"어, 저는 영우씨만큼 나이 안 먹었어요."

"당황하니까 억양이 막 나오는데요."

그녀가 웃었다. 아주 희미하게. 영우는 그녀에게 2의 2승, 2의 E승, E의 2승, E의 E승을 시켜보고 싶은 충동을 느꼈다. 아무렇지도 않게 그 모두를 다르게 발음하면서 그녀는 더 환하게 웃을까.

"오늘 하루종일 돌아다녔는데 여긴 그냥 관광지 같아요. 휘황찬란하기만 하고."

"해운대 구민으로서 그 의견에는 반대합니다. 여기 생각보다 많은 사람이 다양한 모습으로 살아요."

"살아보니 좋다는 건가요?"

"모르겠어요."

"네?"

"이렇게 살면 살아도 사는 게 아니라서."

"……"

무슨 의미인지 몰라 영우가 그녀를 쳐다본다.

"저한테는 그러니까, 생활이랄 게 없어서요."

생활, 이라고 영우도 입속말을 해본다. 어쩐지 혜주가 말하는 '생활이랄 것'을 알 것 같다. 왜냐하면 그에게도 그 '생활이랄 것'이 없으니까. 그들은 없어서 그 '생활'의 존재 가치를 아는 사람들이다.

혜주가 처음 해운대에 집을 구한 것은 발령받은 경찰서의 위치 때문이었다.

경찰서에서 너무 멀지도 가깝지도 않은 곳, 그리고 아버지로부터 멀다면 먼 곳을 물색했지만 처음부터 해운대를 염두에 두었던 것은 아니었다. 바다와 산, 숲과 산책로 등 자연환경, 마트가 가깝고 지하철 이용이 편리한 주거환경, 그 모두가 사람들을 이곳으로 끌어들이는 이유였지만 생활이랄 것이 없는 그녀에게는 매력적인 요건이 아니었다.

그녀를 끌어당긴 것은 조금은 다른 것이었다.

아쿠아리움.

바닷가에 자리잡은 아쿠아리움에 세 번 입장할 수 있는 금액만 지불하면 연간 회원권을 구입해서 일 년 내내 언제고 그곳에 갈 수 있었다. 그녀는 올해도 은혜주라는 이름이 적힌 연간 회원권을 구입했다. 돌고래, 펭귄, 해파리, 그리고 간헐적으로 새로 유입되는 바다 생물들과 인어 공주…… 그녀는 거대한 유리 바다 앞에서 조용히 숨을 쉬면서 갇힌 시간을 보냈다.

오늘 하루종일을 해운대에서 보냈을, 여름 바다와는 전혀 어울리지 않는 검정 양복을 입은 남자를 바라보면서 혜주는 생각했다. 그는 아쿠아리움에 가보았을까.

*

"가위바위보는 공평할까요?"

"네?"

"저거 말이에요."

영우가 텔레비전을 가리켰다. 아이들과 부모가 여행을 함께 가는 프로그램이 방송중이었는데 게임이 혼란에 빠지자 가위바위보로 승부를 가리기로 결정했다.

"무슨 이야기예요?"

혜주가 물었다.

"가위바위보는 실력일까요, 운일까요?"

"글쎄요. 한 번도 생각해보지 않아서요."

"가위바위보 잘하는 편이세요?"

"생각해봐야 알 거 같아요. 한 번도 생각해보지 않은 문제라서요."

"문제인가요?"

"어쩐지 문제인 거 같아요."

혜주는 가위바위보를 두려워한 적이 없었다. 그러므로 가위바위보를 잘하는 것일까, 생각해보지는 않았지만 그녀는 가위바위보가 일부러 져줄 수도 억지로 이길 수도 없는 정정당당하고 가장 공평한 방식이라고 생각했던 것 같다. 그리고 지금에서야 생각해보자면 아마도 그녀는 굳이 가위바위보를 해야 할 일이 없는 사람이었을 것이다. 텔레비전에서는 가위바위보에서 연달아 두 번 진 아이가 울고 있다.

그녀가 말했다.

"저걸 보고 있자니 어쩐지 공평하지만은 않은 거 같네요."

"진 사람한테는 불공정하고 이긴 사람한테는 공정한 게임이죠. 세상은 그런 게임으로 이뤄진 곳이구요."

그녀는 묻고 싶었다. 당신은 가위바위보를 잘하는 사람이냐고. 어쩐지 지금은 그런 질문을 하기 좋은 시기가 아닌 거 같았다. 하지만 물을 필요가 없었다.

그가 말했다.

"나는 늘 가위바위보에서 이기는 편이었어요."

"그래요?"

"그렇다고 운이 좋은 편이라 생각했던 건 아니에요. 사실은 그렇게 생각할 수는 없는 수많은 조건이 태어났더니 나를 기다리고 있더군요. 지금은 진심으로, 운이라는 게 있다면 나는 이번 가위바위보에서는 이기고 싶어. 하지만 사실 이기는 게 어떤 건지 모르겠어요."

"미리 생각하지 마세요. 그것에 관해서는요."

"당신은 나보다 많은 걸 알고 있을 수도 있어요. 우리 영채에 대해서요."

"왜 그렇게 생각하죠?"

"난 잊을 수 없으면서도 어느 순간부터는 잊으려고 애썼거든요. 우리 영채 어땠어요?"

"무슨 이야기예요?"

"처음에는 절대 그럴 수 없다고 생각했는데 점점 더 난 그 아이가 영채일 수도 있다는 생각이 들어요."

"정말 아닐 수도 있어요."

"그러면 우리 영채는 어디 있는 거죠?"

어디 있는지 몰라서 살아 있을 가능성보다는 차라리 죽음을 확인하는 게 나을까. 삶과 죽음, 실종과 죽음, 알 수 없음과 알 수 있음, 결정할 수 없는 것을 결정하려 든다, 남은 이들은.

"그 아이는 담요에 싸여 있었어요."

"담요요?"

"네, 키티 캐릭터가 그려진 분홍색 담요였어요."

"키티…… 우리 영채도 좋아했어요."

그리고 또 영채가 좋아했던 것들이 떠오른다. 잊고 있었던 것, 잊으려고 애썼던 것…… 하얀 눈과 빨간 동백꽃 같은 것…… 영채가 살았던 일곱 해. 추억이 많지 않다. 아마 영채는 어렸기 때문에 더 추억이 없으리라. 길을 잃었다면 집을 찾지 못했을 수도 있을 나이이다. 영채에게 가르쳐야 했다. 아버지 대신, 어머니 대신…… 이름이나 주소 같은 것들을 외우게 했어야 했다.

"그냥 한 군데 치명적인 상처 외에는 별다른 건 없었어요."

"고통의 순간은 아주 짧았을 수도 있겠군요."

"어쩌면요."

"곧 볼 수 있겠죠."

곧 볼 수 있겠죠, 라니…… 그 생각을 하면서 하루하루를 살았을 것이다. 그렇게 이십 년이 흘렀을 것이다. 이십 년 만의 '곧'이라는 결과가 이런 것이라면……

어느새 혜주는 자신도 모르게 주량을 넘어버렸다.

술잔을 세다가 잊은 탓이다. 누구라도 그럴 만한 시간 그럴 만한 곳에서, 자신도 그 누구여도 좋다고 잠시 자신을 놓아버린 탓이다. 그리고 이 모든 감상적인 것들을 내일 아침이면 후회하게 될 것이다. 하지만 그 후회조차 아주 오래된 방황이다.

"당신이 이럴 기분 아니라는 거 누구보다 잘 알아요."

혜주가 말했다.

"어떻게 그렇게 잘 알죠?"

영우가 물었다.

"하지만 때로는 안 그래도 되지 않을까요. 그들도 이런 우릴 이해하지 않을까요."

혜주는 그의 질문에는 대답하지 않고 나아갔다. 어디인지도 모를 곳을 향해. 영우는 혜주의 '우리'를 사건을 공유한 형사와 피해자 가족의 연대로 생각했다.

열대야의 테라스……

두 사람의 테이블에 술병이 늘어난다. 목소리는 커지고 두 사람 사이의 거리는 점점 가까워진다. 목소리를 높여도 어떤 이야기는 무슨 이야기인지 도무지 모르겠고, 어떤 이야기는 굳이 말하지 않아도 알 것 같다. 무슨 영문인지 둘 다 아직은 모를 것이다.

"사람들은 휴가를 여기로 오죠. 그런데 전 늘 여기 살아요."

"휴가를 간다면 어디로 가고 싶은가요?"

영우가 물었다.

"언젠가 텔레비전에서 세계에서 두번째로 크다는 아쿠아리움을 본 적이 있어요. 거기 가보고 싶어요."

"거기 뭐가 있는데요?"

"아마도, 아름답게 참혹한 것들?"

"그런데 왜 세계에서 두번째로 큰 아쿠아리움이죠?"

"네?"

"세계에서 첫번째로 큰 아쿠아리움에는 이미 가보셨나요?"

그녀가 고개를 젓는다.

보미의 꿈은 서울의 63빌딩 아쿠아리움에 가서 인어 공주를 보는 것이었다. 보미는 인어 공주가 간절히 원하는 것을 이루고 행복해졌다고 했다. 그때 그들이 알던 인어 공주 이야기는 공주가 왕자를 구해주고 지상에 올라오기 위해 다리를 얻고 말을 잃었지만 결국 사랑의 힘으로 결혼하고 행복해진다는 것. 그러나 그것이 디즈니 애니메이션의 내용이라는 것을 나중에 혜주는 혼자 알게 되었다. 안데르센 동화의 「인어 공주」에서는 왕자가 이웃나라 공주가 자신을 구해줬다고 착각해 그녀와 결혼을 하고, 사랑을 이루지 못한 인어 공주는 물거품이 되어 사라진다.

　인어 공주가 왕자를 만나기 위해 육지로 나온 나이는 열다섯. 그때 혜주와 보미는 인어 공주보다 어렸다. 아쿠아리움은 가짜 바다이고 그곳의 인어 공주는 진짜가 아니다. 하지만 원래부터 인어 공주는 진짜가 아니다. 상상의 존재이다.

　영우가 물었다.

　"왜 첫번째로 큰 아쿠아리움이 아닌 거죠?"

　"나는 첫번째나 제일은 꿈꿀 수가 없어요."

　그는 그녀가 무슨 말을 하는지 모르겠다. 하지만 그도 첫번째나 제일 같은 것들, 그러니까 가장 기본적인 것들…… 행복이라든가 사랑이라든가 안정이라든가 평온이라든가 하는 것을 꿈꿔본 적이 없었다. 그날 이후로.

　"두번째도, 그러니까 그 일만 해결되면……"

"……"

"그래도 되지 않을까요. 두번째잖아요."

*

자정이 지난 지 이미 오래되었다. 주말의 해운대 거리는 방종에 가까운 자유로 충만했다. 은혜주와 이영우, 두 사람은 만난 지 얼마 되지 않은 연인처럼 보이기도 했고, 오래된 이성 친구처럼 보이기도 했다.

"집에 가야겠어요."

혜주가 갑자기 말했다.

"집으로 돌아가야겠어요."

다시 혜주가 말하고, 그가 네, 라고 대답했다. 혜주는 집이 아주 가깝다고 했다. 걱정 말라고 했다. 자기가 누구인지 어떤 사람인지 알지 않느냐고도 했다. 혜주가 그렇게 말하는 순간, 영우는 그제야 그녀가 취했을지도 모른다는 생각을 했다. 그들은 오늘까지 겨우 두 번 만났을 뿐이다. 첫번째는 지극히 공적인 만남이었고, 두번째 오늘의 만남은…… 무엇일까.

조금 비틀거리고 자주 방황하면서 혼자 걷는 혜주의 뒤를 영우는 묵묵히 따라갔다. 그렇게 해서 그는 결국 그녀가 자신의 집, 아파트 건물 안으로 들어가는 것까지 지켜보았다. 이 정도면 안전할까? 이 세상 어떤 곳도 안전하지 않다. 집조차도.

영우는 혜주가 들어간 아파트 건물을 올려다보았다. 불이 켜진 창을 위에서부터 차례로 세어보았다. 여섯 개. 누군가에게는 집이 가장 안전하지 않은 곳일 수도 있다. 하지만 결국 그는 이렇게 생각한다. 세상 어떤 곳도 안전하지 않은 것이 아니라 세상 어느 곳에서도 안전할 수 없는 사람들이 있다고.

오 분 후 영우는 다시 센다. 이제 불 켜진 창은 일곱 개. 그녀는 안전할 것이다. 적어도 오늘밤은. 그리고 어쩌면 앞으로도. 그녀 말대로, 아마도, 그녀는 그런 사람일 테니까. 그는 호텔 방향으로 짐작되는 곳을 향해 걷기 시작했다.

여름의 해운대 바닷가는 붐비다가 끝내는 쓰레기 더미가 된다.

기록적인 폭염, 기록적인 인파.

그리고 기록되지 않을 기록적인 쓰레기.

매일 새벽 어스름 속에서 아무도 기록하지 않을 누군가가 그 쓰레기 더미들을 치우고 있다.

그에게는 그날의 기억이 없다.

불현듯 영채가 옆에 없다는 사실을, 집에 없다는 사실을 깨달았던 순간의 서늘함이 선명했다. 영채를 마지막으로 언제, 어떻게 보았는지 지난 이십 년 동안 아무리 기억하려 해도 할 수 없었다.

가족은 일상이다. 그리고 일상의 하루하루는 무의식의 집적이다. 매일 아침 일어나 세수를 하고 이를 닦고 아침을 먹고 가방을 메고 학교에 간다. 선생님 말씀을 듣고 친구들과 놀고 점심을 먹고 수업을 듣고 집으로 돌아온다. 이런 식의 일들은 거의 무의식적으로 이루어지고 쌓인다. 그런 하루였다. 학교에 갔다 오니 영채가 보이지 않았다. 월요일인지 화요일인지도 모르겠다. 어쩌면 수요일이나 목요일이었는지도 모른다.

일곱 살 영채의 시간을 그는 모른다. 오빠가 학교에 가서 돌아올 때까지, 아버지가 일하러 나가서 돌아올 때까지, 홀로 남은 일곱 살 여자아이의 시간.

헨젤이 없는 그레텔의 시간.

아쿠아리움

내가 어떤 하늘을 날아다녔든 어떤 밤을 질러 왔든
나는 어둠이 달고 가는 찢어진 날개일 뿐
—김경후, 「아름다운 책」[*]

어둠 속에서 손이 나오더니 나뭇가지를 조심스레 열어젖혔다. 빽빽한 초록잎을 젖히자 빛이 보였다. 숲의 끝에 다다랐다. 가운뎃손가락에 은빛 반지가 끼워져 있었다. 그런데 자세히 보니 그것은 철사 조각이었다. 울타리의 가시덤불을 잘라 만든 것 같은 그것은 피의 얼룩이 말라붙어 루비처럼 검붉게 빛이 났다.

이제 한 발만 더 내디디면 세상이었다. 아주 오래된 세상.

---

[*] 『열두 겹의 자정』(문학동네, 2012)

다시 세상과 마주하기 위해 용기가 필요했다. 뒤돌아갈 수 없음이 명백했다. 세상은 그녀를 환영하지 않을 것이다. 그래도, 라고 그녀는 생각했다. 그래도, 그다음은 생각나지 않았지만, 그뒤에 아직은, 이라고 말하고 계속 나아갔다.

＊＊＊

　오늘 같은 날은 아무것도 하고 싶지 않다.
　꿈에서 깨자마자 혜주가 한 생각이다. 하지만 입에 착 달라붙는 '오늘 같은 날'의 의미는 모호하기 그지없다. 일단은 술 마신 다음 날, 하지만 그것이 전부가 아니다. 술을 마시고 실수 비슷한 것을 한 날. 그렇지만 정확히 실수는 아니다. 그러니까 누군가가 물으면 실수라고 말할 테지만 완전히 실수로만 치부될 수 없이, 어떤 것들을 털어놓은 날, 아니 털어놓다시피 한 날. 그리하여 후회와 후련함이 겹친 날. 어쨌든 지난밤에 일어난 일에 대한 기억은 일정 부분 흐릿했다.
　선명한 것은 다른 어떤 감정이었다.
　오늘만 사는 사람들이 있다. 매일이 어떤 오늘인 사람들. 내일은 절대 오지 않을 것 같은 절망적인 오늘을 계속해서 사는 사람들. 모든 것을 내일 이후로 미루고 오늘을 다시 또 살아가야 하는 사람들. 다른 오늘이 어떤 내일이 될지 두려운 사람들.

침대에서 옆으로 돌아누운 혜주는 열린 침실 문으로 보이는 다른 방의 닫힌 문틈과 창으로 들어오는 햇살을 바라보았다. 팔월의 햇살은 여전히 강렬하고 뜨거웠다.

혜주는 다시 눈을 감았다.

이 집의 첫 기억은 소음과 냄새로 시작된다.

전 세대가 서른일곱 평인 새 아파트는 지하철과도 바닷가와도 신시가지와도 걸어서 오 분으로 이어지는 거리에 있었고, 상가도 주택가도 바닷가도 아닌 묘한 위치였다. 이전에 그녀가 살던 철길 너머의 오래된 해운대 주택가보다는 주거환경이 좋은 것은 확실했지만, 해운대의 다른 곳과 비교해서는 확실한 장점이 있는 곳은 아닌, 뭔가 애매한 곳이었다. 게다가 이사를 하고 보니 거의 매일 인테리어 공사를 하는 소음이 들렸다.

비어 있는 집들이 내는 소리는 치열하고 집요했지만 사는 사람은 몇 없는 아파트였다. 이사하고 한동안 그녀는 새집증후군에 시달렸다. 하지만 집이란 조금씩 낡아가고 결국은 익숙해지기 마련이다. 비록 사람이 있는 시간보다 없는 시간이 더 많은 집이라고 해도.

경찰이 되지 않았더라면 그녀는 지금 어떤 삶을 살고 있을까. 바닷가를 산책하고 정말 만나고 싶은 사람만 만나 수다를 떨고 맛있는 것을 먹고 어느 날 훌쩍 여행을 가는 삶을 살았을지도 모른다. 훌륭해지지도 위대해지지도, 하다못해 평범하지도 않았을 것이다. 그렇다고 지금의 삶이 훌륭한 것도 위대한 것도, 평범하지 않은 것도 아니었다.

표면적으로 그녀는 이십대 후반에 삼십 평대의 아파트에 사는 안정적인 직업을 가진 젊은 여자였다. 그녀의 옆집 노부부가 그렇게 알고 있듯이.

옆집에 사는 노부부는 일흔 살 혹은 그 이상 나이가 들었을 것이다. 그녀는 노부부를 엘리베이터에서 아주 가끔 만났고, 최근거리 이웃으로서 적당히 서로의 신상을 공유했다. 그래서 이제 노부부는 그녀가 공무원이고 혼자 살며 애인이 없다는 것을 안다. 그리고 그녀는 노부부가 재건축을 위해 삼십 년 살던 집을 비우고 이곳에 세 들었다는 것을 안다.

노부부는 스무 평의 옛집이 오십 평의 새집이 되면 그곳으로 다시 돌아갈 것을 희망하고 있다. 그 차액은 잘 키운 자식들이 나누어 감당할 것이다. 그리고 그 집이 다시 부모의 유산으로 자식들의 몫이 되면 그 집에선 누가 살까.

이런 도시에서도 한집에서 태어나고 자라고 죽는 사람이 있을까. 대한민국 어딘가에 아직도 그런 사람, 그런 집이 있을 수 있을까. 어디에선가 늘 공사가 벌어진다. 낡은 아파트를 허물고 그 자리에 더 높은 아파트를 짓는다. 낡은 집들이 옹기종기 모여 있던 곳이 사라지고 높고 큰 건물이 들어선다.

그렇게 인간의 역사, 집이 사라진다. 마을이 사라진다.

……사라진다.

혜주는 서서히 눈을 뜬다.

침실 입구에 쓰러지듯 놓여 있는 검은 뭉치가 희미하게 보인다. 눈을 깜박거려 다시 보니 검은 뭉치는 그녀의 가방이다. 일박 이일은 거뜬히 지낼 것 같은 커다란 가방은 지퍼가 열린 채 쓰러져 속이 반 넘게 보인다.

그녀 자신도 저 안에 뭐가 들었는지 정확히 알지 못한다. 일단 넣어두고 생각나면 뒤진다. 생각지 못한 물건들이 튀어나올 때도 있지만 그 예상 밖의 물건은 대부분 스스로를 납득하지 못하는 데서 기인한 것이다. 몇 달 전 혼자 본 영화 티켓, 거절하지 못해 받은 전단지 같은 것들은 게으름 때문이라고 해도 술병 뚜껑이나 작은 인형, 색연필, 숟가락은 어쩌다가 가방에 들어가 있는지 몰라 어리둥절했다.

지금 저 검정 가방 속에 든 것 가운데 그녀가 확실히 아는 것은 검정 표지의 책이다.

혜주는 침대에서 몸을 일으켜 가방으로 다가갔다. 소희에게서 받아 온 책은 메리 셸리의 『프랑켄슈타인』이다. 그 자리에 쭈그리고 앉아 페이지를 들추어보다 소희가 밑줄 친 문장을 띄엄띄엄 훑어보았다.

어디에서나 축복을 볼 수 있건만, 오로지 나만 돌이킬 수 없이 소외되었다…… 불행이 나를 악마로 만들었다…… 사라져! 네 말은 듣지 않겠다…… 꺼져버려, 아니면 차라리 한쪽이 쓰러질 때까지 대결하자.

혜주는 책을 거의 읽지 않는다. 책도 어쩌면 그녀에게는 세상에서 제일이나 첫번째에 해당하는 것인지도 모른다. 아직은 그럴 수가 없는, 무엇. 그녀는 소희의 책을 들고 일어나 다른 방으로 움직였다.

팔월의 오후, 해의 기울기가 달라지는 시간이다. 그 방에는 커다란 창을 향해 작은 책상과 의자가 놓여 있고, 그 옆에 안락의자가 있고, 싱글 침대가 있다. 그리고 벽면이 책으로 둘러싸인, 책의 방이다.

이사 전날, 아버지의 요구에 굴복하듯 이 아파트에 처음 왔던 날이 혜주에겐 지금도 선명하다. 결과적으로는 책이 가득한 이 방, 소희의 방을 결정하기 위해서였다. 그날 그녀는 욕실이 딸린 제일 큰 방을 자신의 방으로 정했다. 그 큰 방을 소희의 방으로 하고 싶었지만 소희가 허락하지 않을 것을 그녀는 알았다. 그러니 남은 두 방 중에서 소희의 방을 결정해야 했다.

하나의 방에서는 그럴싸한 야경이 보였고 또하나의 방에서는 작은 숲과 맞은편 아파트가 보였다. 합리적으로는 밤에 깨어 있기 좋아하는 소희니까 야경이 더 적당했다. 게다가 그 방이 더 크기도 했다. 그러나 이 집에 들어서는 순간 이유 없이 이 제일 작은 방에 앉아 있는 소희의 모습이 강렬하게 떠올랐다.

결국 그녀는 소희의 방으로 야경 대신 어둠을, 도심 대신 작은 숲을 선택했다. 언제나처럼 합리 대신 감정을 선택했고, 그 선택은 나쁘지 않았다.

소희의 방.

낮에는 창으로 계절이 바뀌는 모습이 보였다. 작은 숲에 목련이 피었다가 지고 벚꽃이 피었다 지고 철쭉이 화사하게 피었다가 다시 지고, 나무들이 푸르렀다가 울긋불긋했다가 앙상해졌다. 밤에는 맞은편 아파트의 불빛이 하나둘 켜지고 꺼졌다. 책을 읽고 창밖만 바라보다 하루가 가도 나쁘지 않을 것 같았다.

그녀는 소희의 방 책장에 들고 온 『프랑켄슈타인』을 꽂았다. 방의 벽면을 다 차지한 책들은 소희가 읽고 특별히 남겨둔 책들이다. 소희는 책 읽기를 좋아했다. 보미도 책 읽기를 좋아할 것이다. 그렇다고, 그럴 거라고 소희는 믿는다. 소희는 이 책들을 보미가 읽기를 바랄 것이다.

이제는 흔적도 없이 사라져버린 보미가 자란 집. 그리고 소희의 집. 소희가 돌아올 집이 있다면 그곳은 이제 이 집이다. 소희가 돌아오면 보미도 돌아올까. 소희가 살아 돌아올 수 없으니 보미도 영원히 그런 것일까. 그렇게, 어떤 가족은 누군가가 사라져서 영원히 복원되지 않는다.

그리고, 어떤 가족은 누군가가 사라진 순간에 생겨났다.

부모로부터 벗어나는 것이 어른이 되어야 하는 이유라고 생각하는 자식들이 있다. 혜주가 경찰이 된 것이 그 사건의 영향 때문임은 분명했다. 하지만 그 외에도 결정적인 이유가 있다. 혜주 자신도 알고는 있지만 인정하고 싶지 않은 이유. 혜주는 아버지를 걱정시키고 싶지 않았다. 딸이 위험해질까봐 전전긍긍하면서 경호원을 고용하고 감시자를 붙이기까지 하면서도 딸 앞에서는 안 그런 척하는 아버지. 그 부서질 듯한 근심으로부터 아버지를 해방시키기 위해서는 혜주 스스로 강해지는 수밖에 없었다. 혜주는 부모를 정말로 떠나지는 못할 것이다.

그녀가 이 아파트로 이사를 한 후 방문자는 아버지가 유일했다. 하지만 아버지도 딱 한 번 왔다.

그날 아버지는 말했다.

"내가 너한테 돈을 얼마나 쓴 줄 알아?"

"그 돈 한 번에 내셨음 적게 들었을지도 모르는데 장사 잘못하셨네요."

아버지는 찬물 한잔 마시지 않고 갔다.

그리고 얼마 후 아버지가 해운대로 이사를 왔다.

오랫동안 살던 동네의 친구들을 포기하고 아버지는 매립지의 초고층 아파트 제일 위층으로 이사했다. 아버지다운 선택이었다. 몇 해 전 부산의 최고 분양가를 경신해서 화제가 된 곳이었다. 그 아파트 펜트하우스에 산다고 말하기 위해 아버지는 이사를 감행했을 것이다.

그 속물근성이 지금의 아버지를 만들었다. 그리고 그런 아버지가 지금의 그녀를 만들었다.

아버지의 새집에는 그녀의 방이 두 개 있다.

하나는 과거의 방이고, 하나는 미래의 방이다. 과거의 방은 십오 년 전 그대로이고 미래의 방은 그녀를 위해 아버지가 새로 꾸며놓았다. 아버지는 방을 옮길 때마다 무언가를 조금씩 바꾼다. 과거의 방은 십오 년 전 그대로, 아니 그대로인 것 같은 방. 그래서 그 방은 혜주의 방이면서 혜주의 방이 아니다. 그리고 미래의 방은 아직 한 번도 제대로 주인을 가진 적이 없다. 새집 미래의 방에는 또 어떤 찬란한 것들이 들어차 있을까. 아버지가 그녀에게 해주고 싶어하는 것들, 그녀가 하고 싶지도 갖고 싶지도 않은 것들. 어쩌면 미래의 방이 진실로 과거를 품고 있는지도 모른다.

이제 그녀와 아버지가 사는 곳까지의 거리는 차로 칠 분, 걸어서도 삼십 분밖에 걸리지 않는다. 하지만 두 사람이 만나는 건 한 달에 한 번도 되지 않는다. 어떤 약속은 반만 지켜져도 많다.

자신의 유일한 가족 대신 다른 가족의 인생을 더 많이, 더 오래 생각하며 혜주는 살아가고 있다. 돈이 많아서 아버지가 다른 사람보다 덜 불행할 것이라고 생각하지는 않는다. 돈이 많으니 다른 사람보다 안전할 것이라고 생각하지도 않는다. 그냥 아버지라 불러야 하는 사람을 생각하고 싶지 않다.

그녀의 생각 대부분은 타인의 고통에 관한 것이다. 그러나 그녀는 아직도 모르고 있다. 아버지도 그녀에게 타인이라는 것을.

아버지만이 다녀간 그녀의 집, 그리고 소희의 방······

혜주는 궁금하다. 소희는 아직도 보미가 어딘가에 살아 있기만 해도 좋다고 생각할까. 보미가 그 어딘가에서 자신을 잊어도 행복하게 살 수 있다고 믿을까. 아직도 그런 기도를 할까. 그래서 조남국에게 용서의 편지를 보냈을까. 무엇을, 어떻게, 왜 용서했을까.

돌아올 수 없을지 모를 소희 대신 소희의 방에는 소희의 책이 쌓여갔고, 비어 있는 날만큼 책의 숫자는 늘어났다. 그리고 언젠가 어쩌면 곧 이 모든 것이 멈출 것이다. 이 책장에 소희의 마지막 책을 마침표처럼 꽂을 날이 올 것이다. 그리고 그 이후에 혜주는 무엇을 할 수 있을까.

소희 없는 소희의 방. 이제 곧 어둠이 찾아오고 밤이 될 것이다. 긴 팔월의 하루가 또다시 시작될 것이다.

*

영우는 주말이 지나면 서울로 올라가려던 계획을 바꾸었다.

장원장은 곤란해했다.

"꼭 부산에 그렇게 오래 있어야 하는 일이야?"

"……"

"언제까지?"

"아무래도 좀 오래 걸릴 것 같습니다."

그는 더 할말도, 하고 싶은 말도 없었다. 아쉽고 곤란한 건 그가 아니라 장원장이었다. 그리고 그는 해야 할 일, 할 수 있는 일은 이미 다 했다. 자신을 대신해서 일할 마취과 의사를 추천했고, 그럴 리는 없겠지만 장원장이 양해하지 않는다면 완전히 그만둘 용의까지 있었다. 어차피 그는 프리랜서였다. 장원장 일을 주로 많이, 그것도 우선적으로 처리해주었을 뿐이다.

"할 수 없지, 뭐. 깨끗하게 처리하고 돌아와."

그가 대답이 없자 장원장은 조바심을 냈다.

"알겠지? 깔끔하게 끝내고 돌아오라고."

"……"

"연락도 자주 하고."

"네."

그는 확신이라곤 없는 채로 대답했다.

오후 두시가 넘은 지하철 이호선에는 승객이 거의 없었다.

영우가 탄 해운대역은 종점에서 세번째 역이었다. 그는 자리에
앉았고 역을 하나씩 지날 때마다 사람들이 좌석을 착착 채웠지만
여전히 서 있는 사람을 보기 힘들 정도로 지하철 안은 한산했다.

여중생은 초록색으로 신호가 바뀐 건널목을 건넜다. 차는 신호
를 무시한 채 달려오다 건널목 라인에서 여중생과 살짝 부딪힐 뻔
했다. 흰색 벤츠를 한번 째려보고 여중생은 그냥 가려고 했을 것
이다. 그런데 차창이 내려지고 중년의 여자가 소리를 질렀다. 느
닷없는 욕설에 여중생은 깜짝 놀랐지만 초록 신호가 빨강 신호로
바뀌기 전에 길을 건너야 했다. 여중생은 황급히 길을 건너 슈퍼
마켓으로 갔다. 재수가 없었지만 그것으로 끝이라고 생각하며 우
유와 빵을 고르고 있을 때였을지도 모른다. 느닷없이 주먹이 날아
왔다. 자기 덩치의 반만하고 나이는 반에도 못 미칠 소녀에게 주
먹을 날린 중년 여성은 그래도 분이 풀리지 않는지 들고 있던 핸
드백을 휘둘러 소녀를 때렸다. 그러고는 곧바로 슈퍼마켓을 나가
세워둔 벤츠를 타고 사라졌다. 여중생은 경찰에 신고를 했다. 여
중생이 기억하고 있는 차 번호로는 조회가 되지 않았고, 화질 나
쁜 CCTV 영상이 인터넷을 떠돌았다.

그리고 그 영상을 지하철 안의 영우가 보았다.

그에게는 읽을 책도 없었고 애초에 들을 음악도 없었다. 그냥 앉아만 있는 것이, 맞은편 승객들을 쳐다보는 것처럼 보이는 것이 불편했을 뿐이다. 그래서 그도 다른 사람들처럼 스마트폰을 꺼냈고 중년 여성이 여중생에게 주먹을 날리고 핸드백을 휘두르고 슈퍼마켓을 빠져나가는 영상을 보게 되었다.

처음에는 무심코 보았다. 소리가 소거된 흐릿한 영상은 범인을 잡을 증거로서의 능력보다 한 소녀의 불운의 상징으로서의 역할이 더 컸다. 모르는 사람은 모른다. 하지만 아는 사람은 안다. 아무리 흐릿해도 소녀를 알던 사람은 소녀를 알아보고 중년 여성을 알던 사람은 중년 여성을 알아볼 것이다.

어린 시절의 기억이 파편처럼 그에게 떠오른다.

CCTV도 없던 시절, 잘못도 없이 누군가 알지 못하는 사람에게 얻어맞았던 기억이…… 경찰서에 달려가 신고는커녕 누군가에게 말 한마디 하지 못한 채 없던 일로 취급했던, 그렇게 사소해져야만 했던 일들이……

첫 모멸의 순간을 평생 기억하고 사는 사람들이 있다. 그 모멸의 시간을 세상 모두가 알게 되는 순간이 있다. 동정이 나와 그들 사이를 갈라놓는 순간. 공감이 나와 그들 사이를 차별하는 순간. 하지만 더 아픈 건 그 모멸을 처음부터 당연한 것으로 받아들이며 살아온 인생이 있다는 것이다.

처음부터 그렇게 태어났으니 그렇게 살다 죽어야 한다면 왜 사는 것일까.

작정했던 대로 지금 이대로 그곳에 가면 그런 기억들이 계속해서 그를 기다리고 있을 것이다. 때로는 미묘하고 때로는 노골적인 차별과 소외와 폭력의 역사.

그는 자리에서 일어나 무작정 열차에서 내렸다.

지하를 숨가쁘게 벗어나 나온 지상은 그가 가고자 했던 곳과는 아무 관계 없는 곳이었다. 익숙한 지명이었지만 그가 이곳을 안다고 할 수 있을까. 그는 돌아가야만 했다. 택시를 타고 해운대로 가자고 말했다.

그리고 눈을 감아버렸다.

"손님, 어디에 세워드릴까요?"

눈을 떴다. 어디든 상관없었다.

"여기서 내릴게요."

아쿠아리움 건물이 보였다.

술 취한 그 밤 그녀가 말했던 그곳이었다.

"바깥세상에 눈이 오나 비가 오나 바람이 부나 상관없이 그곳은 평화로워요. 아니, 바깥세상이 험난할수록 그곳은 더욱 평화로워 보여요. 하지만 지극히 평화로운 그 안에 갇힌 물고기들은 어떨까요? 주는 밥 먹고 유유히 헤엄치면서 살면 되는 걸까요? 크고 아름답고 멋진 곳에 갇히면 갇혀도 갇힌 것이 아닌 걸까요? 자기가 진짜 있어야 할 곳을 모르고 자기가 있을 수밖에 없는 곳에 있는 건 어떤 기분일까요?"

영우는 이 바닷가를 전에도 몇 번이나 걸었지만 이곳이 궁금하지 않았다.

어떤 사실은 보기 시작할 때에만 보였다. 어떤 장소는 보려고 할 때에만 보였다. 그리고 어떤 것은 보려고 할 때마다 달아났다.

단단히 잡고 있던 인생의 끈을 단번에 놓아버리는 때가 있다.

사람들이 하나둘 떠나가고 마침내 어쩔 수 없이 남은 사람들만이 숨죽이며 숨어 살던 마을, 그 마을의 골목골목은 그의 꿈에 아주 자주 출현하는 장소이기도 했다. 얼어 죽은 고양이들, 비루하게 헤매 다니던 개들, 굶어 죽은 사람들. 그 사람들은 엄밀히 말하면 굶어 죽은 것이 아니었다. 하지만 그는 그들을 굶어 죽었다고 기억했다. 담배와 술에 찌들어 살아 있으나 죽은 것과 마찬가지였던 이들. 담배를 피우며 한숨을 내쉬고 소주나 막걸리 한 병으로 끼니를 대신한 후 잠시 흥에 겨웠고 곧장 서러워졌고 이내 지쳐 숨죽여 울다 죽은 것처럼 잠들던 사람들. 그 가운데 아버지가 있었다.

아버지가 죽지 않은 것은 왜일까?

영우는 여러 해 전, 겨울이 끝나고 봄이 시작된 무렵의 화창한 날 늦은 오후, 그 집을 떠나 다시는 찾지 않았다. 그럼에도 그의 기억은 아랑곳하지 않고 고립된 집으로 향했다. 아버지 홀로 남았을 그 집. 죽음이 확인되지 않은 여동생이 그 방에서 부들부들 떨며 서성인다.

그는 숨을 내쉬었다. 계속 내쉬었다. 자신이 살아 있다는 것이 믿기지 않는다는 듯이.

*

여름은 여전히 더웠고, 점점 더 더워지고 있었다. 일 년 전보다 올해가, 올해보다는 내년이, 해마다 온도를 높여가다 언젠가는 마침내 끓어오를 것만 같은 날씨였다. 오래전 혜주는 그런 글을 읽은 적이 있다. 감옥에서는 겨울보다 여름이 가혹하다고. 겨울의 체온은 서로를 찾고 인간임을 느끼게 하지만 여름의 체온은 서로를 뿌리치게 만든다고.

날씨는 가혹하게도 인간을 처형한다. 겨울 추위에 사람이 얼어 죽듯 여름 더위에도 사람이 죽는다.

하지만 이 쏟아지는 폭염도 곧 끝날 것이다.

미제라는 이름으로 다시 혼돈 속에 묻히게 될지도 모를 오래된 사건들이 지금 당장 벌어지고 있는 사건들과 뒤섞여 있는 공간.

혜주는 경찰서 자신의 자리, 자신의 책상 컴퓨터 앞에 있다.

미제 사건 파일과 실종자들의 데이터베이스…… 누군가는 죽은 사건이라고 하고 누군가는 죽은 사람 이야기라고도 한다. 하지만 은혜주 형사는 산 사람의 이야기라고 생각한다. 그 사건의 진실을 알고 싶어하는 사람들이 있는 한 사건은 살아 있고 살아 있어야 한다. 실종 사건처럼 누군가 아직도 기다리고 있는 사람이 있을 수도 있고, 설사 피해자가 죽었다고 해도 그 가족은 자신의 가족에게 무슨 일이 생겼는지 알 권리가 있다.

그들이 정말 알고 싶은 것은 무엇일까. 그들은 죽었는지 살았는지 여부만이라도 알고 싶다고 말한다. 그러나 죽었다면, 어떻게 죽었는지 왜 죽었는지를 알고 싶어질 것이다.

그리고 살아 있다면 왜…… 어떻게……

퇴근 시간은 이미 지났다. 주말을 앞둔 금요일 밤이라고 경찰서가 다를 것은 없다. 경찰에게는 어떤 사건이 일어날지 모를 시간들이긴 마찬가지이고, 그러므로 어떤 사건이든 조금은 거리를 두어야 했다.

그 거리를 누군가는 무관심으로, 누군가는 무능력으로, 누군가는 냉정함으로 처리한다. 그리고 그 무관심이, 무능력이, 냉정함이 어떤 경우에는 죄책감으로 돌아온다. 경찰이 되기 전부터 그 사실을 알았고, 그러지 않기 위해 경찰이 되었으므로 혜주는 사건과 어떤 거리도 없다. 심지어 바로 그 자리에 서 있게 되는 사건도 있다.

미치지 않을 수 있을까. 아직 서른도 되지 않은 풋내기 형사는 두렵다. 그리고 그 두려움이 혜주와 사건과의 거리일지도 모른다.

혜주는 과학수사팀 윤서준에게 전화를 했다.

서준이 말했다.

"안 그래도 내일 공식적으로 보고서 보내려고 했는데 말이야. 아직 퇴근 안 했으면 여기로 올래? 아님 내가 그리로 갈까?"

*

처음 혜주를 보았을 때 서준은 오래전의 누군가를 떠올렸다. 혜주는 담벼락 돌 사이에 핀 파릇한 식물을 보고 있었다.

서준이 물었다.

"여기서 뭐 하시는 거예요?"

"신기하지 않아요? 이런 데서 식물이 자라는 게. 참 기특하죠."

이 기시감은 무엇일까? 서준은 생각하기 시작했다. 어릴 때 친구가 있었다. 그 친구도 그랬다. 그런 걸 왜 유심히 보느냐고 물었을 때 그 친구가 대답했다.

기특해서…… 이렇게도 사는구나, 생각하면 기특해서……

아버지가 또 사고를 쳐서 야반도주로 십팔 년 전 이 도시를 떠나면서 서준은 아무 미련도 없었다. 하지만 어린 마음에도 친구에게 작별 인사를 하지 못하고 떠나는 것이 서글펐다. 자신만큼 가난했고 자신만큼 초라했지만 늘 잘 웃던, 이름처럼 봄 같았던 친구.

혜주를 보자마자 잊고 살았던, 아니 가끔씩 그리워했던 그 친구가 생각났다. 하지만 이름이 달랐다. 그리고 무성한 소문대로라면 그녀는 그 친구일 수 없었다. 가능성을 지워버린 후에도 여전히 어릴 적 친구가 생각났다. 그래서일지도 모른다. 서준은 혜주와 친해지고 싶었다. 혜주를 더 알고 싶었다.

서준은 그동안 혜주와 가까워지려고 그토록 노력했지만 그 노력의 성과는 아직도 일방적이었다. 혜주는 좀처럼 곁을 주지 않는 사람, 아무리 가까워도 반보 정도는 거리를 두는 사람이었다. 그 거리가 상처를 받기 싫어서인지 상처를 주기 싫어서인지, 분명 둘 다 이유가 될 테지만, 어떤 것이 더 큰지, 그 자신은 어떻게 생각하는지 궁금했다. 하지만 서준은 혜주에게 묻지 않았다. 타인과 늘 한 걸음 이상 거리를 둘 것 같은 혜주에게 현재 서준은 이제 사적인 전화를 하기 시작한 사람에 불과했으니까.

혜주가 들어오는 게 보였다. 서준의 표정이 순식간에 바뀌었다.

"야, 이 불금에 이 경찰서에서 가장 젊고 잘나가는, 잘나가야 마땅할 미녀 둘이 야근중이라니 슬프다, 슬퍼."

하지만 서준의 표정은 전혀 시무룩하지 않다. 뭔가 알아낸 것이라고 혜주는 생각했다.

"어떻게 됐어?"

"맞아."

"아, 그래."

황현준 과장은 은혜주가 투명해서 위태롭다고 했는데 서준은 혜주의 어디가 투명한 건지 잘 모르겠다. 이십대 여자가 저렇게 표정이 없을 수가 있나 싶을 때가 많았다. 자신에 비추어볼 때 더 그랬다. 소문대로 남에게 잘 보일 필요가 없어서일까. 서준에게 혜주는 예뻐 보이고 싶은 순간이란 게 없었던 소녀 시절을 보냈고 여전히 그런 시절을 사는 것 같아 보였다.

"아이가 말이야, 사고로 죽었을 수도 있어?"

"가능성은 있지. 넘어지면서 어디 부딪혔다든가, 가능해. 하지만 말야. 어쨌든 아이에게 폭력이 가해져서 사망했을 가능성도 배제할 수는 없어. 보고서에 자세히 적었어."

혜주와 서준은 시체가 발견되었을 당시를 생각한다. 반듯한 자세와 담요까지 아이는 마치 관 속에 누워 있는 것 같았다.

혜주가 말했다.

"그때 김형사님은 담요가 시체 유기를 쉽게 하기 위해서라고 했는데 말야. 혼란스러운 상황에서 범행을 저질렀지만 여전히 아이를 위하고 범행을 후회한 것으로 볼 수도 있을 거 같아서."

"그렇다면 범인이 지인인 걸까?"

"……"

"그리고 이건 정말 별거 아닐 수도 있는데 담요에서 설탕이랑 수소화 식물성기름, 인공색소가 검출됐어."

"무슨 뜻이야?"

"사탕 같은 데에 들어가는 것들인데 말이야."

"잠깐만."

"왜?"

"현장 사진에서 사탕 봉지를 본 거 같아서."

"그래, 스키틀즈 한 봉지가 통째로 파묻혀 있었지. 하지만 그건 유통기한도 얼마 지나지 않은 거였으니까 누가 흘린 게 어쩌다가 그렇게 된 거 아닐까?"

"그래, 그렇겠네."

"너무 애쓰지 마."

혜주는 대답이 없다.

"이제 뭐할 거냐?"

서준이 술잔을 꺾는 모양을 하며 "할까?"라고 물었다.

"잠깐만."

혜주는 시간을 확인했다. 오후 여덟시 이십분. 앞으로 적어도 열두 시간 후를 생각했다. 그녀가 다시 이 경찰서로 출근할 무렵. 디앤에이 확인 공식 보고서는 열두 시간이 지난 그때에도 이곳에 도착하지 않을 것이다. 아마도 열시쯤 그녀의 자리로 전화가 올 것이다. 통화중이 계속된다면 그녀의 휴대전화로 문자가 올 것이다. 그 남자에게서.

이제 죽은 아이의 오빠가 된 남자 이영우.

휴대전화를 노려보던 혜주는 그에게 메시지를 보냈다. 그녀는 열두 시간 혹은 열다섯 시간을 생각한다. 지금 그가 이 사실을 알게 된다고 해서 달라지는 것이 있는가. 그가 이 사실을 아직은 모른다고 해서 달라지는 것이 있는가.

……응답이 왔다.

"가봐야 할 거 같아."

"이 시간에 어딜?"

혜주는 다시 망설인다. 아직은, 늦출 수도 있다.

"누굴 좀 만나야 할 거 같아."

"너, 연애하니? 본격 연애는 아니라도 썸, 그런 거……"

"그런 거 아니야."

"이 시간에 누구?"

"친구."

혜주는 얼버무린다.

"너, 친구 나밖에 없잖아."

서준의 말에 혜주는 그저 웃는다.

"여자친구는 나밖에 없으니까. 남자 사람 친구냐? 아님 아는 오빠, 뭐 그런 거?"

"나중에 얘기해줄게."

혜주가 나가는 모습을 보면서 서준은 혼잣말로 나직이 말한다. 오늘따라 보미가 더 보고 싶네.

세상에 존재하는 줄 모르고 살았던 사람의 존재를 인식하게 되는 날들이 있다. 누군가의 인생에는 그런 사람이 있다. 세상에 그런 것을 유심히 보는 이가 하나나 둘, 셋일 수도 있다. 우연이다.

이 사무치는 우연이 또하나의 슬픈 가능성을 일깨운다.

*

혜주는 경찰서를 나가며 시간을 다시 확인한다.

오늘밤 결과를 알리면 내일 그가 부산으로 와서 공식적인 확인을 할 수 있으리라고 생각했다. 마음의 준비는 이미 되었을까. 그래도 무언가가 필요할 것이다. 그러나 혜주의 예상과는 달리 그는 이미 이곳에서 기다리고 있었다. 그는 시신이 자신의 동생 이영채라고 확신했던 것일까.

그는 자신이 말한 그곳에 붙박이처럼 그대로 있었다.

영업시간 종료를 십오 분 앞둔 아쿠아리움에는 사람이 거의 없었지만, 그녀에게 익숙한 장소가 아니었다면 만나기가 쉽지 않았을 것이다. 그는 바깥에서 기다리겠다고 했지만 그녀는 안에서 하던 것을 하면서 있어달라고 했다. 그리고 혹시 모를 착각을 대비해 자신에게는 연간 회원권이 있어 안에서 만나는 것이 더 편하다는 이야기까지 덧붙였다.

누군가의 죽음이 확인된 시간 이 세심한 친절과 서로에 대한 배려는 너무 사소하게만 느껴졌다. 하지만 이렇게라도 하지 않으면 무엇을 할 수 있을까.

"일은 어떻게……"

혜주는 궁금했다. 그것은 딱히 그에게만 해당되는 사항은 아니었다. 생업을 팽개치고, 라는 흔한 수식어의 실상을 혜주는 목격한 적이 있다. 한 사람이 사라지면 결코 한 사람이 사라지는 것으로 끝나지 않는다. 파괴는 끝없이 이어진다.

이십 년 전 여동생을 잃은 그의 삶이 궁금했다. 생사가 확인되지 않은, 점점 더 희망이 사라져가는, 누군가의 존재 없는 죽음을 견디며 산다는 것.

"프리랜서예요."

"……"

"의사."

프리랜서와 의사, 두 단어의 조합이 낯설었다. 프리랜서의 시간적 공간적 자유와 의사의 엄격하고 복잡한 일. 하지만 그녀는 더 이상 묻지 않았다.

오래전에 일어난, 어쩌면…… 하면서 두려워했던 죽음이 절망적으로 확인되는 시간 이후를 이제 그는 견디며 살아야 할 것이다. 그 삶은 그녀에게는 아직 일어나지 않은 일이었다.

아직은, 일어나지 않은 일.

*

혜주는 영우와 함께 이영채의 유골이 발견된 아파트의 분수대 공사 현장으로 갔다. 지은 지 이십 년이 넘어가는 아파트를 고급스럽게 새단장하겠다는 계획의 절정은 화단을 없애고 분수대를 만드는 것이었다. 시신이 발견되고 중단되었던 공사는 이미 재개되었다. 여기저기 놓인 대리석 조각, 뿌리 뽑힌 나무들, 짓밟힌 가지와 꽃들. 정리되지 않은 공사장의 살풍경은 그곳에서 발견된 아이의 죽음을 더 신산하게 만들었다.

현장을 둘러보는 영우의 얼굴에는 표정이 없었다.

"영채가 정확히 어디 어떻게 누워 있었죠?"

얼굴에는 여전히 표정이 없었지만 혜주는 그의 목소리에서 분노를 읽을 수 있었다. 얼음처럼 차갑고 단단한 분노. 어떤 세월을 살아왔기에 그는 이런 사람이 되었을까.

혜주는 좀처럼 감정을 숨기지 못했다. 얼굴에 목소리에 손끝에 감정이 묻어나다못해 넘쳐났다. 혹은 그렇게 생각했다. 포커페이스를 유지하지 못해 실수가 생겨났고 또 사람들과 자주 부딪혔다. 그런 혜주에게 황현준은 말했다. 넌 타고난 심성이 경찰에 어울리지 않아. 그러면서도 황현준은 힘들면 포기하라고 말하지 않았다. 대신, 아니면 빨리 그만두라고 했다.

혜주는 힘들어도 포기하지 않았다. 아니면 그만둘 수 있다고 생각했다.

하지만 그 '아니면'의 실체를 아직도 알 수 없다.

이 남자는 이제 안다. 동생이 살아 있지 않다는 것, 그때 자신을 버려두고 사라지지 않았다는 것을. 자신이 어쩔 수 있는 일이 아니라는 것을. 비록 죽었다는 사실이지만 그 사실을 알고 있는 것만으로도 진실에 한 발자국 더 다가갈 수 있을지도 모른다.

죽음은 오래전에 일어났고 다시 돌아왔다.

어쩌면 한 번도 떠나지 않은 일일지도 모른다.

밤의 말

남들은 절망이 외롭다고 말하지만
나는 희망이 더 외로운 것 같아.
―김승희, 「희망이 외롭다 1」[*]

빛이 시작되었다. 수천수만 개의 전구가 만들어내는 빛의 조각. 멀리서는 하나로 이어진 선으로 보이던 것들이 가까이에서는 하나하나의 점이었다. 점들이 눈부시게 타올라 다른 점과 섞여 빛나는 선을 만들었다.

그들은 빛으로 만든 새장의 입구로 들어갔다. 반짝반짝 보석처럼 빛나는 뜨거운 새장 속에서 인간들이 옹기종기 모여 밤을 노래

---

* 『희망이 외롭다』(문학동네, 2012)

했다. 이 밤 어둠의 마법이 끝날 때까지.

새벽이 오기 전 가장 캄캄할 때 전구가 꺼지고 완전한 암흑 속에서 마침내 그들은 침묵했다.

* * *

그날 내가 진짜 너를 죽였다면 어떻게 되었을까?

조남국은 생각한다. 혜주가 감옥으로 찾아온 날부터.

그날 진짜 내가 죽었다면 어떻게 되었을까?

혜주는 생각한다. 조남국의 가석방이 결정된 날부터.

감옥에서 마지막 전화가 왔다.

"나, 나간다. 곧."

"……"

"알고 있냐?"

조남국의 목소리는 혜주의 예상보다 덤덤했다.

"알고 있어요."

"고맙다고 해야 하나?"

"보미 어디에 있어요?"

"그걸 왜 자꾸 나한테 묻는지 모르겠다."

침묵이 길어진다. 기억상실은 선택적 기억상실이거나 의지적 기억상실이다. 어떤 이는 자신에게 유리한 것만 기억하고 어떤 이는 자신에게 불리한 것, 가장 괴로운 순간만 기억한다. 기억하려고 애써도 붙잡을 수 없는 것도 있고 기억하고 싶지 않아도 기억나는 순간도 있다. 똑같은 일을 사람마다 조금씩 다르게 기억하기도 하고 같은 사람의 기억도 시간이 지나면 달라지기도 한다.

기억이 영화라면 혜주는 어릴 적 거의 모든 장면을 잃었다. 그럼에도 그녀가 또렷이 기억하는 것은 등장인물의 얼굴이다. 그 얼굴은 바로 이 남자, 조남국의 얼굴이다.

"그런데 내가 그걸 말하면 그다음에 너는 나를 어떻게 할 거지?"

"당신은 죗값을 치렀어."

"정말 그렇게 생각해?"

"그래요."

"그럼 너희 아버지는?"

"……"

"네 아버지 아니었으면 나 여기 있을 사람 아니야. 그건 알아줬으면 한다."

조남국의 말은 진실일까.

아버지가 아니었다면 그는 거기에 있지 않고 혜주는 여기에 있지 않을까.

"아무튼 나가면 우리 해야 할 이야기가 좀 있지? 그때 있었던 일에 대해서 말이야. 난 아직도 납득이 가질 않아."

"……"

"이제 너한테 그애가 어떤 존재였는지는 충분히 알겠어. 그런데 말이야. 그애한테 너는 무엇이었을까?"

*

혜주에게 보미는 비밀이었다. 보미에게 나는…… 모르겠다, 고 혜주는 생각한다.

열세 살 소녀들 사이에 가로놓인 차이가 비밀을 만들었다.

그때 은혜주는 아버지가 그녀를 위해 마련해놓은 수많은 과정을 밟고 싶지 않았다. 어릴 때부터 배울 수 있는 모든 것, 좋다는 모든 것을 해왔지만 혜주는 아무것도 배울 수 없었고 아무것도 좋지 않았다.

소녀가 일기장에 매일 그런 이야기를 적던 어느 날이었을 것이다.

"아, 아빠는, 진짜. 나 피아노 치기 싫단 말이야. 저번 선생님도 분명히 소질 없다 그랬는데……"

"나도 피아노 배운 적 있는데……"

푸념처럼 늘어놓은 혜주의 이야기에 보미가 처음으로 반응했다.

"보미야, 너 피아노 잘 쳐?"

"그때는 선생님이 잘 친다고 했었는데……"

"그러면 네가 가면 되겠다."

혜주는 신이 났다.

"응?"

"보미 네가 가면 돼. 왜 그 생각을 못했지?"

그렇게 시작되었다.

혜주 대신 보미는 피아노 학원부터 시작했다. 보미가 배우고 싶어하는 것을 혜주가 아버지에게 하고 싶다고 말하면 아버지 비서는 최고의 선생을 섭외했다. 김보미는 은용훈의 딸 은혜주가 되어 배우고 싶은 것을 배웠고 하고 싶은 것을 했다.

어느 날 보미가 그랬다.

"우리 꼭 왕자와 거지 같다."

혜주는 해맑게 말하는 보미를 바라보았다. 보미가 그렇게 생각할 줄 몰랐다. 그렇게 생각하면서도 웃을 수 있다는 사실 또한 몰랐다. 그리고 혜주는 그런 말을 듣고는 자신이 웃을 수 없다는 걸 알았다. 그리고 웃음이 나오지 않는다는 것을 결코 말할 수 없으리라는 것 또한 알았다.

그리고 그렇게, 끝이 났다. 왕자와 거지 놀이는……

그날 조남국은 말했다. 나는 네 아버지 은용훈의 친구다. 잠깐만 얘기 좀 하자.

열세 살은 많은 것을 아는 나이다. 하지만 정말 알아야 하는 것은 모를 수도 있는 나이다.

정말 혜주였다면 아버지 친구 따위 무시했을 것이다. 따라가는 일, 이야기를 나누는 일, 절대 없었을 것이다. 하지만 혜주인 척해야만 했던 보미는 그때 혜주라면 어떻게 해야 하는지를 상상했을 것이다. 그리고 그 상상대로 아버지의 친구라는 남자를 따라갔다.

기억은 마치 뿌연 거울을 들여다보는 것 같았다. 아주 많은 기억이 사라졌고 돌아오지 않았다. 어렸으므로 당연한 일이라고 심리치료사는 말했다. 그 당연한 일이 혜주에게 당연하지 않은 것은 그 기억으로 할 수 있을지 모를 일, 그리고 해야만 하는 일이 있기 때문이었다. 혜주였기에 보미에게 나쁜 일이 있었다. 그리고 보미가 혜주가 아니었기에 더더욱 나쁜 일이 일어났다. 잃어버린 기억이 무엇이 되었든 이것만은 사실이었다.

그때 보미가 혜주라면, 이라고 상상했던 것처럼 그 일 이후 혜주는 보미라면, 이라고 상상하는 일을 멈출 수 없었다.

*

일주일 사이 인구 밀도가 낮아졌다. 사람들이 썰물처럼 빠져나갔다. 여름 내내 내리지 않던 비가 며칠 사이 두 번 정도 내렸다. 기온이 조금 낮아진 것처럼 느껴졌다. 구월 둘째 주 부산의 해수욕장은 공식적으로 폐장했다. 바캉스의 계절로서의 여름은 본분을 다한 것처럼 보였다.

일어나면 오후였다. 다섯시와 여섯시 사이. 다섯시의 하늘은 회색이었고 여섯시의 하늘은 회갈색이었다. 하늘의 농담으로 시간을 추측하면서 영우는 오랫동안 멍하니 침대 모서리에 앉아 있곤 했다.

휴대전화의 벨이 울렸다. 장원장이었다.

"자네 집은 구했나?"

장원장이 묻기 전까지 그는 이곳에 계속 머물려면 집을 구해야 한다는 당연한 사실을 생각하지 못했다.

"아직 못 구했나보군."

"네, 언제까지 있을지도 모르고, 일단은······"

"내가 해운대에 주거용 오피스텔이 하나 있어. 작아서 불편하긴 하겠지만 길어야 한두 달일 텐데 집 구하고 나중에 또 처리하고 하려면 번거롭잖아. 그냥 거기서 지내는 건 어떤가?"

"······"

"어차피 비어 있는 데야."

"그래도······"

"타지에서 집 구하는 게 부담될까 싶어서 집을 소개해줬더니 그게 더 부담스러운 모양이군. 거참, 자네 성격이 너무 깔끔해서. 뭐하면 집세를 내든가. 내가 주소하고 필요한 거 문자로 보낼게. 관리하는 사람한테도 말해놓고. 일단 가서 집을 보기나 해. 그러고 나서 얘기하자고."

늘 자신의 일보다 타인의 일이 우선이었던 그였지만 이번에는 자신의 이곳 일만 생각하기로 한다. 그들의 그곳 일은 그가 아주 잘하는 일이긴 하지만 그가 아니어도 될 것이다. 하지만 영채에게는, 죽은 영채에게는 그밖에 없다.

*

어둠이 찾아왔을 때 그는 호텔을 나갔다.

바닷가를 걷다가 세상 어디에나 있을 것 같은 커피숍에서 커피를 마셨고, 마감 시간인 열한시가 되어 커피숍을 나와 다시 걷기 시작했다. 오늘도 어제와 다를 바 없는, 그저 그런 기억도 할 수 없는, 혹은 기억할 것이 없는 헤맴으로 하루가 지나가고 있었다.

지난 이십 년 동안 사라진 영채의 그림자를 좇으며 살았던 그는 앞으로 영채의 죽음을 등에 업은 채로 살게 될 것이다. 희망은 완벽하게 사라졌고 절망은 출구가 보이지 않는다. 하루하루가 이렇게 정지된 채로 늙어가게 될까. 자신의 인생에 대해서는 아무것도 궁금해하지 않은 채로 사라져버렸거나 사라질 어떤 것의 왜, 어떻게를 궁금해하면서.

그는 이 밤의 거리를 걷고 또 걷는다. 할 수 있는 것이 그것밖에 없는 사람처럼.

자정이 지난 밤의 거리. 어두운 골목에서 젊은이들이 튀어나왔다.

씨발, 개새끼, 욕설을 하며 달리고 붙잡고 주먹을 휘두르고 발길질을 하면서 그들은 싸웠다. 이십대 초반으로 보이는 젊다못해 어린 남자 셋. 누가 누구의 편인지, 혹은 셋 다 다른 편인지조차 알 수 없는, 엇갈리는 막무가내의 싸움.

영우는 한 걸음 뒤로 물러섰다.

싸움 앞에서 그는 달아나지도 말리지도 않았다. 가장 잘 보이는 자리에서 잠시 지켜보았다. 금세 그 셋이 친구 사이라는 것을 알 수 있었다. 하지만 여전히 무슨 이유로 싸우고 있는지는 알 수 없었다.

한 남자의 코에서 피가 흐르기 시작했다. 또다른 남자의 입에서도 피가 흐르고 있었다. 또다른 남자의 손에는 피가 묻어 있었다.

피가 그들의 싸움을 멈추게 한 것일까.

피에 대한 두려움. 내가 누군가를 피 흘리게 했다. 누군가가 나를 피 흘리게 했다. 그 근원에는 어쩌면 죽음에 대한 공포가 있을 것이다. 내가 누군가를 죽게 만들지도 모른다. 누군가가 나를 죽게 만들지도 모른다. 의도하지 않은 일이 일어날지 모른다는 징조가 어디에나 누구에게나 있는 것은 아니다. 피 한 방울 흘리지 않고도 누군가는 죽는다. 이미 죽었다.

싸우던 그들이 주먹질을 멈추고 거리를 둔 채 씩씩거렸다. 어둠에 가려진 그들의 주먹도 얼굴도 상처투성이일 것이다. 한 명이 보도블록의 턱에 무너지듯 주저앉았다. 한 명이 달려가 부축을 하려다 휘청거렸고 결국 기대앉아버렸다. 두 사람이 기대앉자 나머지 한 명이 다가가 주섬주섬 휴지를 건넸다.

그렇게 어느덧 셋이 나란히 차가운 보도블록에 앉아 있었다. 알아듣겠니…… 그래도 모르겠어…… 정신 차려…… 이러고 싶지 않았어…… 괜찮니…… 같은 말들이 들려왔다. 피를 보고 나서야 그들은 싸움을 멈추고 이야기를 시작했다.

그들이 화해를 시도하고 있다고 생각했으므로, 아무도 죽지 않을 것 같았으므로, 영우는 그 자리를 떠났다.

영우는 걷다가 적당히 붐비는 식당을 골라 들어갔다.

해장국을 시켰다. 사인용 테이블의 한 자리에 앉아 술에 취한 적도 없이 해장국을 먹기 시작했다. 평일의 자정을 넘어서도 집에 돌아가지 못한 취객들의 목소리는 컸고, 그래서 그는 평화로웠다. 아무 생각도 할 수 없었으므로.

그처럼 혼자서 밥을 먹는 사람들은 휴대전화의 화면을 응시하거나 텔레비전을 바라보았다. 텔레비전에서는 부산의 택시기사 최 모씨가 실종된 지 일주일이 지났다는 뉴스가 방송되고 있었다. 그는 묵묵히 자기 앞의 식사를 했다.

첫 식사였다.

호텔로 돌아가는 길, 영우는 아까 젊은이들이 싸우던 그곳을 다시 지나쳐 갔다. 보도블록에는 핏자국들이 선명하다.

이렇게 많은 피를 흘렸던가.

태연히 휴지 한 조각으로 피를 닦고 앉아 있던 그들은 어디로 갔을까. 그들은 아직도 친구일까. 아무 일 없는 듯 다시 만날 수 있을까.

이렇게 많은 피를 흘린 후에도.

*

이틀 후 영우는 장원장의 오피스텔로 거처를 옮겼다.

호텔에서 보낸 시간의 흔적은 그가 살아온 시간 동안 가장 큰 일시불 지출 내역과 몇 장의 속옷과 양말과 편한 옷으로 남았다. 서울을 떠나올 때 입고 있었던 검정색 양복은 빛을 잃어 그를 더 유령처럼 보이게 만들었지만, 늦여름 바닷가를 하염없이 걸었던 시간은 그의 얼굴을 투명한 검은빛으로 물들였고 그의 몸을 더 단단하게 단련시켰다. 그는 검고 마르고 길고 어두운 남자였다.

장원장의 작은 오피스텔은 작지 않았다. 서울에 있는 그의 원룸보다 훨씬 컸다. 잠시만 머무르다 떠나게 되리라고 예상했기에 그는 장원장의 호의를 받아들일 수 있었다. 머물 곳을 찾을 여유가 지금 그에게는 없었다. 이제 그는 노숙도 개의치 않겠다고 각오하는 소년이 아니었다.

그에게는 사는 집이 중요했던 적이 없었다. 아니, 집이 정말 중요했던 시절은 오래전에 끝나버렸다.

그가 기억하는 첫번째 집의 기억은 어릴 적 살던 산동네였다. 그 동네의 모습은 기억나는데 무슨 동인지는 모른다. 친구들의 얼굴은 기억나지 않는데 친구들과 했던 놀이는 기억한다. 무궁화꽃이 피었습니다. 얼음땡, 다방구라 불리던 술래잡기. 달리고 붙잡고 멈추고 다시 달리던, 단순하지만 조금씩 진화하던 놀이. 가파른 계단과 좁고 구불구불한 골목길과 아담한 놀이터와 큰 나무가 있던 동네. 그 동네에서 태어났을까.

기억은 곧장 어머니가 떠나고 영채가 사라진 그 집으로 이어진다. 그 집을 떠난 후 그에게는 집이 없었다. 옛집은 돌아갈 수 없었으므로 집이 아니었고, 잠을 자는 장소는 아주 오랫동안 집의 형태를 갖추지 못한 그냥 방이었다.

부산을 떠난 후 그는 수많은 방을 떠돌았다. 집을 가질 수 있는 순간이 와도 그는 감히 집을 선택할 수 없었다. 혼자서 새로운 집에서 살 수 없었다. 집을 가질 수 없었기에 더불어 가질 수 없는 무수한 것이 있었다. 가질 수 없었기에 지킬 것도 잃을 것도 없었다. 그는 삶에도 죽음에도 두려움이 없었다. 다만 가끔 생각했을 뿐이다.

영채가 살아 있어 돌아온다면……

그 상상이 그를 아침이면 깨어나게 하는 유일한 주문이었다.

하지만 이제 영채는 그럴 수 없다. 그의 삶의 아주 희박한 희망하나가 완전히 소멸해버렸다. 그리고 완전한 절망 하나가 생겨났다. 그래서 잃을 것은 그때도 지금도 없지만, 지금은 살아 있어야했다.

기계적인 일조차 없는 이곳에서 그는 무엇을 하면서 시간을 보내면 좋을지 알 수 없었다. 경찰서에 전화해 수사에 진전은 있느냐고 확인하는 것 외에는. 그런 전화는 서울에서 자신이 살던 대로 살면서 하던 일을 하면서도 얼마든지 할 수 있었다. 그러나 그는 그동안 묵묵히 해오던 일상을 멈추었다.

옮긴 것은 그의 몸뿐이었지만 이제 또다른 무언가가 시작되었음을 알 수 있었다. 시작으로 돌아가 진짜 끝을 내야 할지도 모른다.

*

수많은 다른 아침과 마찬가지로 그날 아침 역시 특별한 이유가없는데도, 이정규는 눈물에 젖고 목이 꽉 멘 상태로 깨어났다. 그에게 낮의 눈물은 특별한 것이었지만 밤의 눈물은 전혀 특별한 것이 아니었다.

그날 이후, 그는 거의 매일 밤 꿈속에서 운다.

언제부터였을까? 딸에게 그 일이 일어난 후부터…… 마누라

144

가 죽은 후부터…… 가족들이 하나둘 집을 떠나기 시작한 후부터…… 사실 그는 울고 싶었던 것인지도 모른다. 하지만, 그래도 울 수 없었다. 남은 가족, 자신만을 바라보는 어린것들 때문에.

이제 그는 울어도 된다.

아니, 마침내 울어야 하는 시간이 왔다.

*

은혜주는 영우가 함께 있는 편이 나을 것이라고 말했다.

영우는 이 상황에 더 나은 선택이 있다는 것이 믿기지 않았다. 무엇이 낫다는 것일까. 영채의 죽음을 알렸을 때…… 아니, 아버지는 오래전부터 영채가 죽었다고 말하긴 했었다. 영채의 시신을 찾았다고 알렸을 때 아버지가 겪게 될 충격이 그가 함께 있다고 달라질 수 있을까.

함께 겪으면 슬픔은 반이 되고 기쁨은 두 배가 된다고 했던가. 영우가 아버지와 나눈 것이 있다면 그것은 가난과 분노뿐일 것이다. 이제 와서 나눌 수 있는 것도 오로지 그것뿐일 것을 알지만, 혜주의 충고와 권유를 따를 수밖에 없었다. 세상에는 절차라는 것이 있고, 그는 하루빨리 그 절차를 진행시켜 우선 영채를 차가운 바닥에서 해방시키고 싶었다. 영채는 아주 오랫동안 홀로 차가운 바닥에 누워서 나를 기다렸다. 혜주의 뒤를 따라 골목길을 오르며 그는 그렇게 다짐했다.

주소지가 말소되었다는 아버지의 현재 거주지는 어릴 적 그들의 집이 있던 동네였다. 도심 한 귀퉁이에 섬처럼 고립되어 있는 그 동네는 시간이 멈춘 채 낡아가고 있었다. 골목길을 따라 다닥다닥 붙어 있는 집들은 그의 기억보다 간격이 더 좁고 작았다. 벽은 페인트칠이 벗겨지고 쇠문은 녹슬고 나무문은 썩었다. 쓰레기봉투는 냄새를 풍기며 기우뚱 넘어져 있고, 담배꽁초가 바닥에 그냥 버려져 있다. 지저분한 풍경과는 대조적으로 동네는 지나치게 조용했다. 문 너머 집안에서는 텔레비전 소리와 기침 소리가 간간이 흘러나올 뿐, 살아 있는 인간의 목소리가 들리지 않았다.

그는 아주 오래간만에 아버지를 대면해야 할 것이다. 아버지를 만나는 일은 없을 거라고 생각하면서 살아왔다. 영채가 아니었다면 아버지를 더 오래전에 외면했을 것이다. 결국 영채가 아버지와 그를 다시 만나게 했다. 지긋지긋했던 아버지가 있는 집으로 다시 돌아오게 만들었다.

혜주가 먼저 문을 열고 들어갔고, 영우가 그녀의 뒤를 따랐다.

아버지는 한눈에도 늙고 지쳐 보였다. 세 사람이 한 공간에 놓인 순간 정적이 감돌았다. 늙은 아버지는 꿈적도 하지 않고 다만 멍한 눈으로 혜주를 바라보았다. 혜주는 자신의 신분을 밝히고 노인의 신분을 확인한 후 여기까지 온 이유를 알렸다.

"우리 영채, 어떻게 죽은 거요?"

"……"

"뭣 때문에, 왜 죽은 거요?"

"……"

"왜, 왜, 왜…… 그렇게 됐던 거요?"

"……"

딸의 죽음을 알리는 순간 아버지는 질문을 퍼부었다. 그 목소리는 딸이 사라졌을 그때처럼 격렬하게 생생했다. 다시는 돌아올 수 없는 시간, 그렇게 바라던 시간을 펄쩍펄쩍 건너뛰고 있었다. 그 순간들을 혜주는 어찌해줄 수 없었다.

그리고 그의 아들. 아버지의 시선이 바닥과 그녀를 건너뛰어 아들에게 멈추었다. 그리고 다시 시간이 멈춘 듯한 정적. 그녀는 옆눈으로 아들을 보았다. 그리고 다시 아버지를 보았다. 두 사람은 서로를 바라보았으나 그녀가 바라보았을 때는 이미 시선을 피한 뒤였다.

아버지는 입을 굳게 다물었다. 그렇다고 아들이 입을 열 것 같지도 않았다.

"영우니?"

결국 아버지가 먼저 입을 열었다.

"우리 영우…… 맞아?"

하지만 아들은 끝내 대답하지 않았다.

혜주는 이 기이한 부자 상봉을 오래도록 기억할 것만 같았다.

인간은 유전자의 법칙을 뛰어넘을 수 없고 태생의 늪에서 좀처럼 벗어날 수 없는 것일까. 거기서 벗어나려는 모든 노력은 결국 무위로 끝날 뿐일까. 피라는 육체적 인력은 의지라는 정신적 노력보다 강한 것일까. 아무리 애써도 결국은 돌아가서 마주해야만 하는 것일까.

살아오는 내내 영우는 아버지를 원망했다. 아버지의 무능력으로 가족이 가난해졌고 어머니를 달아나게 만들었고 여동생을 사라지게 했다. 그리고…… 그러다가 결국은, 그런 아버지가 없었다면 지금의 이런 나도 없었을 것이다, 라고 생각하면서 살게 되었다.

하나둘 사라져가는 그 폐허 가운데서도 아버지는 끈질기게 살았다. 그때는 몰랐다. 그리고 지금도 그는 모를 것이다. 아버지가 살아남은 이유를. 살아 있는 이유를. 그리고 살아가는 이유를.

*

이정규.

195X년 8월 2일생―197X년 부산의 상업고등학교 중퇴, 회계사무소 입사―197X년 11월 8일, 윤미숙과 혼인 신고―198X년 아들 이영우가 태어남―198X년 딸 이영채가 태어남―199X년 딸 이영채 실종 신고―199X년 아내 윤미숙 실종으로 사망 처리

확정—201X년 이후 주소지 불명.

이영우.
198X년 11월 10일생. 서울대학교 의과대학 졸업. 현재 마취과
전문의.

어느 날 딸이 실종되고 몇 년 후 아내마저 실종되고 세상에 아
들과 단둘이 된 남자…… 어느 날 여동생이 실종되고 어머니마저
실종되고 세상에 아버지와 단둘이 남은 소년……
예순넷, 서른셋의 인생을 몇 줄의 연보로 훑어보았다.
이 불행과 불운은 미제 사건 전담 은혜주 형사에게는 흔한 것이
다. 잃어버린 아이, 사라진 아내와 남편, 죽음으로 돌아오거나 신
원 불상 변사자로 묻히거나. 경찰서, 그녀의 컴퓨터 파일에는 이
름과 사건 번호로 정리된 목록이 끝도 없다. 그녀 이전에도 누군
가가 작성했고, 그녀도 삼 년째 작성과 업데이트중이며, 전국에서
그녀와 같은 일을 또다른 누군가가 하고 있다.
그러나 이영채 사건은 이제 유괴나 실종 사건이 아닌 살인 사건
이다.
미제 사건은 백사장에서 바늘 찾기와 같다. 캐비닛에 보관된 빛
바랜 서류철을 꺼내 세월의 더께를 걷어내고 다시 시작해야 한다.
당시 수사는 허점투성이였다. 통신 기록도, 제대로 된 피해자 가

족 진술도, 목격자 확보도 되지 않았다. 시신이 발견된 이후 과학수사팀이 알아낸 것도 결정적인 단서가 될 만한 것이 없다. 무엇보다 시신이 묻힌 지 너무 오래되었다. 하지만 지금으로서는 거기서 시작하는 수밖에 없다.

이영채가 묻힌 아파트는 199X년에 지어졌다. 이영채가 실종될 당시 아파트는 한창 건설중이었다. 아이가 살던 동네는 그곳과는 관계가 없다. 두 곳은 상당한 거리가 있다. 이영채는 어떻게 거기까지 오게 되었을까.

미해결 사건―아무도 모른다고 생각할 테지만 분명 누군가는 알고 있다. 죽은 자든 산 자든.

*

황현준 형사과장이 혜주를 자신의 집무실로 불렀다.

"분수대 유골 신원을 밝혔다면서……"

혜주가 들어가 자리에 앉자마자 황현준이 말했다.

"네."

"계속 파고들 건가?"

"……"

"괜한 걸 물었군. 이것도 네가 맡아."

현준이 사건 파일 하나를 내밀었다.

"다들 택시기사 실종 사건을 수사중이지. 넌 거기서 빠지고 이것부터 처리해."

"……"

"얼마 전에 인터넷을 떠들썩하게 했던 동영상, 거기 나오던 벤츠 아줌마가 죽었어. 심장마비야."

"심장마비라면?"

"그 아줌마 신원은 그 동영상이 화제 될 때부터 네티즌들이 밝혀냈고. 경찰 체면이 말이 아니지. 여중생이 신고했을 때 경찰은 아무것도 못했는데, 심지어 그런 일은 잊어버리는 게 상책이라고 했다더군."

"그것하고 심장마비가 무슨 상관이죠?"

"우연의 일치겠지. 내가 보기에도 그래. 경찰이 이런 말 하면 안 되지만, 그 동영상 봤어?"

"아니요."

"그 동영상 보면 아줌마 성격이 장난 아니야. 그 정도 성질부리고 지금까지 무사했으면 가진 게 장난이 아니라는 얘기지. 아무튼 그 가족들, 뭔가 꼬인 게 있는지 난리야. 여중생이랑 주변 인물 알리바이는 이미 확인했고, 부검에서 아무것도 안 나왔어. 아무튼 유족들이 자기들끼리 난리니까, 넌 유족들 상대하는 데 일가견이 있잖아."

이것도 일종의 배려이긴 했다. 혜주는 해결될 가능성이 거의 없는 오래된 사건에 매달릴 것이고 강력범죄수사팀은 눈앞의 급한 사건에 내달릴 것이다. 혜주가 미제 사건에 집중할 수 있도록 다들 귀찮아하는 사건 하나를 단독으로 더 맡긴 것이다.

"네, 알겠습니다."

혜주는 파일을 챙겨 일어나려고 했다. 그러자 황현준이 말했다.

"아직 점심 전이지? 점심이나 같이 먹자."

"괜찮습니다."

"일 얘긴 끝났고, 뭘 또 이렇게 딱딱하게 굴어. 삼촌한테……"

"경찰서잖아요. 그리고……"

"그리고?"

"……"

"진짜 삼촌도 아니지."

현준은 가끔 눈앞의 너무나 투명한 이 아이에게 말하고 싶다. 이제, 아니 그날 이후로 너한테 진짜가 있긴 하냐고. 내가 너 때문에 얼마나 많은 위험을 감수했는지 알긴 하느냐고. 하지만 그렇게 말할 수는 없다. 이 아이는 피해자고 그는 경찰이니까. 그때도 지금도……

그리고 그 사건은 아직도 완전히 끝나지 않았으니까.

"그래, 알아. 안다고. 하지만……"

"삼촌은 이제 상관없잖아요."

현준도 진심으로 자신은 그런 일과는 상관없다고 말하고 싶었다. 하지만 여전히 상관없지 않았다.

"그때 삼촌이 최선을 다했다는 건 저도 알아요. 하지만……"

그렇다, 늘 '하지만'이다, 라고 현준은 생각한다. 최선을 다했다고 해서 충분한 것은 아니다. 하지만 그때는 그저 열정적이기만 했던 젊디젊은 경찰이었던 탓에 그걸로 충분하다고 생각했다. 최선을 다했지만 원망을 받을 수도 있고, 최선을 다해서 잘못될 수도 있고, 최선을 다했지만 결과가 나쁘면 모든 것이 나쁘다. 피해자 가족은 늘 최선 이상을 요구한다. 이제는 혜주도 그것을 알 것이다.

"그놈 농간에 더이상 놀아나지 마라. 넌 그놈 못 이겨."

"이길 거예요, 이번에는. 그놈을 세상 밖으로 끌어낼 거예요."

"도대체 무슨 생각을 하는 거니?"

"그놈이 원하는 걸 주고 내가 원하는 걸 얻을 거예요."

"……"

"그리고 끝을 낼 거예요. 반드시."

"어떻게 끝을 내겠다는 거니? 너는 제대로 기억도 못하잖아. 다 네 생각해서 하는 말이야."

"삼촌, 그만하시죠. 아버지 걱정하시는 거잖아요. 저도 이제 다 알아요."

"네가 뭘 안다는 거니?"

김소희의 딸 김보미가 사라졌다.

그리고

은용훈의 딸 은혜주가 사라졌다.

김보미가 사라졌을 때와는 달리 은혜주의 사건은 초기부터 꼼꼼했다. 하지만 아버지 은용훈은 묘하게도 딸에 대해 아는 것이 없었다. 딸을 언제 마지막으로 보았는지부터 딸이 무슨 옷을 입었는지, 딸의 친구가 누구누구인지, 딸의 하루 일과가 어떻게 되는지…… 딸의 최근 사진까지 경찰이 수소문해서 다른 사람에게 구해야 했을 정도였다.

은용훈은 딸을 위해 열심히 돈을 버느라 딸과 함께할 시간이 없는 아버지였다. 딸이 하고 싶다는 걸 다 해주었는데 정작 딸이 그걸 하는 걸 볼 시간이 없었고, 딸이 갖고 싶다는 걸 얼마냐고 묻고 그 돈을 주기만 했지 정작 직접 사준 적도 아주 오래전이었다.

단서는 은혜주가 사라지기 전에 이미 은혜주를 유괴했다는 전화가 걸려왔다는 것뿐이었다. 유괴 예고라니…… 뭔가 아주 이상했다. 요즘 같았다면 보이스피싱을 제일 먼저 의심했을 것이다. 하지만 십오 년 전이었다. 의문의 전화 때문에 사건은 원한 관계에 집중되었다.

은혜주가 김보미 때문에 경찰서에 왔던 그 당찬 소녀라는 것을 현준이 알아채지 못했다면 어떻게 되었을까.

"언제쯤이면 내가 보고 싶은 것만 보고 듣고 싶은 것만 듣고 말하고 싶은 것만 말하며 살 수 있을까요?"

혜주가 투명한 얼굴로 물었다.

"넌 충분히 그렇게 살 수 있었어."

현준이 대답했다.

"아버지가 원하는 대로, 보고 싶은 것만 보고 듣고 싶은 것만 듣고 말하고 싶은 것만 말하며 사는 거겠죠."

"아직도 어리구나."

"……"

현준은 안다. 혜주에게 은용훈은 그저 비정한 속물이라는 걸. 그 속물의 이면을 혜주는 보려 하지 않는다. 보려고 해도 볼 수 없다. 그날 이후 은용훈은 김소희를 보살폈다. 그 보살핌이 물질적인 것에 지나지 않는다고 혜주는 비난할 테지만, 더 무엇을 할 수 있겠냐고 은용훈은 묻고 싶을 때가 있다고 했다.

하지만 아버지는 결코 딸에게 묻지 않는다.

그 사건으로 은용훈만큼 황현준도 외로운 사람이 되었다. 오로지 둘만이 나눌 수 있는 이야기가 생겨났다. 그렇게 해서 현준은 은용훈을 형이라고 부르게 되었다. 그리고 혜주에게 경찰 아저씨는 경찰 삼촌이 되었다.

"널 그렇게 살게 하기 위해 아버지는 보고 싶은 것을 보지 못하고 듣고 싶은 것을 듣지 못하고 말하고 싶은 것을 말하지 못했다는 생각은 안 드니?"

"한동안은 그랬겠죠. 하지만 어느 순간부터는 안 그럴 수도 있었어요. 그 순간부터는 아버지가 원해서, 아니 더 많이 원해서 이렇게 된 거예요. 그로 인해 일어난 일은 아버지가 선택한 거나 마찬가지라구요."

그리고, 그래도, 너는 결국 아버지를 선택하겠지. 모든 아이들이 태어날 때 부모를 선택할 수는 없지만 자라면서 부모를 떠나는 것은 선택할 수 있다. 그것이 결코 행운이 아니라는 걸 알지만 그 불행 가운데에도 다행인 것이 없지 않았다. 하지만, 그 순간에 대해서는 현준은 말할 수 없다.

그 순간에 대해서는 다만 들어야 할 뿐이다.

은용훈은 현준에게 말했었다. 그날 이후 딸과 영원히 나눌 수 없는 것들이 생겼다고. 아니, 그날 이전에도 딸과 나눌 수 없는 것들은 있었지만 그때는 내일을 위해 오늘을 참는 것이었다고. 더 많고 크고 좋은 것을 위해 지금은 견디는 것이었다고.

그리고 이제 은용훈은 모든 것을 견디는 사람이 되었다. 모든 것이 아빠 탓인 아이처럼 혜주에게는 원망할 상대가 필요했다. 부당할 수 있을 원망까지 받아내야만 하는 사람이 아버지였다.

*

　나란히, 아버지와 아들은 검은 옷을 입고 앉았다. 이영채의 빈소가 차려진 장례식장. 어차피 더 올 사람은 없었다. 오일장을 해야 할 합리적인 이유는 어디에도 없었다. 하지만 장례는 며칠로 하실 건가요? 라는 질문에 아버지가 오 일이라고 대답했고 영우는 반대하지 않았다.

　영채는 이미 오래전에 이승을 떠났는데 이 작별 인사는 너무 늦었다. 늦은 작별 인사를 아무렇게나 치를 수는 없었다.

　그때 영우는 어리고 가난했다. 하지만 이제 그는 어리지도 가난하지도 않다. 그래서 영채에게 해줄 수 있는 것들이 있다. 최고의 관, 최고의 단, 최고의 음식. 하지만 그 화려함은 그의 무력함을 더 일깨울 뿐이었다.

　그때 아버지는 가난했고 그래서 살기에 바빴다. 그리고 지금은 더 가난하지만 살기 위해 아무것도 하지 않는다. 가난하고 늙은 아버지가 딸아이의 영정 사진 앞에 앉아 낡은 가방에서 주섬주섬 무언가를 꺼냈다.

　영우는 아버지가 하는 양을 가만히 지켜보았다. 아버지가 영정 앞에 놓으려는 것은 사탕이었다. 어릴 때 영채가 좋아하던 스키틀즈.

　아버지가 집에 돌아올 때 손에 들린 저 새빨간 사탕 봉지에 영채는 하늘로 날아오를 듯 펄쩍펄쩍 뛰었다. 그때 이백원 하던 스키틀즈. S자가 그려진 빨강 파랑 주황 노랑 연두 색깔의 딱딱한 설탕 코팅 속에 여러 가지 맛의 쫀득한 내용물이 들어 있는 사탕, 스키틀즈를 사달라고 조르던 어린 영채가 눈앞에 있는 것처럼 선명하게 떠올랐다.

그는 잊고 살았다. 영채가 저 사탕을 좋아했다는 것을.

아버지는 봉지를 뜯어 빨간색 동그라미를 고르고 있다. 색깔마다 맛이 달랐던 스키틀즈, 그중에 빨간색 딸기맛을 영채가 제일 좋아했었다는 것을…… 영채가 빨간색을 유난히 좋아했다는 것을……

아버지가 기억하는 것을 그는 잊었다.

슈퍼마켓이든 편의점이든 어디서든 파는, 흔하디흔해서 아무도 간절히 원하지 않을 것 같은 저 사탕, 지금은 이천원쯤 할까. 이제는 그도 얼마든지 사줄 수 있는데, 아니 그대로 자라 스물일곱 살이 되었다면 영채는 스키틀즈를 지금도 좋아할까. 여전히 아이처럼 빨간색이 제일 맛있다면서 그것만 아껴 제일 나중에 먹을까.

삼월에 눈이 내린 적이 있었다.

겨울에도 눈이 거의 오지 않는 부산에 삼월에 눈이 펑펑 내렸는데, 마당에 동백꽃이 빨갛게 피어 있었고, 영채가 첫눈을 밟으며 그 빨간 꽃을 예쁘다 예쁘다 하면서 똑똑 뜯으며 놀다가 엄마에게

야단을 맞았다. 아버지는 꽃은 내년에도 핀다며 마냥 웃었다. 그는 영채를 닮은 눈사람을 만들어주었고 영채는 그 눈사람에 빨간 동백꽃을 꽂았다.

하지만 그들에게는 내년에 피는 동백꽃은 없었다. 그리고 그 눈은 영채가 살아 있는 동안 처음이자 마지막으로 본 눈이었을 것이다.

이제 비로소 어떤 시간의 감각이 돌아온다.

뒤늦게 치르는 장례식, 한참 늦은 작별 인사의 뒤틀린 감각. 그리고 기억은 돌아오다 그대로 슬픔에 묻힌다.

"영채야, 영채야, 영채야……"

아버지는 딸의 이름을 부르며 액자 속의 어리디어린 딸아이의 얼굴을 어루만졌다.

슬픔에 목이 메면서도 이정규는 울지 않았다. 아들 앞에서는 울 수 없었다. 그 없이도 잘 자란 아들. 이정규는 생각했다. 다시 그 날이 오면 같은 선택을 할까. 같이, 다 같이, 죽을 수는 없었다. 내가 죽는 한이 있어도.

*

혜주는 영채의 장례식을 찾아온 유일한 문상객이었다. 그녀는 향을 피우고 하얀 국화 속에 둘러싸인 이영채의 사진을 바라보았다.

이정규가 물끄러미 혜주를 바라보면서 물었다.

"형사님은 몇 살이에요?"

"스물여덟입니다."

"우리 영채보다 한 살 많네⋯⋯"

그 말뿐이었다. 더 무슨 말인가 하려고 입을 달싹였으나 거기서 멈추었다. 혜주는 이정규의 눈이 충혈되는 것을 보았다.

시간이 멈춘다. 일곱 살에 사라졌으므로 영원히 일곱 살인 아이. 그런 아이도 잃어버린 가족에게는 나이를 먹는다. 비슷한 나이대의 전혀 닮지도 않은 누군가를 보고도 시시때때로 눈앞에서 잃은 아이를 생각한다. 어딘가에서 살아 나이를 먹고 있으리라, 알아볼 수 있을까, 하고 걱정한다.

이제, 이영채의 시간은 일곱 살에서 더이상 흐르지 않았다는 사실을 모두가 안다. 그래도 이 두 사람은 영채의 나이를 계속 헤아릴 것이다. 자신들이 죽는 날까지. 혜주가 매일 아침 거울을 보면서 사라진 보미의 시간을 되새기는 것처럼.

혜주가 있는 내내 아버지와 아들은 서로를 바라보지도 않았고 눈물을 흘리지도 않았다. 혜주는 두 남자 사이에서 삼각형의 꼭지점처럼 있었다. 여전히 늙은 남자와 아직은 젊은 남자는 닮은 듯 닮지 않았고 다른 듯 다르지 않았다. 닮음이 유전자라면 다름은 환경일까.

영우가 아버지를 남겨두고 혜주를 배웅했다.

"와주셔서 감사합니다."

영우가 다시 한번 감사의 인사를 건넸다.

"발인은 언제인가요?"

"아버지가 오일장으로 하자시네요."

"장례식이 끝나면 서울로 가시는 건가요?"

혜주가 물었다.

"나는, 여기에 남을 거예요."

"……"

"그때 나도 무언가를 잃었어요. 다시는 찾을 수 없는 무언가를."

"여동생을 실망시켰다고 생각하는군요."

"네. 영채를 절망에 혼자 내버려뒀죠."

"당신도 어렸어요."

"그랬지만 동생보다 어리지는 않았죠. 그리고 그애가 보는 나는 이미 어른이었을 거예요. 자신이 유일하게 믿고 의지할 수 있는 어른."

어느새 해가 저물고 있었다. 검정 옷을 입은 자들이 통곡하면서 지나가면 흰옷을 입은 자들이 맥없이 다가온다. 죽음은 시간을 가리지 않는다.

"누가 영채를 죽였는지 알아야겠어요."

"최선을 다하겠습니다……"

그리고 뒤이어 말해야 할 것들이 있다. 당신은 당신의 삶을 살아야 한다, 같은 말들…… 하지만 혜주는 결국 그 말을 하지 못한다. 자신도 하지 못하는 일을 다른 사람에게 권하는 주제넘은 짓을, 이 사람 앞에서는 하고 싶지 않다.

"영채는 하나뿐인 나의 가족이에요."

단호하게 최선, 그걸로는 부족하다는 듯 그가 말했다.

혜주는 하나뿐인 가족을 잃는다는 것에 대해 다시 생각한다. 그리고 처음으로 상상한다. 아버지…… 나의 아버지, 그리고 그의 아버지, 그리하여 세상에 하나뿐인 가족에게 죽도록 미움받는, 이 세상의 어떤 아버지들.

*

반달이 떠오르는 시간이다.

혜주는 일부러 몇 정거장 앞에 내렸다. 집으로 곧장 가봤자 텔레비전을 보다가 꾸역꾸역 잠을 자게 될 것이다. 피곤하고 지치는 기분이었다. 모든 것을 그만두고 싶었지만, 그 모든 것이 어디까지인지 애매하기만 했다. 알아야 그만두지 싶은 자포자기의 심정이었다. 술을 마시고 싶었지만 혼자 마시면 감당이 되지 않을 것 같았고 감당이 되지 않는 심정으로 같이 술을 마셔도 될 사람으로 누군가를 떠올렸다가 그만뒀다.

그러다가 길 건너에 있는 횟집, 짙은 초록이 무성한 작은 화단에 오도카니 앉아 있는 그것을 발견했다.

처음에는 버려진 인형인 줄 알았다. 이차선 도로를 사이에 두고 볼 때에도, 길을 건너서 점점 다가가며 보면서도 작은 인형이라고 생각했다. 어떤 아이가 잃어버린 것일까, 하고 지나치던 혜주가 갑자기 걸음을 멈추었다.

살아 있었다.

살아 있는, 정말 작은, 새끼 고양이였다.

조금 더 다가가자 고양이는 눈을 반짝이며 사사삭 풀 사이로 몸을 숨겼다. 이런 곳에 저렇게 어린 고양이가 홀로 어쩌나 싶어 혜주는 자리를 뜰 수 없었다. 혜주가 화단 앞에 웅크리고 앉은 사이 밤은 점점 깊이 가라앉았다.

그리고 왔다. 새끼 고양이가 다시, 살금살금 나타났다. 그리고 또, 무언가가 있다. 거의 똑같이 생긴 새끼 고양이가 한 마리 더 있다.

혼자가 아니었네. 혜주는 혼잣말을 한다.

새끼 고양이 두 마리는 초록 풀숲을 헤치며 잘 놀았다. 둘이서 싸우는 듯하다가도 금방 다정해진다. 완전히 닮은 것 같지만 오래 바라보니 조금 다르다. 숨었다 나타났다 하는 두 마리를 어느 정도 구분할 수 있을 때까지 바라보다 혜주는 집으로 갔다.

다음날도 혜주는 그 화단에 고양이들을 보러 갔다. 이번에는 세 마리였다. 그다음 날도 갔다. 이번에는 네 마리였다. 다음다음 날에도 갔다. 이번에는 다섯 마리였다.

그사이 달은 조금씩 차올랐다.

*

더이상 아무도 찾아오지 않는 오일장이 끝나고 발인이었다.

아버지는 영채를 화장하기로 결정했다. 그 권리가 마치 자기에게 있는 것처럼 그래야 한다고, 그리고 싶다고 말했다. 영우는 아버지의 결정에 이의를 제기하지 않았다. 차가운 땅에 오래도록 묻혀 있던 아이를 다시 겨울이 오는 땅에 묻고 싶지 않다는 생각이 그 무엇보다 우선이었기 때문이다.

땅속에 묻혀 이십 년을 지낸 일곱 살 아이의 가벼운 시신은 타는 시간도 오래 걸리지 않았다. 두 사람은 재가 된 영채가 새하얀 종이에 싸이고 조심스럽게 납골함에 담기는 모습을 바라보았다. 그리고 그 납골함은 추모공원 7실의 한 칸 공간으로 들어갔다. 태어난 날짜는 분명했지만 죽은 날짜는 분명하지 않은 아이.

그렇게 죽음의 모든 과정이 끝났다.

그리고 다시 살아 있는 사람들의 시간이 시작되었다.

영우는 자신을 용서할 수 없는 것처럼 아버지를 용서할 수 없을 것이다. 아버지를 용서할 수 없다면 자신도 용서해서는 안 될 것이다. 어떻게든 용서는 이기적인 것이 될 것이다.

그런데 만약 아버지가 죽으면? 자기 자신보다 더 증오할 수 있었던 아버지가 죽으면?

그다음은……

*

이정규는 그동안 끊을 이유가 없었던 담배를 피운다. 그리고 술이 저절로 풀어놓을지 모를 진실 때문에 그동안 참아왔던 소주를 한잔 마시고 싶다고 생각한다. 딱 한 잔만 마시리라.

한 잔, 결국 두 잔, 어느새 세 잔…… 한 병……

세상이 사실을 알게 될지 모른다는 공포, 아들이 진실을 깨닫게 될지도 모른다는 공포, 여태까지 그를 외면하게 했던 그 공포마저도 흐릿해진다.

이정규는 그렇게 다시 술을 마시기 시작했다.

그의 삶은 이미 오래전에 형체도 없이 박살났다. 모든 것이 끝났다. 모든 것을 끝내야 한다. 그에게 죽음은 일종의 쓰디쓴 마지막 해결책이다. 영원히 홀로 비밀로 안고 가리라. 그는 마음이 아주 편안해지는 걸 느낀다.

아들은 그와 다른 삶을 살 것이다. 좋은 대학을 나와 좋은 직업을 가졌으므로, 세상으로부터 무시받지 않는 삶. 가진 것 없고 배운 것 없다고 잡초처럼 밟히지 않는 삶. 그때 그 해결책이 올바르게 느껴진다. 일어난 일은 일어난 일이다. 산 사람은 살아야 한다. 그는 자신이 감당해야 할 고통은 매일 밤 꿈속에서 우는 것 정도였다고 생각한다.

그렇지만 이제 늙고 지친 그는 너무나, 피곤하다.

오늘도 이정규는 아침 겸 점심을 술로 해결한다. 공원에 나가 처지가 비슷한 노인들과 둘러앉아 술잔을 마주친다. 그리고 밤이 오면 슬금슬금 다시 술병을 꺼내 한 잔, 두 잔, 세 잔…… 한 병, 두 병, 세 병……

그러다 술에 취해 잠이 들 것이다. 어떤 날은 살아 있는 딸을 만날 것이고, 어떤 날은 죽은 딸을 만날 것이다. 살아 있는 딸을 만나면 그는 울고, 죽어 있는 딸을 만나면 그는 바쁘다.

그날
그리고 일주일
또 사흘.

마침내 그의 유예된 인생이 끝나가고 있다.

불가능한 소녀

후회가 기다렸다는 듯 웃는다. 그러면 죽는 수가 있다.

—윤진화, 「독수리 사냥 십계명」[*]

건너편 길가 검정 대문 집 앞에 소녀 둘이 앉아 있다. 인도에서 문까지는 세 개의 계단을 밟아 올라가야 했고 그 두번째 계단에 나란히 앉아 소녀 둘은 수다를 떨고 있었다. 왼편의 소녀는 여린 바람에도 날릴 듯한 쉬폰 치마에 하얀 하이탑 운동화를, 오른편의 소녀는 무늬가 기하학적인 칠부 레깅스를 입고 검정색 플랫폼 슈즈를 신고 있었다.

그들의 옆으로는 검정색 쇠창살이 뾰족이 솟아 울타리를 만들

---

[*] 『우리의 야생 소녀』(문학동네, 2011)

며 검은색 문으로 집중해 들어갔다. 언제고 갑자기 육중한 문에서 거대한 손이 뻗어나와 소녀 중 하나를 잡아 끌어당기고 다시 문을 굳게 닫아버릴 것만 같았다. 그러면 남겨진 소녀는 그 자리에서 일어나 옷을 툭툭 털고는 계단 한 칸을 내려와 완벽한 지상의 길을 걸어갈 것이다.

사라진 것은 누구일까?

검은 문이 삼켜버린 소녀일까?
하루하루 시간을 더한 길 위의 소녀일까?

***

철문을 나왔다. 이십세기에 감옥에 들어가 이십일세기가 되어 나온 세상이었다.

누군가가 자신의 인생 전체를 후회하게 만들었던 처음 순간이 있었다. 고 조남국은 기억한다. 선생님이라 부르던 사람이, 사장님이라고 부르던 사람이 그를 조남국씨라고 불렀고, 그 누구 씨라는 호칭이 존칭이 아니라 모욕으로 들릴 수도 있다는 걸 처음 알게 되었던 순간이 있었다.

아마도 그는 그날 이후로 급격히 무너져내렸을 것이다. 삶의 의

욕을 이리 꺾을 수 있는 대단한 존재로 그 누군가를 대우해주고 싶지 않았다. 그래서 우아하게 복수하기 위해 칼을 갈았다. 하지만 그 칼을 잡아야 할 손에 점점 힘이 빠졌다.

어느덧 모욕은 일상이 되었다. 그의 이름을 기억하고 불러주는 이가 없었다. 왜 사는지 모를 시간은 어떻게 살아야 할지 모르겠다는 결론으로 나아갔다.

가난은 그의 영혼의 당당함과 자신감과 자존감을 갉아먹었다. 잘살지 못했다는 걸 이미 알고 있었지만 적어도 가족 앞에선 아닌 척하고 싶었다. 가족에게까지 무시당할 수는 없었다. 그는 아무 일도 없는 척하기로 했다. 아무렇지 않은 척하기로 했다. 최대한, 최소한 그럴 수 있어야 살아야 할 이유가 있는 삶이라고 생각했다.

이 세상에는 절대적이라는 것이 없다. 상대적으로 좋은 사람이 있을 뿐일지도 모른다. 그는 그렇게 생각했고, 그래서 상대적으로 나쁜 사람이 되기로 했다. 아주 잠시만 나쁜 사람이 되었다가 다시 좋은 사람이 될 수 있을 줄 알았다. 다시 좋은 사람으로 살기 위해, 아니 사람으로 살기 위해서 그래도 된다고, 그럴 수밖에 없다고 생각했다.

하지만 모든 것이 잘못되었다.

기도는 역시 이루어지지 않았고 기대는 무참히 무너져내렸다. 마음 졸이며 예상했던 것처럼 아무도 보이지 않았다. 당연하다고 각오했던 일이었지만 서운하고 서러웠다. 조남국은 이것이 진짜 형벌이라는 걸 더 나중에야 알게 되었다.

*

"조남국씨!"

누군가가 그의 이름을 불렀다. 익숙한 목소리였다. 그가 감옥에 있는 동안 한 달에 한 번 이상 꼬박꼬박 찾아와 똑같은 질문을 했던 아이…… 목소리로 알아보았던 그 아이를 이제 세상 어디에 있어도 알아볼 것 같았다. 처음으로, 반가웠다. 아니, 또, 거짓이다.

"또 너냐?"

"아무도 안 왔네요."

혜주의 목소리에서는 비난도 힐난도 그렇다고 동정도 느껴지지 않았다. 사실을 사실대로 말하는 지극한 건조함. 그는 깨닫지 못하고 있던 것 하나를 알게 된 것 같았다. 저 아이가 진짜 감정을 느끼는 유일한 일. 진짜 감정을 감출 수 없는 단 하나의 대상.

"어딨어요?"

"……"

"어디다 묻었어요?"

"난 그애를 죽이지 않았어."

"이제 진실을 말해줘도 되잖아."

"그애는 평범한 십대 소녀였어. 어디로든 떠나고 싶어하는. 이곳이 아니면 어디든 상관없었을 거야. 집으로 돌아가지 않은 것뿐이야."

"……"

"그게 진실이야."

"……"

"넌 믿고 싶지 않겠지만, 그애 엄마는 그애가 살아 있다고 믿었어."

김소희는 보미가 살아 있다는 것을 안다고 했다.

딸이 어떤 식으로든 살아 있다는 것을 확실히 안다고 했다. 혜주는 모른다. 소희가 믿은 것이 무엇이었는지. 어떻게 그렇게 믿을 수 있는지. 그러나 그 희망의 끈은 너무 가느다랬고, 끊어질 듯 끊어질 듯 이어졌다가 결국 어느 순간 뚝 끊어져버렸다.

다른 사람들보다 김소희에게 딸이 살아 있다는 근거가 더 많을 수는 없다. 다만 다른 누구보다 김소희에게 딸이 살아 있다고 믿어야 할 이유가 더 많았을 뿐이다. 딸이 살아 있어야 그녀가 살아 있을 이유가 있었다. 혜주는 그렇게 생각했다. 소희의 정신이 오락가락할 지경에 이르러서는 혜주를 보미로 착각하는 일이 많아졌다. 소희가 우리 딸, 하고 부르면 혜주가 네, 하고 대답하던 순간 슬프면서도 행복했다. 정말 살아 있다면, 보미가 그 순간을 온전히 저버릴 수 있을까.

김소희는 조남국이 살려고 지어낸 거짓말을 믿고 그 거짓으로부터 삶의 희망을 얻은 것이 아니었다. 그러나 아이러니하게도 김소희가 끝끝내 놓지 않았던 가느다란 희망 한 조각이 조남국에게는 진짜 희망의 조각이 되었다.

조남국은 김소희가 믿는다고 믿어지는 것을 믿었다. 김보미는 살아 있다……

"그애는 살아 있어."

조남국이 말한다.

"실종에는 두 가지 종류가 있지. 소극적 실종이냐, 적극적 실종이냐."

"그 일을 아직도 그렇게 변명하고 싶은 건가요?"

"세상에는 사라지고 싶어서 사라지는 사람들이 있다는 이야기야."

언제까지 이 말도 안 되는 주장을 듣고 있어야 하나. 하지만 조남국이 지어내는 보미의 이야기는 이제는 한 편의 소설처럼 점점 완벽해진다. 누구라도 그럴 것이다. 십오 년 동안 단 한 편의 소설만 쓰고 또 쓴다면……

"우리는 열세 살이었어."

"그래, 그애는 열세 살이었어. 어떤 아이는 겨우 열세 살이고, 어떤 아이는 벌써 열세 살인 거지. 미국 애들은 독립도 일찍 한다고 미국 간 내 애가 그러더군. 자기는 아메리칸 스타일로 살고 싶다면서."

　감옥에서 십오 년을 살다 온 사내는 여전히 십오 년 전 이십세기를 살고 있다. 그의 아이는 이제 아이가 아닐 것이다.

　"보미는 사라질 이유가 없었어."

　"그건 세상 물정 모르는 너 같은 부잣집 애가 생각하는 보미란 아이지."

　"……"

　"너란 아이는 도저히 상상할 수 없는 세계가 있어. 첫째 그애 엄마, 미혼모에 보잘것없는 여자였어. 예민한 어린 소녀에게는 한없는 부끄러움이 될 수 있지. 그리고 헤어나올 길 없는 가난. 가난하고 못 배우고 무식한 엄마가 어리고 예쁜 그애한테는 짐이었어."

　"어떻게 엄마를 버리고 떠나?"

　그럴 수 있는 아이들은 따로 있다. 어떤 아이들은 부모를 떠나기도 전에 버린다. 자신에게 짐이 되는 부모를 버린다. 오로지 자기 자신을 위해. 하지만 그 아이가 버린 부모는 그 아이의 아무것도 버리지 않는다. 부모가 그럴 수 없다는 것을 부모를 버린 그 아이가 제일 먼저 안다.

　"그래, 어떻게 엄마를 버리고 떠나?"

　"……"

　"그래서 실종되기로 한 거지."

"……"

"그애는 보기보단 영악했지. 세상에는 가난해서 영악해질 수밖에 없는 사람과 영악해서 부자가 되는 사람이 있지. 그 아이는 좋게 말하면 전자일 테지만, 지금쯤은 후자가 되려고 무슨 짓이든 하면서 살고 있을 수도 있어."

더는 못 들어주겠다는 듯 혜주가 빈정거리며 물었다.

"그래서, 이제 어디로 갈 건가요?"

뼈아픈 질문이었다. 조남국은 어디로 가야 할지 잠시 잊었다. 갈 수 있는 곳은 있으나 가고 싶은 곳은 아니었다. 나오고 싶었는데 정말 나오기만 하면 좋을 것 같았는데, 그래서 막막했다.

"어디를 가든 당신을 지켜볼 거야."

"너는 네가 할 바를 하고, 나는 내가 할 바를 하는 거지. 그것뿐인 거야."

"그래요, 나는 당신이 한 짓을 끝까지 밝힐 거예요."

"그거 말고."

"……"

"너도 사실은 죄책감을 덜고 싶은 것뿐이잖아. 죄 짓고 사는 것보다 죄책감을 지고 사는 게 더 힘들 수도 있어. 죄는 벌로 변명할 수 있지만 죄책감은 측량할 수 있는 벌이 없으니까."

그동안 많은 변화가 있었다고 생각했다. 하지만 혜주는 아직도 기다리고 있는 것뿐일지도 모른다. 오로지, 내 앞의 막막함이 지워지기를. 하지만 바람이 불고 먼지가 날리고 눈앞이 다시 부예진다.

조남국이 정말로 안됐다는 듯 말했다.

"아직도 답을 찾지 못했지."

"무슨 소리야?"

"네가 찾지 못한 답도 있지만 내가 찾지 못한 답도 있어. 처음부터 왜 자신이 은혜주가 아니라는 말을 하지 않았을까. 그랬다면 좀 달라졌을지도 모르는데."

*

십오 년 전 조남국을 취조했던 형사 황현준이 물었다. 왜 하필 그 아이였어?

그때는 몰랐다. 왜 하필 그 아이였는지. 아니, 어쩌면 그때도 알았을지 모른다. 왜 하필 그 아이였는지…… 그런 아버지의 아이였는지……

조남국은 패배자였다.

한때는 성공한 사람이었던 적도 있었고, 그보다 더 오래전에는 무엇이든 성공할 것 같은 청년이었던 적도 있었는데, 결국에는 패배자로 기억될 것이다. 그 사실이 못내 괴로웠고 무엇보다 실패한 가장, 아버지가 되고 싶지 않았다. 그 욕망이 그 끔찍한 짓의 원인이었다. 지고 싶지 않다. 그 심정이 어쩌면 유괴 대상을 고르는 데에도 자신도 깨닫지 못한 주요 기준이 되었을 것이다.

조남국은 한때는 전교생의 절반이 서울대를 갔다는 명문 고등학교 출신이었다. 그는 개천에서 나온 용이 되고 싶었지만 그렇게까지 성공하지는 못했다. 그는 열등감과 우월감이 묘하게 켜켜이 쌓인 시간을 살아왔다. 가난해서 뒷바라지를 못해주는 부모가 때로는 원망스러웠지만 그 가난한 부모를 자신의 힘으로 떵떵거리며 살게 해주고 싶었다. 그리고 자식은 자신과 다른 삶을 살게 해주고 싶었다. 그래서 기꺼이 아내와 아이를 외국으로 보내고 기러기 아빠가 되는 것도 마다하지 않았다.

조남국은 자신이 실패자가 된 것은 가난한 집에서 태어난 것처럼, 머리를 다친 후 사람 얼굴을 잘 구분하지 못하게 된 것처럼, 그저 운이 나빴던 탓이라고 생각했다.

은용훈, 그 소녀의 아버지는 하찮은 사람이었다. 학력이 낮았고 출신조차 별볼일 없는, 무식하고 예의도 품위도 없는 남자였다. 한마디로 어디서 굴러먹다 온 개뼉다귀인지 모를 남자였다. 그 하찮은 남자의 성공이 그에게는 부당하게 여겨졌다. 그 남자는 지나치게 운이 좋았다. 억울했다. 분노할 일이었다. 분노가 일을 망쳤다. 냉정했더라면 그런 최악의 경우까지 가지는 않았을 것이다.

그는 결국 패배한 범죄자가 되었다.

조남국이 말했다.

"그 아이는 정말 진심으로 은혜주가 되고 싶었던 거 아닐까?"

"……"

"그런데 너, 그 아이가 진정으로 되고 싶었던 너는 어땠니? 그 행운에 감사한 적 있냐고."

"……"

"나도 네 아버지처럼 해주고 싶었다. 내 아들에게 말이다."

"……"

"너 같은 인간들은 왜 하나같이 감사한 줄 모르지?"

조남국이 걷기 시작했다. 혜주는 그 자리에 서 있었다. 무언가가 일어나고 있었다. 한번 보이기 시작하면 사방에서 보인다.

셀 수 없을 정도로 많은 비밀이 있었다.

지금에 와서 무엇인가를 알고 있던 사람은 누구이며, 아무것도 모르던 사람은 누구이며, 모든 것을 알고 있던 사람은 누구인가?

*

결과적으로 조남국은 한 아이가 아니라 두 아이를 유괴했다.

한 아이는 속여서 데려왔고 한 아이는 속아서 데려왔다. 그 아이들은 그냥 어린아이가 아니었다. 그 게임의 시작은 두 소녀 중 누가 진짜 은혜주인가를 판단하는 일이었다. 처음부터 김보미는 상관없었다. 은혜주만 있으면 나머지는 가치가 없었다. 열세 살 소녀들에게는 가혹한 게임이었을지도 모른다. 하지만 결과적으로 그 게임은 그에게 훨씬 더 가혹했다고 그는 생각한다.

조남국은 어떻게든 진짜와 가짜를 구별해야 했다. 그는 입은 옷으로 아이들을 판별할 수밖에 없었다. 한 아이는 진짜를 입고 있었고 한 아이는 가짜를 입고 있었다. 그는 아픈 가짜 아이를 버렸다. 진짜를 가지고 있으면 돈이 된다고 믿었다. 그리고 무엇보다 은혜주의 그 무례한 아버지를 벌해야 했다. 무릎 꿇고 돈은 얼마든지 줄 수 있으니 딸아이를 제발 살려달라고 하는 꼴을 보고 싶었다. 그런데 그가 진짜로 믿었던 것이 가짜였다. 그러니까 이 게임은 끝나지 않았다. 이 아이가 자초한 것이다.

검거된 후 조남국이 그 일에 대해 함구한 것은 그 사실이 자신에게 불리했기 때문이다. 그리고 아이에게 속아넘어갔다는 사실이 스스로도 믿기지 않았기 때문이다. 높은 지능은 조남국의 평생 자부심이었다. 머리싸움에서 열세 살짜리 여자아이에게 졌다니 한심했다. 비난거리와 동시에 우스갯거리가 될 것이었다. 동정은 이미 그의 미래에 도움이 되지 않을 것이었다. 이왕에 범죄자가 되었다면 두려운 존재가 되고 싶었다.

조남국은 아직 잊지 않았다. 어떻게 잊을 수 있나. 결정적인 순간에 자신이 가진 가장 날카로운 칼로 숨통을 끊어놓을 것이다. 살아갈수록 갚아야 할 은혜보다 갚아야 할 원한이 는다. 이것이 그가 잘못 살아왔다는 가장 확실한 증거이다. 그래도 어쩔 수 없다. 무기력하게 당하고만 살다 죽지 않겠다는 오기가 그를 다시 살게 했다.

정작 갚아야 할 것은 끝내 갚지 못할 것 같다. 그래서 가끔 심장이 따끔거린다. 그런 순간엔 아직은 그래도 인간일지도 모른다고 생각한다. 그래도 인간인지, 그래서 인간인지 아직도 헷갈리지만. 어쨌든 남은 생, 사람답게 살긴 글렀다. 그 사실을 너무 잘 알아서 자신이 무슨 짓을 저지를지 모른다는 사실 때문에 그는 더더욱 기도에 매달린다.

신은 악마의 기도는 들어주지 않는다. 그러니 아마도 이 기도의 응답 여부로 그가 악마인지 인간인지 밝혀지게 될 것이다.

보름달

그는 사건이었고 나는 순간이었다
—김병호, 「이야기의 역사 2」[*]

검은 야구 모자를 눌러쓰고, 거기에 검은 재킷의 후드를 겹쳐 쓰고 검은 배낭을 어깨에 멘 남자가 걸어간다. 가로등이 켜지는 순간 남자는 잠시 고개를 들었다가 떨구었다. 다시 남자의 시선은 곧장 자신이 한 발 디딜 땅을 향해 있다.

텅 빈 거리가 갑자기 소란해졌다. 네 명의 술 취한 사내가 술집의 문을 열어젖히고는 거리로 나왔다. 문틈으로 갑자기 다른 세상의 통로가 열린 것 같다. 빠른 걸음으로 남자는 술 취한 사내들 옆

---

[*]『포이톨로기(poetologie)』(문학동네, 2012)

을 지나쳐갔다. 왁자지껄 네 명의 사내 중 하나가 검은 남자를 발견하고는 잠시 눈길을 주다가 이내 거두었다.

네 명의 사내 가운데 하나라도 그 남자를 기억할 수 있을까.

잃어버린 아이들이 있다. 없어진 노인들이 있다.
사라진 사람들이 있다.

사라져도 찾는 사람 하나 없는 사람이 있다.

***

가을의 냄새는 비 온 날의 저녁처럼 희미했다. 주말까지 이어지는 긴 추석 연휴가 시작되었다. 너무 이른 가을의 축제, 연례행사였다. 혜주에게 추석은 일 년에 네 번 있는 아버지 공식 방문의 날 중의 하나였다. 설, 추석, 아버지 생일, 어머니 기일. 모두에게 특별해서 특별하게 보내지 않으면 불행할 것 같은 날마다 그녀는 아버지를 방문해야 했다.

아버지의 방문 요청은 늘 간단했지만 분명했다. 이번에도 전화해서는 내일모레가 추석이다, 라고 딱 한마디를 했고 그녀는 네, 라고 대답했다. 그것으로 끝이었다.

그녀는 영도댁 아줌마가 추석이라고 특별하게 차린 아침 겸 점심을 아버지와 함께 먹었다. 식사 도중에 아버지는 간간이 일은 어떠냐? 집은 어떠냐? 따위의 두루뭉술한 질문을 했고 그녀는 괜찮다, 나쁘지 않다, 따위의 무성의한 대답을 했다.

식사 후 아버지는 높디높은 그곳에서 바다를 보면서 생각에 잠겼다. 아버지의 펜트하우스가 있는 동네는 언제 봐도 기이했다. 매립지에 반짝이는 크고 높은 건물들만 그득해서 멀리서 보면 SF영화 속 도시 같았다. 이곳에 사는 사람들은 현재를 사는 것이 아니라 미래를 살 것 같은, 그래서 시간조차 더 빨리 사라져버릴 것만 같다.

영도댁 아줌마는 빠르게 재잘거리며 아버지의 근황을 혜주에게 전했다. 아줌마가 말하길, 아버지는 올해 초부터 시작한 금연을 여전히 잘하고 있으며 의사의 권고 이후로 식사의 속도가 조금 느려졌으며 바쁜 와중에도 일주일에 세 번은 바닷가와 동백섬을 아우르는 산책을 나간다고 했다.

이 뾰족하니 높기만 한 해변 도시가 아버지의 취향이었나보다. 혜주는 아버지가 산책은커녕 걸어다니는 것도 본 적이 없다. 가끔 텔레비전에서 유명하고 부자인 정치인들에게 하는 질문들, 이를테면 지하철비나 버스비를 아버지는 알지 못한 지 아주 오래되었을 것이다. 라면값도, 또다른 소소한 물건들의 값도. 그러나 아파트나 건물의 견적 정도는 식은 죽 먹기일 것이다.

우리의 삶은 어떤 값에 관심을 가지고 사느냐로 구분해볼 수도 있을 것 같다. 아르바이트생은 시급을, 주부는 장바구니에 담길 물건 값을, 대학생은 등록금을. 혜주는 어떤 값에도 그리 관심이 없다. 월급은 미래를 확실히 준비할 정도는 아니지만 현실을 걱정할 정도도 아니다. 이 무관심은 아버지 덕분에 가능하다. 무엇을 먹고 무엇을 사고 무엇을 할지 그런 것들을 혜주는 생각하지 않는다. 진짜 사는 게 어떤 건지 모른다.

은용훈은 선택받지 못한 사람이었다. 선택받지 못한 사람이 누군가가 부러워하는 삶을 가지기 위해서 필요한 것들을 그는 거리낌없이 해치웠다. 강자에게 약하고 약자에게 강하고 누군가가 희생됨이 불가피하다면 그건 절대 나, 그리고 내 가족은 아니어야 하고 이익 앞에 배신은 인간의 본성이며 내가 죽지 않으려면 타인을 죽여야 한다.

덕분에 그의 딸은 선택받은 사람이 될 수 있으리라 믿었다. 딸은 무엇이든 할 수 있었다. 그러라고 그는 돈을 벌었다.

그런데 이제 딸은 아무것도 할 수 없다.

은용훈은 그 전화가 걸려왔던 날을 생각한다.

"내가 누군 줄 알고 이따위 장난을 쳐? 내 딸은 지금 내 눈앞에 있어."

그는 상대방에게 호통을 쳤다.

상대방이 말했다.

"네 딸이 죽어도 좋다는 말이야?"

장난 전화라고 생각했다. 종종 받아왔던 협박이 조금 더 악랄해진 것뿐이라고 생각했다.

"내 딸도 아닌데 죽든 말든 무슨 상관이야?"

전화가 끊겼다……

그는 딸을 보았고, 딸도 그를 보았다. 찰나의 들썩임. 질문과 대답 혹은 의문 가득했던 눈빛.

또다시…… 왔다가…… 갔다.

가버렸던 것이다.

그때의 은용훈은 어쩌면 지금과도 조금은 달랐을 것이다. 이제막 돈을 모으기 시작한 남자. 승승장구를 거듭해서 원하던 영역으로 진입한 남자. 그 남자는 자격지심에 시달렸을지도 모른다. 강자에게 약하고 약자에게 강한 세상을 온몸으로 통과하고 있던 남자는 수시로 화가 나 있었다.

세상에 딸 하나밖에 없던 아버지. 그래서 그는 그때 더 화가 났다.

열세 살 딸 하나밖에 모르던 아버지. 그래서 그는 그때 정말 아무것도 몰랐다.

하나밖에 없는 딸이 사라진 후에야 그는 딸에 대해 알게 되었다.

딸에게 소중한 것이 무엇인지, 딸이 어떤 생각을 하는지, 하루를 누구와 어떻게 보내고 무슨 이야기를 하는지…… 사라진 딸의 일기장을 읽으며 딸이 어떤 아이인지 알게 되었다.

그리고 딸이 사라지기 전 남긴 편지를 뒤늦게 읽고 그는 자기가 해야 할 일을 알았다. 모든 일이 너무 늦었지만, 최악 가운데 최선을 다해야만 했다. 그때는 그것이 부모가 해야 할 일이라고 믿었다.

하지만 그 일이 이토록 오랫동안 계속될 줄은 몰랐다.

*

모두에게 특별해서 개인적으로도 특별해야만 할 것 같은 명절 추석, 시간은 더디게 흐른다. 처음부터 아무것도 약속되지 않았지만 사실 이 축제의 하이라이트이자 메인은 같이 식사를 하는 것뿐이었다. 식사가 끝난 후에 은용훈은 혜주가 언제 돌아갈까를 생각하고 혜주는 언제 떠날까를 살핀다. 더 있다 가라고 할 명분도, 지금 가야 할 이유도 없는데.

"이게 신혼여행 사진이다. 여기 어딘 줄 알겠니?"

은용훈이 거실 한 귀퉁이에 놓인 액자의 오래된 사진을 보면서 혜주에게 말을 걸었다.

처음 보는 사진인 것만 같다. 양복을 차려입은 젊은 은용훈과 한복을 입은, 한 번도 본 적 없는 것 같은 젊은 여자가 생뚱맞게도 해변에서 환하게 웃고 있는 사진. 그 오래된 흑백사진이 거실 테이블에 출현했다. 무슨 뜻일까?

"어딘지 알아보겠어?"

"……"

"……"

"제주도 아냐?"

그녀는 심드렁하게 대답했다. 그러면서 아버지와 어머니의 신혼여행 사진을 들여다본다. 장소를 봐도 사람을 봐도 답이 없다. 그녀가 정확히 알아볼 수 있는 것이라고는 저 젊은 남자가 아버지, 은용훈이라는 것뿐이다.

아버지가 아주 중요한 것을 알려준다는 듯이 대답한다.

"아니, 여기 해운대다."

그러고 끝이었다.

아버지와 딸, 가족의 이야기는 다시 멈추었다.

시간이 멈춘 방이 있다.

혜주는 미제 사건을 전담하게 된 후 오래전의 실종 사건을 끄집어낼 때 가끔 그런 방을 만나게 된다. 사라진 것을 안 그날을 고스란히 안고 세월의 먼지를 견뎌내는 방. 늙지는 않고 낡아만 가는 방. 그 방을 품고 허물어져가는 집에서 사라진 가족을 기다리는 사람들.

어쩌면 그녀에게도 그런 방이 있는지 모른다. 그녀가 결코 우리

집이라고 부를 수 없는 아버지의 집, 그 집의 그녀의 방. 그 방은 열세 살에 성장을 멈추었다.

아버지는 새집에도 그 방을 옮겨놓았다. 가구며 그 안의 물건들은 혜주가 유학을 떠나기 전 쓰던 것들이다. 책장에 가지런히 놓인 교과서와 어릴 때 읽던 동화책과 세계문학전집. 그리고 어떤 것은 상자나 서랍으로 스며들어갔다.

그리고 사라진 것들이 있다.

이 방에서 사라진 것은 혜주와 혜주가 열세 살까지 쓴 일기장만은 아니다.

시간이 멈춰버린 날이 있다.

그 일이 일어난 날부터 혜주가 집으로 돌아오기까지 오랜 시간이 필요했다. 예정된 중학교에 입학하지 못했고 그후로 이 나라를 떠나 자신을 알지 못하는 사람들과 살았다. 새로운 사람들을 만났으나 새로운 친구를 사귀지 못했고 새로운 나라 새로운 도시에서 살았으나 새로운 삶을 살지 못했다. 돌아왔으나 결국 떠났던 바로 그 방은 아니었다.

숨은그림찾기 같은 기억들. 사라지고 흩어진 혜주의 기억을 위해 십오 년 전 그대로인 채로 장소만 옮겨진 방. 기억을 위해 이 방은 아주 교묘하게 재배치되어 있다. 고통을 최대한 배제하고 슬픔을 최소한만 품은 채로. 그 사실이 점점 더 분명해질수록 감각

들은 반전된다. 고통은 최대치가 되고 슬픔은 최소치가 되어 분노
가 되었다.

오늘도 혜주는 마지막으로 그 방의 문을 열고, 다시 가만히 닫
아놓는다.

집을 나서는 그녀에게 아버지가 마지막으로 말했다.

"거기…… 병원 갈 거냐?"

"……"

"아무 걱정 하지 말고 편히 쉬라고 해."

자기가 그러라면 세상이 그리 되는 것처럼 아버지의 안부 인사
는 단호했다. 그녀는 김소희에게 아버지의 안부 인사를 전하지 않
을 것이다.

*

거의 매일 영우는 잠을 제대로 이루지 못했다.

겨우 잠이 들면 악몽을 꾸었다. 악몽에서 깨어나 침대 모퉁이에
앉았다가 다시 쓰러지지 않고 일어서서 오피스텔 바깥으로 나오
면 하늘은 검정에 가까운 짙고 짙은 회색의 저녁이었다.

그는 자신이 머물고 있는 여기, 이곳이 낯설고 불편했다. 오피
스텔 창으로 바다와 동백섬과 마린시티가 보였다. 번쩍이는 유광
의 벽들로 쭉 뻗은 초고층 건물들이 시티로 명명된 곳의 하늘을

향해 빽빽이 찌를 듯 솟아 있었다. 인공적이고 새로운 미래 도시 같은 이곳에 시티라는 이름이 붙은 것은 결과적으로 어울렸지만, 바다와 마주선 초고층 빌딩의 광경은 건물 안에서 바라보는 아름다운 바다 전망과는 달리 결코 아름답지 않았다.

시선이 닿는 곳 어디에나 디자인된 거대한 덩치의 콘크리트 건물들이 전부인 것처럼 보이는 도시, 그곳에서 뿌리내리고 자란 나무가 없는 도시, 다른 곳에서 오래도록 거대한 뿌리를 박고 자라던 키 큰 나무를 그곳에 옮겨 심으려는 인간들의 노력은 도시 건설 게임 같았다. 이 미래적인 도시들은 그의 악몽처럼 인간들이 모두 사라진 뒤에도 먼지를 뒤집어쓰고 굳건히 조금씩 부서져내릴 것 같다.

그가 기억하는 해운대가 지금 이곳과 닮은 것이라고는 바다와 소나무와 동백나무뿐인 듯했다.

시간 여행자가 되어 돌아온 듯한 고향에서 그는 관광객처럼 지내고 있었다. 그가 태어나고 자란 도시, 일생에서 가장 오랜 시간을 보낸 곳이었지만 이제는 제일 낯선 도시였다. 지명과 말투, 그 모든 익숙함이 오히려 혼란을 불러일으켰다.

점점 더 짙어지는 어둠 속에서 그는 하루의 첫 식사를 하기 위해 거리를 걸었다.

오늘도 창밖에서 식당의 내부를 스치듯 들여다보다가 테이블이 절반은 비어 있는 식당을 골랐다. 식당의 구석자리 사인용 식탁의

의자에 앉아 그는 국밥을 시켰다. 한 그릇의 국밥이 나올 때까지 멍하니 텔레비전에서 저녁 뉴스를 보았다.

추석이었다.

몇 시간씩 걸리는 기나긴 귀성 행렬 끝에 찾아온 고향집에서 온 가족이 모여 음식을 나눠 먹는 명절, 문 열린 식당을 찾아 밥을 먹는 사람들은 어떤 사연을 가진 사람들일까. 그는 주변을 둘러보았다. 연인처럼 보이는 젊은 남녀, 젊은 부부와 아이, 노부부, 그리고 이제 막 누군가가 식당 문을 열고 묻는다. 지금 식당을 하느냐고, 몇 시까지 하느냐고. 그의 일행이 줄줄이 들어오자 조용하던 식당이 소란스러워졌다.

오늘이 어떤 날이든 그에게는 다를 것이 없었다. 그에게는 한 끼 밥을 나누어 먹을 가족이 없는 것처럼 명절을 함께 보낼 가족도 없었다. 그것이 이십 년 전, 아니 그보다 더 오래전에 시작된 이영우의 개인사였다.

*

식당을 나온 영우는 바닷가를 걸었다.

노숙자처럼 보이는 남자가 길바닥에 퍼질러 앉아 막걸리를 마시고 있었다. 이곳에 처음 도착했을 때에도 저런 사람을 본 적이 있었다. 같은 사람일까. 이 남자는 그때의 그 남자보다 더 초라하고 더 더럽고 더 냄새나고, 더 거리낌없이 절망적이다.

조금만, 아주 조금만 삐끗해도 한없이 추락하는 게 없는 자들의 인생이다. 좋은 머리가 없었다면, 그래도 노력하지 않았다면, 장학금을 받지 못했다면, 아버지가 돈을 보내지 않았다면 그렇게 결국 그는 저 노숙자처럼 되었을지도 모른다.

그의 패배의 끝에는 언제나 집이 없는 자에 대한 공포가 있다.

서울에서 보낸 첫해 겨울이었을 것이다.

한밤중 노숙자들로 가득한 지하도를 건넌 적이 있다. 서울이 낯선 그가 무심코 지난 한밤의 그 통로가 자아내는 공포는 그들의 것이면서 동시에 그의 것이었다. 상자를 쪼갠 골판지 조각을 깔고 신문을 덮은 채 무기력하게 웅크려 누운 그들을 보면서 그는 지독한 두려움을 느꼈다. 그들이 동시에 우르르 일어나 자신에게 달려들어 돈을 빼앗을지도 모른다고, 아니 돈이 없다는 걸 알고는 분노해서 폭력을 휘두를지도 모른다고, 피 흘리며 숨을 못 쉬는 그를 버려두고 잠들지도 모른다고, 그렇게 밤이 지나고 아침이 올지도 모른다고, 그리고 아무도 그를 찾을 수 없을지도 모른다고.

하지만 아무 일도 일어나지 않았다. 그는 지하도를 무사히 빠져나왔고 지금은 그 지하도가 어디인지도 잊었다. 그런데도 아직 기억한다. 매서운 겨울에도 그 지하도를 가득 채운 냄새. 그 겨울 냄새들의 정체는 무엇일까.

지하도에 누워 잠든 자들은 무해하다. 오로지 자기 자신에게만 유해할 일이 남은 자들이다. 끝을 향해 기어갈 힘밖에 남지 않은 자들이다.

아버지는 지금도 술을 마실까.

저 막걸리는 저 남자의 한끼 혹은 하루 식사일지도 모른다. 돈이 생기면 술을 먼저 사는 사람들, 시간이 나면 술 마실 생각부터 하는 사람들, 그런 사람들이 사는 마을에서 그는 어린 시절을 보냈다. 기분이 좋아 노래를 부르기 시작하는 선까지가 그가 견딜 수 있는 것. 그다음에 일어날 일들을 그는 참을 수 없었다.

절망한 자들이 서로에게 내지르는 소리들. 그는 눈을 감고 귀를 막는다. 모든 것이 사라지고 침묵이 찾아올 때까지.

아버지가 술을 끊겠다고 약속하던 모습을 기억한다. 그 약속을 외면하던 자신의 모습도.

그는 알고 있었다.

자신이 불운한 아버지의 유일한 희망이었다는 것을.

아버지는 그가 판검사가 되길 바랐다. 하지만 그는 과학고를 거쳐 의대에 진학했다. 성적이 우수해서 가능한 고등학교 진학이었지만 그의 선택에는 다른 이유가 있었다. 집을 떠날 수 있다는 것. 그는 기숙사 생활을 하며 집으로 돌아오지 않았다.

의대에 진학하기까지에도 버라이어티한 과정 따위 없었다. 과학고를 나왔다고 과학자가 되려고 하지는 않는다. 그건 운이 좋다고 할 수 있을 만큼 순수하고 열정적인 아이들이 선택하는 길이다. 법대에 간다고 다 판검사가 되지는 않는다. 하지만 의대에 가면 대부분 의사가 된다. 그에게는 그런 선택이 그리 중요하지 않았고, 피로하기만 했다. 그의 적성 따위는 성적에 비하면 누구의 관심사도 아니었지만, 자신의 적성에 가장 관심 없었던 사람은 그 자신이었다.

그러나 의학은 그의 적성에 아주 잘 맞았다. 의사는 사람을 살릴 수도 죽일 수도 있다. 의사가 실수하면 사람이 죽는다, 가 제대로 된 표현이지만 그는 그 말을 다른 방식으로 이해했다.

……의사는 실수로 사람을 죽일 수 있다.

의사는 사람을 죽일 수 있다……

그는 죽음들을 기억해야 한다고 생각했다. 사람이니까. 그의 눈앞에서 죽어간 첫번째 사람, 두번째 사람, 세번째 사람…… 서른번째쯤까지 세었을 것이다. 그러고는 잊어야 한다고 생각했다. 의사니까.

그러고도 기억하는 죽음들이 있었다.

그럼에도 잊을 수 없었던 죽음이 있었다.

막걸리 병이 뒹구는 가운데 노숙자는 어느새 잠이 들었다.

나이도 과거도 가늠할 수 없는 남자…… 알 수 있는 것은 오로지 그가 노숙자라는 것뿐이다. 어쩌면 그의 인생은 죽어서야 완전히 정의될 것이다. 무연고자로 확인되거나, 죽음으로써 가족을 만날 수 있을 테니까.

영우는 주머니에 손을 넣으며 노숙자에게 다가갔다. 그리고 주머니에서 꺼낸 것을 작게 접어서 노숙자의 손에 가만히 쥐여주었다. 오만원권이다. 놓치지 말고, 잃어버리지 말고, 한가위가 조금 덜 서럽도록.

영우는 다시 걷는다.

달이다. 누군가가 소리친다. 하지만 그가 있는 곳에서는 달이 보이지 않았다. 그는 계속 걷고 움직였다. 달이 보일 때까지.

막 모습을 드러낸 달은 하얀 종이로 오려낸 커다란 동그라미 같았다. 해가 저편에서 모습을 감추고 노을이 나타나자 달이 점점 짙어지기 시작했다.

그는 알고 싶지 않다.
자신이 불운한 아버지의 유일한 희망이라는 것을.

*

가을이 오면 그 여인은 어디로 갈까. 아버지의 집을 나와 걷던 혜주는 무심코 바다 쪽을 바라보았다. 지난여름 바다로 갈 때마다 어떤 여인을 보았다. 그 여인은 햇살이 쏟아지는 해변 펜스에 여름에 입기에는 두꺼운 옷을 입고 어깨에 배낭을 멘 채로 앉아 라디오를 들었다. 여인의 옆에 친구처럼 놓인 트랜지스터라디오는 지나는 사람들 누구든 한 번은 쳐다볼 정도로 큰 소리를 내고 있었다.

처음 보았을 때는 그저 그러려니 했다. 두번째 보았을 때부터 혜주는 그 여인이 계절에 어울리지 않는 두꺼운 옷을 입은 것이 신경쓰이기 시작했다. 그리고 앉아서도 어깨에서 내려놓지 못하는 커다란 배낭. 그러다가 폭염주의보까지 내린 여름날 혜주는 그 여인의 얼굴을 보고 말았다. 검고 굵은 특이한 아이라인. 검은 얼굴에 문신처럼 그려진, 아이라인이라고 하기에는 눈보다 먼, 그러나 분명 눈을 중심으로 위아래로 그린 검고 굵은 기묘한 선.

여름 해운대 바닷가에는 온갖 인간들이 모여들었다. 원주민의 삶은 그래서 잠시 그곳으로부터 멀어진다. 관광객은 바다를 즐기고 원주민은 관광객을 즐긴다. 바글바글 공중목욕탕처럼 바다에 담겨진 인간들의 웃음소리. 백사장에 촘촘히 놓인 파라솔의 경연. 그렇고 그런 백만 명 중의 하나. 스쳐지나가고 몰려 지나간다.

자세히 보지 않았다면 그 여인이 라디오를 들으면서 바다를 한없이 바라보는 조금 특이한 인간이라고 생각했을 것이다. 그러나 다가가서 보는 순간 달라졌다.

낭만적인 바닷가를 떠돌면서 살고 있다고 해서 그 삶이 덜 비참하거나 덜 고단한 것은 아닐 것이다. 라디오에서 나오는 음악을 들으면서 하루종일 바닷가에 앉아 있는 여인은 어떤 이들에게는 자유로운 히피처럼 보일지도 모른다. 그러나 진실은 아무도 모른다. 어쩌면 자신조차도.

혜주는 바닷가에 갈 때마다 그 여인을 찾아 살피는 버릇이 생겼다. 아직도 여기에 있는지, 무사한지……

세상에 존재하는 줄 모르고 살았던 사람의 존재를 인식하면서 살게 되는 날들이 있다. 혜주의 인생에는 그런 사람들이 있다. 그리고 그 모두는 다시 뜨거운 여름 해변의 사람들처럼 어느새 사라져버릴 것이다.

팔차선 도로의 건널목은 길고 넓다.

이 건널목을 지나면 소희가 있는 병원이다. 유난히 긴 이 건널목 앞에서 혜주는 숨을 고른다. 태연한 척, 행복한 척, 내일이 있는 척…… 그러다가 가끔은 신호를 놓친다. 하지만 상관없다. 빨간불이 곧 파란불로 바뀐다는 것을 아니까. 조금 늦는 것이, 조금 다르게 생각하는 것이 인생 전부를 바꾸는 건 단 한 번으로 족하니까.

"엄마, 엄마는 왜 파란불이라고 해요?"

혜주는 멍하니 신호가 바뀌길 기다리다가 아이가 말하는 것을 들었다. 아이는 엄마의 손을 잡고 계속 말했다.

"엄마, 저건 파란색이 아니라 초록색이잖아요."

혜주는 자기도 모르게 아이가 가리키는 초록색 신호등을 보았다. 혜주도 파란불이 더 익숙했다. 아니다. 그런 생각조차 하지 않았다. 그냥 그렇게 생각하고 불렀다. 파란불이라고 수없이 불렀을 초록불을 바라보다가 혜주는 또다른 것도 본다.

익숙하지만 이런 곳에서 보기에는 낯선 남자, 감시자.

그녀의 집에 가훈이라는 것이 존재한다면 아마도 사람을 믿지 말라, 일 것이다. 아버지는 인간이 무언가를 믿는 이유는 단지 믿을 것이 필요하기 때문이라고 했다. 그 필요한 믿을 것 가운데 최악은 사람이라고 했다. 신을 믿으면 죽음의 두려움이 덜어지고, 돈을 믿으면 사는 게 편해지고, 사랑을 믿으면 존재가 의미 있는 것처럼 여겨진다. 하지만 사람을 믿으면 잃을 것이 많다는 것이, 가진 것이 아주 많은 아버지의 믿음이었다.

아버지는 경찰이 되었으면 참 좋았을 것이다. 의심이 기본인 수사 경찰.

"그래, 저건 초록불이지. 엄마가 틀렸어. 미안해."

아이 엄마의 다정한 고백이 이어졌다. 초록불이 초록불이 아니라 파란불인 건 엄마가 받은 교육의 습관 때문인데 엄마는 변명하지 않고 바로 자신이 틀렸다고 말했다. 미안해할 상황이 아닌데도 미안해하는 사람이 부모이다. 그때 아버지가 미안하다고 말했으면 좋았을 것이다. 아니, 어쩌면 아버지는 그때도 지금도 충분히 미안함을 표현하고 있는데 그녀가 그 마음을 받아들이지 않는 것일지도 모른다.

아버지의 그 마음을 받아들이는 순간 그녀에게 시작될 일들……

초록불을 늘 파란불이라고 부르며 살아왔다. 틀린 이름을 부르고 틀린 이름에 대답하면서. 신호등은 빨간색에서 초록색으로 바뀌었고 사람들은 길을 건넌다. 엄마는 아이의 손을 잡고 건널목을 건넜다. 혜주는 그 모녀의 뒤를 조심스레 따라 건넜다.

*

"본가에는 갔다 왔니?"

병실로 들어오는 혜주를 보자마자 소희가 물었다.

혜주는 고개를 끄덕인다. 문득 궁금하다. 아까 건널목에서 본 것이 진짜인지. 짐작과 같은 일이 일어났는지, 그리고 상상과 같은 일이 일어났었는지.

"혹시……"

"응?"

"아니에요."

물으려다가 그만둔다. 일가친척 하나 없는 김소희에게 누군가가 찾아오는 건 아주 특별한 일이다. 특별한 일을 말하지 않는 것은 말할 수 없는 것이다. 김소희와 황현준 사이에, 그리고 또 아버지와의 사이에 무언가가 있다…… 그러나 혜주는 굳이 그 의심을 확인하고 싶지 않다. 그 의심이 사실이 되는 순간 견뎌내기 힘들 어떤 것들, 견뎌내야만 하는 어떤 것들이 있을 것이다. 그래서 확인을 미룬다. 아니, 확인 바로 앞에서 멈춘다.

"걱정 많이 하시지?"

혜주는 '누가? 무엇을? 왜?'라고 물으려다 그만둔다.

"젊은 너는 제대로 살아야 하지 않겠니?"

"……"

저 말은 삼촌의 것이다. 황현준이 늘 혜주에게 하는 말이다. 황현준이 다녀간 것이 맞다. 그는 김소희에게 조남국의 출소에 대해 이야기했을까. 아버지와 황과장…… 그때부터 두 사람은 공조 관계를 맺고 있다. 그리고 어쩌면 김소희도…… 그 관계의 이유를 짐작하고 있지만, 목적을 알 수 없다.

혜주는 소희가 무슨 말을 더 해주기를 기다린다. 하지만 소희는 거기서 멈춘다.

소희는 혜주가 점점 더 말이 없어지는 것 같다고 생각한다. 원래도 수다스러운 아이는 아니었다. 오히려 수다스러울 때 걱정이 되는 아이였다. 저 아이에게는 그것이 자연스럽지 못한 일이니까. 황현준은 혜주가 축복 같은 이십대를 피어보지도 못하고 시들고 있다고 했다. 황현준의 말대로 저 아이는 지금 자신의 것을 제대로 누리지 못하고 있다. 황현준이 콕 집어 그것이 소희 탓이라고 말하지는 않았지만 그래도 소희는 안다.

황현준의 설득은 때로는 부드럽고 때로는 매서웠다. 그는 소희에 대해 혜주가 모르는 것을 안다. 혜주가 아는 것이 이롭지 않기 때문에 말하지 않는 것이지만, 이제는 소희도 혜주가 영원히 모르기를 바란다.

한때는 아이에 대해 모든 것을 알고 싶다고 생각했던 적이 있었다. 그것만이 아이를 온전히 지킬 수 있는 방법이라고 믿었다. 하지만 이제 소희는 한 사람이 다른 한 사람에 대해 그럴 수는 없다고 생각한다. 설사 자기 속에서 나온 자기 자식이라고 해도.

소희는 믿고 싶다. 자신이 죽으면 이 모든 일이 끝나리라는 것을. 믿고 싶은 것과 믿는 것은 엄연히 다르지만, 그래도 믿을 수밖에 없다.

*

언제부터인지 모르지만 벽시계의 시간이 맞지 않았다.

이곳에서는 굳이 시간을 확인할 일은 없으니까 소희는 그냥 두었다. 벽시계 말고도 시간을 확인할 방법이 있으니까.

이 병실에서 제일 시간을 자주 확인하는 사람, 그리고 시간을 확인할 이유가 있는 사람은 혜주이다. 하지만 혜주는 노골적으로 떠나야 할 시간을 확인하지 않으니 벽시계의 시간이 틀린지 모른다.

소희가 말하지 않는 한 아무도 모를 것이다. 알아도 모른 척하거나 알고 싶지 않아할 것이다. 알게 되어 귀찮아지기 싫을 것이다. 그러므로 결국 시간을 제대로 맞춰줄 사람은 혜주뿐이라고 소희는 생각한다.

하지만 오늘도 혜주는 시간을 확인하지 않고 있다가 갔다.

다시 혼자의 시간이다. 영원하지 않고 지나가버릴 어떤 것. 운 좋은 누군가는 이 시간을 영원히 자기 것으로 만들 것이며, 운 나쁜 누군가는 있는지도 모르고 놓쳐버릴 것이다. 아름답다는 것을 알고 잃어버린 자가 더 안타까울까, 처음부터 마지막까지 아무것도 모르는 자가 더 안타까울까.

소희는 축복 같았던, 저주받았던 자신의 청춘을 떠올린다.

소녀와 소년은 그날 처음 만났다. 아르바이트를 마치고 남은 빵으로 허겁지겁 끼니를 때운 소녀는 깜박 졸다가 마지막 버스에 겨우 올라탔다. 잠결에 놀란 소녀의 조바심과는 상관없이 버스는 막 정류장에 도착한 참이었고 버스기사는 한밤의 느릿한 배차 간격과 텅 빈 거리의 흐름으로 정류장에 더 오래 머물러야만 했다.

소녀는 그 정류장의 두번째 승객이었고 버스 안에는 총 일곱 명의 승객이 타고 있었다. 소녀는 버스의 뒷자리 오른쪽 창가에 앉았다. 앞으로 스무 정거장을 더 가야 했고 소녀는 누구에게도 자리를 양보하고 싶지 않았다.

어느새 잠이 들었다가 버스가 멈추는 기척이 느껴져 고개를 든 소녀는 소년을 보았다. 소년은 소녀를 쳐다보고 있었다. 언제, 어디서 나타나 소녀를 보고 있었는지 알 수 없었지만 소년의 눈은 영원의 피로를 담고 있었다. 모르는 얼굴이었지만 알 것 같은 눈빛이었다.

여름은 지났다. 가을이 오고 있다.

살아서 집으로 돌아갈 수 없을 것이다. 처음부터 제대로 된 집은 없었다. 철이 들면서 늘 집을 꿈꾸었다. 딸을 임신했을 때 소희는 집을 가질 수 있을 거라고 순진하게 믿었다. 그러나 그 믿음은 무참히 배신당했다. 딸이 태어난 후 그녀에게 집은 가족, 딸이었다. 십오년 전에 그녀는 모든 것을 잃은 것이다.

모든 것을 잃은 사람이 할 수 있는 것이 있을까.

죽을 각오로……

기도를 멈출 수 없다. 시간이 있을 때 하지 못한 일이 후회스러웠다. 영원히 잠들기 전에 해야 했던 일이었다. 그녀가 없는 세상에 남아 있을 이들을 위해. 죽어서도 기도할 수 있다면 기도할 것이다. 할 수 있는 것이 그것밖에 없다면, 지옥에 가서라도 그럴 수밖에 없다고 그녀는 생각한다.

틀리고도 꾸준히 가는 시계를 바라본다. 소희는 이제 차라리 시계가 멈추길 바란다. 시계가 멈추면 하루에 두 번이라도 시간이 맞을 테니까.

*

혜주는 집으로 돌아오는 길에 새끼 고양이들을 보러 갔다. 볼 때마다 고양이의 숫자가 달랐다. 어떤 날은 두 마리, 어떤 날은 세 마리, 어떤 날은 네 마리, 어떤 날은 다섯 마리였다. 오늘은 몇 마리일까. 수풀 속에 숨은 아이들을 찾아보고 있는데 횟집에서 사람이 나왔다.

"아가씨, 고양이 좋아해요? 한 마리 가져가실래요?"

일곱 마리나 낳아 고양이 천지가 되었다고, 횟집 남자가 말했다.

혜주는 다섯 마리까지 세었다. 하지만 일곱 마리를 다 보지 못한 것은 아닐지도 모른다. 한 어미에게서 태어난 것이 분명해 보이는 새끼들은 서로 닮아서 구분해내기가 어려웠다.

"한 마리 데려가서 키우세요."

"자신이 없어요."

"자신은 무슨, 그냥 키우는 거지. 생각해보고 마음에 들면 한 마리 데려가요."

"가족이랑 헤어져야 하잖아요."

"엄마랑 같이 길바닥에서 생고생하다가 죽느니 사람 집에서 잘 먹고 잘사는 게 낫지. 어미도 그걸 바랄걸."

"정말 그럴까요?"

생각에 잠긴 혜주를 횟집 남자는 걱정스레 바라보다가 말했다.

"생각해보고 데려가고 싶음, 나중에라도 데려가요. 아직 어려 그렇지, 좀 있으면 어차피 저것들도 각자 살아야 하지 않겠어요?"

그러고는 횟집 남자는 휙 가게로 들어가버렸다.

고양이는 몇 년을 살까. 그녀는 생명을 책임질 수 있을지 자신이 없다. 고양이 한 마리가 가져올 변화, 아니 언젠가는 닥칠 그 죽음이 가져올 변화를 가장 먼저 상상하는 자에게는 새로운 어떤 인연도 버겁기 마련이다.

휴대전화가 울렸다. 모르는 번호였지만, 받았다.

"은혜주 형사님 전화 맞습니까?"

"네, 맞는데요."

"혹시 이정규씨를 아십니까?"

이정규를 보호하고 있는데, 정신이 없고 간간이 정신을 차려도 아무 말도 하지 않는다. 그런데 주머니에 은혜주의 명함이 있더라, 그래서 전화를 했다. 고 상대방은 용건만 간단히 말했다. 혜주는 필요한 사항을 질문하고 전화를 끊었다.

그녀는 잠시 숨을 돌린 뒤 영우에게 전화를 걸었다.

"은혜주입니다."

"네……"

"아버지 일 때문입니다."

"저와는 상관없습니다."

"이영우씨!"

"……"

"그래도 아버지예요."

"그래서 더 싫습니다."

"혹시 지금도 해운대에 계신가요?"

*

바닷가에 있는 바에 영우는 혼자 앉아 있었다.

생각에 잠긴 그는 혜주가 테이블에 다가갈 때까지도 그녀를 알아채지 못했다. 약속한 사람을 기다리는 형식적인 태도 따위는 그에게 없었다. 의자를 빼는 소리가 나자 영우가 고개를 들고 혜주를 쳐다보았다. 그 순간 혜주는 영혼 깊숙한 곳에 있는 그 무엇, 심연을 본 느낌이었다. 하지만 그 정체를 그녀는 아직 알 수 없다.

"아버님을 병원에 입원시키셔야 합니다. 자발적으로 병원에 가시지는 않으실 테니까요."

앉자마자 혜주는 용건부터 말했다.

"이영우씨, 의사잖아요. 산 사람이 죽는 걸 가만히 보고만 있는 게 의사입니까?"

"어떤 사람은 사는 것이 더 고통스럽기도 합니다."

"아버님 잘못이 아닙니다."

"그럼 누구 잘못입니까?"

"……"

자세히 보아야 보이는 것이 있다. 아주 가까이 다가가지 않으면 들키지 않는 사람이 있다. 이영우는 취해 있었다. 이전에도 그가 술을 마시는 걸 보았지만 그날 그는 취하지 않았다. 술에 취한 그녀는, 술을 마셔도 취하지 않는 그는 매일 이렇게 맨정신으로 살아가는 걸까, 라고 생각했었다. 그 생각이 끊어진 흑백필름이 되어 이제야 돌아올 정도면 그때 나는 얼마나 제정신이 아니었을까, 라고 그녀는 생각한다.

제정신과 맨정신…… 그의 아버지가 맨정신일 때 그녀가 제정신으로 물어봐야 할 것들이 있다. 그리고 어쩌면 그에게도.

술만 마시며 겨우 살아 있는 아버지에 대해 의논하려고 왔는데 그 아들도 술만 마시고 있다. 아버지는 새까맣게 아들은 새하얗게 알코올로 자신을 연소시키고 있다. 그리고 이제 그녀도 술을 마신다. 하지만 그가 맨정신이 아니므로 그녀는 제정신을 잃지 않을 것이다.

"아버지를 죽여버리고 싶다고 생각했었습니다."

"그건 그저 생각인 거죠. 사람을 죽이고 싶은 욕망과 능력은 아무에게나 있는 게 아니에요."

"선천적일 수도 있나요?"

그녀는 그의 질문에 답하지 않았다. 그러자 그가 자신의 질문에 대답했다.

"후천적으로 키우거나 자라는 거겠죠."

수동과 능동이 함께 자리잡은 문장이었다. 자의냐 타의냐, 혹은 그 합일 수도 있는 욕망과 능력.

"일단 마음속에 살인자가 자리잡으면, 다시 쫓아내기는 지독하게 어렵죠."

"아버지가 죽어도 좋다고 생각하시는 건가요?"

"……"

"정말 이렇게 아버지가 죽어도 상관없으신 거예요?"

영우는 혜주의 질문에 대답하지 않고 테이블에서 일어나 계산대로 갔다. 그녀는 그런 그를 쳐다보면서 그가 한 말과 하지 않은 말과 하지 못한 말을 생각하다가 뒤늦게 자리에서 일어섰다.

그가 걷기 시작했고 그녀도 걷기 시작했다.

어쩔 수 없이, 같은 방향이었다.

걷고 걸었다. 휘영청 보름달이 뜬 밤 그가 걷는 길을 그녀가 따라 걸었다. 그가 건널목에 멈추었다. 다시 그곳이었다. 그녀의 아

파트로 가는 건널목. 자정을 넘어 다시 어제 그에게로 가던 출발
점으로 돌아왔다.

"집이네요."

그가 그녀에게 말했지만 새끼 고양이에게 눈길이 팔린 그녀는
듣지 못했다. 두리번거리는 그녀를 그가 위태로운 눈길로 바라보
았다.

"뭘 찾으시는 건가요?"

"새끼 고양이들요."

"……"

그녀는 그가 이해할 수 있도록 이야기를 시작했다.

어느 날 이곳을 지나다가 새끼 고양이 한 마리를 발견한 날로부
터 아직 다 함께 있는 것을 보지 못한 일곱 마리의 새끼 고양이에
대해. 횟집 남자가 고양이 한 마리를 가져가 키우라고 했다는 말
을 하려는데 그가 그녀의 팔을 슬며시 당겼다.

그녀는 그가 이끄는 대로 하고, 보았다. 어미 고양이가 웅크리
고 앉아 있었다. 그 옆으로 새끼 고양이들이 옹기종기 모여서 자
고 있었다.

"나도 엄마가 있었으면 좋겠군요."

그가 그녀의 귀에 대고 속삭였다.

*

　일 년 중 가장 풍요로운 날, 달조차도 가장 크고 밝다.

　거리를 지나는 사람들은 두 명 세 명씩 모여 달을 가리키고 있
다. 시간이 지날수록 달은 높아지고 짙어지고 작아졌다. 밤새 사
람들이 어디선가 달을 좇을 것이다.

　소원을 빌 것이다.

　"저도 한 사람을 죽이고 싶다고 생각한 적이 있어요."

　"……"

　"사실은, 지금도 그놈을 죽이고 싶어요."

　"그 이야기를 해줄 수 있습니까?"

　"제대로 이야기할 수 있을지 모르겠어요. 저는 기억이 온전하
지 않아요."

　하지만 그래도……

　그녀는 그에게 조남국에 대해, 보미에 대해, 그리고 그날의 아
버지에 대해, 이야기를 시작한다. 차마 이야기할 수 없었던 이야
기, 이야기해도 알아들으리라 기대할 수 없었던 이야기, 이야기
이전의 이야기, 이야기 이후의 이야기.

　그 전화가 걸려왔던 날을 상상한다.

　내가 누군 줄 알고 이따위 장난을 쳐? 내 딸은 지금 내 눈앞에

있어. 아무것도 모르고 아무것도 상상할 수 없었던 아버지는 상대방에게 호통을 치고 무서운 얼굴로 전화를 끊었을 것이다.

그렇게 화가 난 아버지가 방을 나가고 다시 전화가 걸려왔을 것이다.

그 전화를 열세 살 은혜주가 받았고, 조남국의 말을 들었을 것이다. 혜주는 아버지에게 사실대로 말해야 한다고 생각했지만 아버지는 이미 곁에 없었을 것이다. 아버지에게 어디서부터 어디까지 이야기해야 할지 알 수 없었을 것이다. 분명 혼이 날 것이고 무엇보다 최악은 다시는 보미를 만나지 못하게 될 것이라고 생각했을 것이다. 아버지는 그러고도 남을 사람이었다.

그날 이전, 그날 이후 있었던 일들을 추측한다.

네가 어떻게 그곳을 혼자 빠져나왔는지 알지 않느냐고 조남국은 말했다. 혜주가 기억하지 못하는 것을 조남국은 안다. 어떻게 혜주만 집으로 돌아올 수 있었을까. 어떻게 혜주는 보미를 버리고 혼자 그곳을 탈출했을까.

조남국은 아무도 죽일 생각이 없었다고 했다. 돈만 무사히 받았으면 아무것도 잘못되지 않았을 거라고 했다. 그날 피아노 학원 앞에 있었어야 하는 아이도 혜주였고, 자신에게 남아 있어야 했던 아이도 혜주였다고, 그날 만약 누군가가 죽어야 했다면 그건 바로 너라고 조남국은 말했다.

그랬다면 이 모든 이야기의 끝이 달랐을 거라고.

조남국이 김소희의 딸 김보미를 은용훈의 딸 은혜주로 알고 유괴했다. 조남국이 어떤 오해를 했든 그것은 잘못을 넘어 죄다. 하지만 그다음에 일어난 일은 죄가 아니다. 죄는 아니지만 잘못이다. 누군가가 분명히 잘못을 했다. 아버지도 황현준도 김소희도 말해주지 않는 것들이 있다.

진짜 잘못을 한 그 누군가를 의심하면서 열세 살 소녀는 스물여덟 살 은혜주가 되었고, 아직도 열세 살 김보미를 찾고 있다.

그렇게 그레텔의 밤이 지나간다.

그리고 헨젤의 아침이 온다.

아침에 일어났을 때 문자메시지 알림이 하나. 그녀가 잠들고 그가 깨어 있던 시간 그가 보냈다. 오랫동안 길을 헤매다 이제 돌아온 메아리 하나……

당신 잘못이 아니에요.

그녀가 중얼거린다.

당신 잘못이 아니에요.

*

영우는 창가로 가서 태양이 떠오르는 바다를 보았다. 수평선에 반달처럼 걸친 태양. 붉게 물든 하늘과 바다. 한 번도 본 적 없는, 그의 인생의 첫 일출이었다.

일출의 압도적인 경이로움에서 벗어나자 다른 것들도 보였다. 바닷가를 산책하는 사람들, 뛰어다니는 사람들, 검은색 옷을 유니폼처럼 입고 바다로 들어가는 사람들. 텅 빈 바다에 검은색 스킨스쿠버 슈트를 입은 사람들이 점점이 있었다. 한 사람이 앞서 나가고 나머지 사람들이 검은 새끼 오리들처럼 그 뒤를 따르고 있었다.

그는 회색을 띤 푸른 바다 위에 검은 점들을 이렇게 저렇게 연결해보았다. 점 두 개를 이어 선을 만들었다가 또 이어 삼각형을 만들었다가 풀고 사각형을 만들었다. 하지만 점은 끊임없이 움직였고 도형은 이내 허물어졌다.

유지할 수 있는 것은 두 개의 점을 이은 하나의 선뿐. 그는 자신이 이은 하나의 선이 바다 위에서 이리저리로 움직이는 것을 바라보았다.

처음부터 열리지 않는 창문으로 굳게 닫힌 방안에서 바라본 바깥 풍경은 평화로웠다. 구령 소리도 호흡 소리도 음악 소리도 차소리도 들리지 않았다. 검은 점들은 점점 더 해변으로부터 멀어져 바다로 나아갔다. 작아지는 점들 가운데 그가 이은 선을 알아보기도 점점 더 어려워졌다.

수평선과 완벽하게 선을 긋고 두둥실 떠오른 태양을 본 후 그는
커튼을 닫았다.

과자로 만든 집

잠시 후 베인 흔적이 서로를 껴안고 아무는 동안
땅에서는 기차가 다리 위를 지나간다
—이사라, 「한세상」[*]

길모퉁이를 돌면 그 집이 보인다. 뭣 모르는 비행청소년이나 홈
리스들이 하룻밤을 의탁하고 사라지는 집. 한때는 모두가 부러워
하던 크고 하얀 집. 이제는 아무도 살지 않는다고, 살 수 없다고
믿어지는 집. 그 집에 한 소녀와 그의 부모가 살았다. 어느 여름날
밤 소녀가 사라졌고, 부모는 소녀를 찾아 집을 떠나 전국 방방곡
곡을 헤매기 시작했다.

---

[*]『훗날 훗사람』(문학동네, 2013)

그녀가 아는 건 소녀가 아직도 돌아오지 않았다는 것. 그리고 소녀의 어머니가 소녀를 기다리다가, 아니 기다리지 못하고 저 집에서 죽었다는 것. 그리고 소녀의 아버지가 여전히 소녀를 찾아 길 위에 있다는 것. 그래도 저 집은 아직도 사람이 사는 집이라는 것. 더 자주 더 오래, 아니 아주 오래 비어 있을 뿐이라는 것.

모두가 부러워하던 집이 모두가 불쌍히 여기는 집이 되었다. 그리고 이제 사람들은 그 집이 그 동네에서 사라지길 바라고 있다. 진짜 그 집을 허물어뜨리고 다 같이 잊어버리고 싶어한다.

언젠가부터 우리는 타인의 불행을 함께 슬퍼하기보다는 타인의 불행을 나의 다행으로 받아들이는 세상을 살고 있다.

***

혜주는 이정규에 대한 자료를 보고 있다. 이정규의 옛 주소에서 아파트 이름을 찾아보다가 무언가를 발견했다. 그리고 이어 인터넷에서 검색을 하기 시작한다. 신문 기사부터 SNS에 올라온 사진까지.

옆자리 김형사가 집중하고 있는 혜주에게 스윽 다가왔다.

"뭐해?"

"조사중이에요."

"이거 다 아파트 사진이잖아. 아파트의 역사라도 조사하려고?"

"좀 이상해서요."

"뭐가 어떻게 이상한데?"

"아파트 화단에는 보통 같은 종류의 나무를 심지 않나요? 그러니까 101동 102동 103동 화단이 거의 비슷한 거 맞죠?"

"그렇지. 아파트 화단이 다 거기서 거기지. 지을 때 일괄적으로 구입한 나무가 말라 죽지 않는 한 그렇지 않을까? 옛날 아파트는 더할걸. 옛날에는 조경 이런 것도 없었잖아."

"그런데 이 아파트엔 여기 이 화단에만 다른 화단에는 없는 나무가 있어요."

"아직도 이거 수사해?"

"……"

"그래, 어디 보자. 이거 동백인 거 같은데…… 겨울에도 능히 아름다운 꽃이 피어 꽃이 없는 시절에 홀로 봄빛을 자랑한다."

"네?"

"네이버 지식백과, 꽃으로 보는 한국문화에서 그렇다는데? 나도 금방 조사 좀 했어. 사실은 확인한 거지만."

"아, 네."

"그런데 그게 뭐 어쨌다는 거야?"

"이상해요. 아직은 잘 모르겠지만……"

김형사는 고개를 끄덕였다.

"이상해…… 이상하면 더 조사해봐. 뭐가 무엇 때문에 이상한

지를 조사하는 게 형사잖아."

"네, 그래야 할 거 같아요. 선배, 저 나갔다 올게요."

*

다시, 혜주의 앞에 석조로 된 거대한 문이 있다. 그 아래에는 두 갈래의 길이 있다.

들어가는 길과 나가는 길. 모두 차단막으로 가로막혀 있고 센서를 통해 자동으로 제어된다. 잠시 속도를 멈추었던 차들이 정해진 신호에 따라 들어가고 나간다. 나머지 출입구의 문은 모두 굳게 닫혀 있고 사람들은 카드키나 비밀번호 없이는 아파트 단지로 들어갈 수가 없다. 아파트 단지는 현대의 요새다. 그 안에는 자본주의 사회 구성원들이 지켜야 할 절대적인 것들이 있다.

사방이 현대적 출입 허가와 암호 체계로 닫힌 아파트 요새에 유일하게 문이 없는 곳이 있다. 거대한 석조 문 바로 옆 통로, 유일하게 문이 없으므로 늘 열려 있는 문이다. 대신 중앙 통제실에서 경비원이 오가는 사람들을 늘 지켜본다. 기계의 통제가 아닌 사람의 눈으로 감시하는 유일하게 열린 통로가 오히려 더 비인간적으로 느껴지는 것은 왜일까.

경비원이 통로의 입구에 서 있는 혜주를 쳐다본다. 경비원은 제복을 차려입은 젊은 남자다. 경비원이라면 초로의 노인, 적어도 은퇴한 노인을 떠올리던 때도 있었다. 하지만 이제 거대한 단지의 아파트들은 경비 회사에 의뢰하는 것이 정석이다. 노인들의 맞춤 일자리가 그렇게 또 사라져간다. 일을 잃은 노인들은 폐지를 주우러 다니고 그마저도 할 수 없다면 집안에서 웅크리고 숨만 쉰다. 죽지 않을 만큼만 먹고, 하루하루를 버티는 사람이 또 늘어난다.

혜주는 석조 문 옆길을 통해 아파트 단지로 들어갔다. 젊은 경비원이 그녀를 잠시 노려보다가 눈이 마주치자 자리에서 일어서려고 했다. 그녀는 신분증을 꺼내 젊은 경비원에게 보인다. 그 자리에선 신분증의 실체가 분명하게 보이지 않을 테지만 경비원은 살짝 고개를 끄덕이며 그녀의 출입을 허락했다.

그곳은 불과 몇 달 전 엉망으로 파헤쳐졌던 곳이라고 믿기지 않을 정도로 반듯했다.

오래된 아파트와는 어울리지 않는, 이물감마저 느껴지는 거대한 분수대가 완성되어 있었다. 짙은 회색의 대리석 벽에서 약간 떨어진 곳에는 소년의 동상이 있다. 동상은 계획대로라면 활기차게 솟아오르며 물보라를 일으킬 분수대 물줄기의 중심이었을 것이다. 하지만 물은 메말라 있고 분수대 바닥의 노즐만이 불쑥불쑥 거대한 못처럼 솟아올라 있다. 경기가 나빠지면서 화려한 분수대는 사치가 되었을 것이다.

이곳이 화단이었다는 것을 사람들은 언제까지 기억할까. 그리고 그 화단 아래 한 소녀가 이십 년 동안 묻혀 있었다는 것을 누가 기억이나 할까. 주민들은 잊고 싶을 것이다. 누군가에게는 전 재산일지 모를 집값을 지켜내야 하니까. 추문은 추락을 만든다. 소문은 공포를 만든다. 그리고 그것은 그들의 잘못이 아니다.

혜주는 분수대의 소년상을 바라본다. 소년은 몇 살일까. 소년보다 큰 소년은 웃고 있다. 오래 바라보니 굳어버린 얼굴로 웃는 듯 울고 있다. 눈물 없이 하염없이 울고 있다.

은혜주 형사는 수사를 위해 이곳에 왔다.

이영채의 아버지 이정규는 사는 내내 가난했다. 한 번도 자기 소유의 집을 가져본 적이 없었다. 지하방, 반지하방, 옥탑방, 쪽방, 이정규는 내내 그런 곳들을 전전하면서 살았다. 그런 이정규가 단 한 번 번듯한 집 같은 집에 산 적이 있었다.

육 년 전 이정규는 XX동 XX아파트에 살았다. 지금과 이름은 다르지만 이영채의 유체가 발견된 바로 이 아파트이다. 아파트 브랜드화가 진행되자 그 이전에 건설된 아파트들은 너도 나도 이름을 바꾸기 시작했다. 이 아파트 소유자들이 이번에 분수대와 아치형 출입구로 아파트의 이미지를 쇄신하려 했듯이 그때도 그런 작업을 진행했던 것이다. 아파트 이름을 브랜드화하기 전 잠시 이정규가 이곳에 살았다.

이 사실을 이영우가 알면⋯⋯

아이러니하게도 딸은 잠시나마 아버지와 아주 가까운 곳에 있었다. 이정규가 살았던 101동에서는 분수대가 보인다. 이정규가 살 때에는 화단이 보였을 것이다. 혜주는 이 아파트의 이전 사진들을 확인했다. 신문 기사부터 SNS에 올라온 사진까지. 그 가운데 특이했던 화단 사진이 있었다. 아파트에는 크고 작은 화단이 조성되어 있었는데 분수대로 변모한 중앙 화단이 제일 컸고 그곳에만 꽃나무 한 그루가 있었다.

눈 속에서도 붉은 꽃을 피우는 겨울꽃,

동백.

*

그 화단의 동백나무에 대해 기억할 만한 사람으로 몇몇이 경비원을 지목했지만 이제는 없는 그들의 이름을, 그들의 나이를, 그들의 생김새를 기억하는 사람은 없었다. 사람들은 쉬이 잊는다. 자신을 지켜주는 사람을. 돈을 주면 그걸로 끝이라고 여기며 무의식적으로 지워버린다.

은혜주는 어렵게 어렵게 한 사람을 찾았다.

"무슨 일로 오셨소?"

"XX아파트 경비원으로 근무하신 적 있으시죠?"

"그렇네만."

혜주는 자신을 소개한 후 화단의 동백나무에 대해 물었다.

"아, 그거 그때 나랑 같이 경비원 하던 이씨가 심었다던데."

"이씨라면……"

"이씨는 나보다 먼저 그 일을 시작했는데 오래했지. 그 사람이 심은 거라고 누가 그러던데, 진짜인지는 모르지 뭐. 그런데 이씨가 정말 그 동백나무를 잘 보살피긴 했지. 사람들이 농담처럼 아파트 경비원인지 화단 정원사인지 모르겠다는 말도 했으니까. 그렇다고 이씨가 일을 허투루 한 사람은 아니야, 아니고말고."

"그분 이름은 아시나요?"

"내가 요즘 정신이 없어서 말이야. 이름이 가물가물하네. 성은 이가 분명 맞는데. 아 참, 그 양반 나중에 그 아파트에서 살았어. 우리 늙은 경비들 다 짤리고, 소식 들었는데 거기로 이사를 갔다네. 무슨 돈이 있었는지, 그리는 안 보였던 양반인데. 아들이 서울대 나왔다 그러던데 그 말이 진짜였나. 아무튼."

"서울대요?"

"응, 법대인가, 의대인가…… 최고로 점수 높은 데라 사람들이 그러는 거 듣긴 했어. 그런데 그랬음 그 일 안 하지. 안 그래? 워낙에 말이 없는 사람이라. 그리고 나랑은 교대였으니 부딪힐 일이 잘 없기도 했고."

"혹시 이름이 이, 정, 규인가요?"

"이정규? 이정규…… 맞는 것도 같은데."

"이 사진 좀 봐주세요."

"이 양반인 것도 같은데, 왜? 무슨 일이야?"

우연이 아니다. 우연일 수가 없다.

그는 딸이 묻힌 곳을 알고 있었다. 그가 묻었을까. 그렇다면 그는 무슨 생각으로 딸이 묻힌 곳을 지켰을까.

풀어야 할 문제가 있다. 답은 아는데 이유가 궁금해지는, 설마 이게 답인가, 싶은. 이 세상에 믿을 수 있는 것은 아무것도 없다는 사실을 믿는, 형사 은혜주의 시간이 지나간다.

일용직 노동자, 계약직, 그 어떤 말로 불리든 안정된 일자리를 갖지 못한 채 살다가 결국 빈곤한 노인이 된 이정규의 시간을 추적한다. 그를 기억하는 사람은 많지 않았고 그나마도 얌전한 성격이었지만, 술꾼이었고 폭발하면 미친놈이었다고 요약하다가 그가 미친 술꾼이 되어버린 것은 실종된 딸 때문이라고 자신들에게는 일어나지 않은 특별한 불행으로 그를 이해해버리려 한다.

그리고 아무도 묻지 않는다. 사라진 딸은 어찌되었는지.

사라진 것은 사라진 채로 사라진다. 살아 있는 것은 살아 있는 대로 살아지지 않는데.

*

버스는 도시의 이 끝과 저 끝을 가장 미세하게 펼쳐진 혈관처럼 잇는다. 지하철에서 늘 맞은편 사람의 시선을 피하면서 목적지밖에 모르던 영우가 마침내 지상으로 나와 이 도시의 맥을 따라 잇고 있다. 지하의 어둠 속에서는 검정이었던 것이 지상의 햇빛 속에서는 빨강이기도 하고 회색이기도 했다.

시월의 오전 열시의 햇빛 아래서 어떤 것은 분명 다르게 보였다.

버스는 자전거로도 두 발로도 걷기 힘들 오르막길을 쉽게 오르기도 하고 쏟아질 듯 가파른 내리막길을 롤러코스터처럼 덜컹거리며 내려오기도 했다. 오르막길과 내리막길은 같은 길이다. 올라간 길로 반드시 내려와야 하는 것은 아니지만 올라가면 어디로든 내려가긴 해야 한다.

부산에는 산이 많다. 그 많은 산마다 집들이 점점이 박혀 있다. 외지인들은 이 가난한 언덕의 오래된 집들의 구역을 한국의 산토리니니 몽마르트니 아말피니 하면서 포장하는데, 그렇다면 그렇게 보이는 곳이 부산에는 곳곳에 있다. 그래서 외지인들은 헷갈린다. 벽에다 그림을 갈겨놓고는 문화마을로 포장하고 골목골목에 카메라를 들이대게 하지만 그곳에서 오래 살아온, 어쩌면 떠나지 못하는, 죽기 전에는 떠날 수 없는 사람들은 오히려 텅 빈 눈으로 한껏 차린 관광객들을 구경한다.

누군가에게는 차디찬 삶인데 누군가에게는 들뜨는 낭만적인 풍경 같은 곳. 영우는 은혜주 형사를 따라갔던 아버지의 집 주소를 손에 쥐고 혼자 찾아간다. 서울이라는 대도시에서 어엿한 마취과 전문의로 살아온 그가 이런 좁디좁은 무정형의 골목길을 주소만 가지고 혼자 찾는 것은 쉽지 않다.

한때 그가 살았으나 잊고자 한 곳, 그곳과 너무 비슷한 곳, 아니, 그곳보다 더 비참한 곳에서 아버지가 자신을 죽여가고 있다. 아버지를 죽도록 내버려둘 수는 없다.

혼자, 죽도록 버려둘 수는 없다. 그러기 위해서 그는 의사가 되었다.

바깥에서 몇 번이나 문을 두드렸지만 인기척이 없다. 문고리를 돌리자 툭 소리를 내며 문이 열렸다. 그제야 안에서 부스럭거리며 몸을 일으키는 소리가 들린다.

"영우냐?"

술 취한 아버지가 그를 부른다.

"저랑 병원에 가시죠."

"아니다. 안 가도 돼."

"가야 해요."

"못 간다. 못 가."

"아버지를 위해서 병원에 가라는 게 아니에요. 저를 위해서예요. 저를 위해서."

이성적으로 환자를 대하듯 아버지를 대하려고 했으나 겨우 몇 마디에 그 결심이 와르르 무너진다. 통장으로 돈을 보내드린 건 알고 있느냐, 보내드린 돈은 어쩌고 이러고 사느냐, 죽으려고 작

224

정했느냐, 죽으려면 그때 죽지 그랬냐, 따위의 험한 말들을 주워
삼키며 아버지를 노려보았다.

"영우야, 가자."

"네."

"영우야……"

"……"

"저기 초파리가 있더라."

"무슨 말이에요?"

"겨울에, 추운 겨울에, 초파리가 말이야."

"……"

"초파리 우습게 보면 안 돼. 무슨 뇌가 있을까 싶지. 그런데 살
려고 이 조그만 방 어디 구석에 숨어 우글우글 살았더라고. 커튼
을 젖혔는데 거기 껍데기가 한 오십 개쯤. 겨울에 습기 찬 데가 거
기밖에 없었던 거지."

간단히라도 짐을 챙기려던 영우는 포기한다. 여기서 사람이 살
았다니, 이런 데서도 사람이 살다니, 초파리처럼.

초파리니까.

그는 내내 두려웠다. 아버지처럼 무능력하고 불필요하다못해
없는 것이 나은 인간이 될까봐. 노력으로 극복하지 못할 것이 무
엇인가, 라고 자신의 운명과 싸울 것을 맹세했다. 그는 그렇게 했
고 어느 정도는 성공했다고 믿었다.

돌이켜보면 그는 아버지 같았던 적이 없었다. 공부를 잘했고 키가 컸고 인물이 훤했다. 그랬기에 그는 아버지의 보잘것없는 인생의 가장 큰 위안이었다. 그를 낳고 키우는 것이 아버지 인생 최고의 목적이었다. 아버지 자신의 인생은 어찌되어도 좋았던 것일까.

초파리처럼 버티다 버티다 사라지면 그뿐이라 생각했을까.

아들이 혼자 올랐던 길을 아버지와 함께 내려온다.

두리번거리며 올랐던 길이 내려올 때는 서슴없이 분명해졌다. 큰길까지 내려가 택시를 타고 병원에 아버지를 입원시킨다. 그러면 끝이다. 그다음은 없다. 없어도 될 것이다.

영우는 점점 더 축축 늘어지는 아버지를 부축하며 걷는다. 그렇게 걷고 있자니 어린 시절이 떠오른다. 순서도 뒤죽박죽이고, 장소도 분명하지 않은, 형편없이 편집된 기억들이었다. 좋은 것도 있고, 나쁜 것도 있었지만, 그 대부분이 어떤 의미에서든 이제는 가질 수 없는 것들이었다. 그때 바꿀 수 있지 않았을까, 하고 생각하게 되는 것들도 있었다.

그리고 어김없이 그는 생각한다. 피 흘리고 있는 영채를…… 어떤 것들은 분명 상상에 지나지 않는다고, 비참하기 그지없던 어린 시절이 만들어낸 악몽에 불과하다고, 그런 일은 일어나지 않았다고, 일어날 수 없었다고.

*

　이영채가 실종되기 전후 이정규와 함께 일했던 남궁노인은 현재는 목욕탕이 있는 사층 건물의 소유주였다. 이제는 쇠락의 기운이 물씬 풍기는 목욕탕 건물이지만 아들딸 키워서 결혼시킨 후 남은 노부부가 살기에는 부족함이 없어 보였다.

　"이씨가 가끔 내 차를 몰았지. 내가 술을 좋아했거든. 다 같이 일을 다녔는데 내가 일을 맡으면 이씨랑 최씨 김씨 등을 모아서 일했지. 그래, 그 사람도 술을 좋아하지. 근데 그렇게 많이 마시기 시작한 건 딸이 사라진 후야. 이 일 하는 사람들치고 술 안 마시는 사람 잘 없어. 그게 낙이지. 일 마치고 한잔, 일하는 중에도 가끔 한잔."

　가질 만큼 가졌고, 자신이 가진 것이 남들이 가진 것보다 많고, 자신은 남들보다 살짝 운이 좋은 편이라고 믿고 살아온 노인의 얼굴은 평화로웠다.

　"그때는 이런 일 하는 사람도 살 만했어. 이씨야 워낙 가진 게 없었으니까. 배운 것도 없고 기술도 없었지. 게다가 그 마누라가 문제였어. 나야 우리 마누라가 내가 벌어다 주면 알뜰살뜰 살림하고 돈 모아서 이 건물을 지었지. 이거 내가 지은 거야. 근데 이씨 마누라는 나가서 자기가 벌어야겠다고 설치고 다니더니 아예 집을 나가버렸어. 이런 이야기도 그때는 몰랐지. 다, 나중에 들었어.

이씨가 직접 한 건 아니야. 입이 무거워. 답답할 정도로."

"언제까지 같이 일을 하셨나요?"

"딸 그리 되고도 한참 같이했지. 그런데 자꾸 술 마시고 사고를 치니까 나도 더는 못 봐주겠더라고. 그래서 일을 안 줬지. 연락이 잘 안 되기도 했고."

"아까 어르신 차를 이정규씨가 가끔 몰았다고 하셨잖아요."

"응. 그랬지."

"일할 때 말고도 사용할 수 있었을까요?"

"그게 무슨 소리야?"

"어르신 차를 이정규씨가 개인적으로 쓴 적은 없나요?"

"자기 마음대로 내 차를 몰고 다녔다고? 그 친구가 그럴 사람은 절대 아니야. 그 일 있기 전까지는 술도 입가심으로 한두 잔 하는 정도였다니까. 그리고 그 일 있은 후에는 내 차를 몰기는커녕 타기도 싫어했어."

"그래도 혹시……"

"쓰자면 쓸 수는 있었겠지. 내가 그 친구한테 나머지 열쇠를 아예 맡기다시피 했으니까. 그런데 그 친구가 어디에 뭐하러 그러겠어."

"오래된 일이라 기억이 나실지 모르겠지만 그 당시에 주로 어디서 일을 하셨나요?"

"어디서 일했겠어. 부산에서 일했지. 그다음에는 경남 요 근처로."

"구체적으로는 기억 안 나시죠?"

"길어야 한두 달, 끽해야 일주일씩 일하는 거 일일이 기억 못하지. 그리고 기억하면 뭐해? 부르면 가서 일하는 거지. 그런데, 그 딸 실종될 때는 기억나. 저어기 가면 XX아파트라고 있어. 지금은 이름이 뭐 캐슬인가 팰리스인가 그런 거로 바뀌었는데, 영어로. 그때 우리가 거기 화단 공사를 했어."

"화단이요?"

"응. 화단. 그 일 있고 이씨가 못 나오니까 힘들었던 기억이 나네."

"……"

"그나저나 그 친구 어찌 사나? 살아는 있나?"

"네."

그녀는 그렇게 대답했지만 실은 글쎄요, 라고 말하고 싶었다. 그렇게 살아 있는 것이 살아 있는 것일까. 혼자, 외로이. 무엇이 그를 그렇게 외로운 노인으로 만들었을까.

"참, 이씨한테 아들도 하나 있었는데…… 알고 있어?"

"네."

"그 아들은 잘사나?"

이제 그것마저도 답할 수 없었다. 이정규보다 이영우의 상태가 표면적으로는 훨씬 나을 것이다. 하지만 겉으로 멀쩡해 보이는 이

영우의 내면을 누가 알 수 있으랴. 무엇이 아버지와 아들을 그렇게 만들었을까.

"그 아들 녀석이 참 똑똑했지. 전교 일등을 도맡아 했어. 반에서 일등도 아니고 전교 일등. 뭘 해도 될 놈이었지. 그런데 결국 아무것도 안 된 모양이군. 요새 사는 게 그래. 없는 집에 태어나면 아무리 잘나도 그렇게 되더라고. 이씨가 아들 똑똑하고 잘난 거 하나로 살았는데."

"아들은 의사가 됐어요."

"그래? 정말?"

"……"

"근데 무슨 돈으로? 의대가 돈이 많이 든다 그러던데. 학비가 젤로 비싸지 않아? 요즘은 의사도 별볼일 없다고 그러데. 우리 아들은 공무원이야. 그게 제일 좋지 않아? 아가씨도 경찰이고 경찰도 공무원이니까 잘 알지?"

그때도 그랬을 것이다. 남궁씨과 이씨, 질투와 부러움, 격려와 시기가 공존하는 관계. 그러나 적어도 자식에 관해서라면 이정규는 남궁노인에게 밀린 적이 없었을 것이다. 지금 이영우의 모습에서 짐작할 수 있는 소년이라면 성적뿐 아니라 외모, 보이는 것, 보여질 수 있는 것에서는 분명 그랬을 것이다.

그런데 일곱 살에 사라진 딸 이영채는 어땠을까.

그녀에게는 실종 전단지 같은 하나의 스냅사진과 유골이 제일 먼저 떠오르는 이영채는 가족인 두 사람에게는 어떤 모습으로 기억되고 있을까. 죽음을 확인한 그 이후에 말이다.

*

영우가 원장실의 문을 두드렸다. 네, 라는 대답에 문을 열고 들어가며 인사를 했다. 최원장은 환하게 웃으면서 어서 오라며 자리에서 일어났다. 영우는 소파에 앉았다. 시간을 끌고 싶지 않아 차를 마실 거냐는 최원장의 제안을 거절했다.

"아버님 상태가 너무 나쁘세요. 이선생도 이미 알고 있어서 이 병원을 택한 거겠지만……"

"암세포가 장기 곳곳에 전이되었고 치매 증상도 있으시다더군요. 처음에 갔던 병원에선……"

"그래요. 그래서 단도직입적으로 우리가 어떻게 해주면 되겠어요?"

"좋은 병실에서 최고의 보살핌을 받게 해드리고 싶어요."

최원장은 그 심정 이해한다는 듯 고개를 끄덕였다.

"그건 당연한 거고. 우린 이제 한솥밥 먹는 거나 마찬가지인데…… 이선생 같은 분이 우리 병원 일을 봐주겠다는데, 아버님이 이렇게 훌륭한 의사 아들 둔 보람을 느끼시게 해드려야지. 장원장 말로는 부산에 그리 오래 있지는 않으실 거라던데."

"잘 모르겠습니다."

영우는 아버지를 모실 곳을 선택하는 데 장원장의 인맥을 활용함에 주저하지 않았다. 그런 능력을 발휘할 수 있음을 즐기는 족속들이 세상에는 아주 많았고 장원장의 인맥은 세세히 퍼져 있었다.

"흠, 아버님이 저러고 계시니까 뭐……"

"……"

"일은 언제부터 할 수 있어요, 이선생?"

"필요하면 언제든 불러주세요."

언제까지일지 모르지만 영우는 부산에 머물 것이다. 그러기 위해 일을 다시 시작해야 한다는 생각은 해본 적이 없는데 아버지를 위해 다시 일을 시작하기로 했다. 누군가는 아무도 쳐다보지 않을 때 버리고 싶은 게 가족이라더니 정말 아무도 쳐다보지 않는다는 것을 안 이상 버릴 수가 없다.

아버지는 스스로를 아주 천천히 죽여왔으며 이제 그 죽음의 속도를 높이기 시작했다. 동생을 묻었다. 그 자리에 머지않아 아버지를 묻게 될지도 모른다. 죽어도 상관없다고 생각했던 아버지, 차라리 죽어버렸으면 했던 아버지의 죽음 앞에서 그는 생각한다.

아버지가 죽으면 나는 이 세상에 혼자구나. 정말, 혼자구나.

화단의 가능성은 짙어졌다. 이정규는 남궁노인의 차를 이용했을 것이다. 그렇다고 어떻게 묻혔나, 가 완전히 해결된 것은 아니지만.

그리고 또하나의 가능성.

남궁노인이 말했다. 무슨 돈으로? 아파트 경비원도 말했다. 무슨 돈이 있었는지.

일곱 살 소녀가 사라진다고 그 가족에게 돈이 생기지는 않는다. 일반적으로는 그렇게 생각할 수 있지만 반드시 그렇지는 않다. 그렇다면 돈이 더이상 줄지 않을 가능성은? 일곱 살 소녀 이영채는 어떤 아이였을까? 이십 년 전 소녀의 가족은 어떤 사람들이었을까?

그런데 사라진 것은 소녀만이 아니었다.

소녀가 사라지고 곧 소녀의 엄마도 사라졌다. 아니, 소녀의 엄마가 사라지고 소녀가 사라진 것일까. 하지만 그가 분명히 말했다. 동생이 사라지고 경찰의 조언 아닌 조언대로 엄마를 찾아갔었다고. 엄마를 찾아갔지만 그곳에 동생은 없었다고. 그러나 다시, 엄마를 만났다는 이야기는 없지 않았던가.

은혜주는 이영우와 이영채의 엄마이자 이정규의 아내인 한 여자의 실종을 조사하기 시작한다. 여자는 소녀가 사라지고 얼마 후 사라진 것으로 추정된다. 소녀의 엄마의 실종을 신고한 것은 아버지 이정규였다. 그리고 몇 년 후 그녀의 사라짐은 죽음으로 확정된다. 보험금이 그녀의 남은 가족에게 지급되었다.

이상한 점? 많다.

하지만 이상하지 않을 수도 있다. 그녀는 본래 보험 일을 하고 있었다. 인맥이 넓지 않은 여자가 자신과 자신의 가족 명의로 보험을 드는 일은 흔하다. 그 보험도 그녀 스스로 가입한 것이다.

그럼에도 이상한 점? 있다.

단순하게 보면 이영채의 살인에는 동기가 없고, 그 엄마의 죽음에는 동기가 있다. 그 가족을 궁금해하는 사람들이 한결같이 묻던 그 '무슨 돈'······ 이것은 그 '무슨 돈으로'에 대한 답은 될 수 있지만 이영채의 죽음에 대한 답은 아니다. 이영채의 죽음으로 지급될 보험금은 없었다. 소녀가 죽고 소녀의 엄마가 죽은 것이 거의 확실했다.

그런데도 이상한 점? 또 있다.

아버지도 아들도 아내이자 어머니를 찾지 않았다. 실종자였다가 사망 처리된 그 여자를.

이 이상한 점들이 만들어내는 가정은 진실일까?

*

　지하철은 어떤 남자의 목소리로 어지러웠다. 처음에는 전화 통화를 하는 줄 알았다. 너무 시끄러워 살펴보니 한 남자가 서서 큰 목소리로 이 지하철 안의 사람들에게 이야기를 하고 있었다. 잡상인도 걸인도 아니었다. 양복을 입은 남자의 이야기, 요는 신을 믿으라는 것이었다. 그 말을 쉼표도 없이 마침표를 거듭해서 찍으며 하고 있었다. 한두 번 해본 솜씨가 아니었다.

　조남국은 궁금해졌다. 저 이야기는 언제부터 준비된 것일까? 준비된 같은 이야기를 계속 읊는 것일까? 아니면 매번 조금씩 다른 이야기를 하는 것일까? 남자에게 묻고 싶었다. 따라다니며 관찰하고 싶었다. 저 요란한 믿음의 정체를, 확신의 근거를 확인하고 싶었다. 그러는 사이 지하철은 그가 내릴 역에 도착했다.

　아쉬움과 후련함을 동시에 느끼며 조남국은 지하철에서 내렸다.

"일자리가 필요해. 돈도 괜찮고."

　혜주를 불러내놓고 만나자마자 조남국이 말했다.

"참 뻔뻔스럽네요."

"넌 정의의 사도잖아. 선량하게 살려고 노력하는데 어려운 시민을 도와야지. 그래야 정의가 지켜지지."

"협박으로 내가 당신을 다시 집어넣을 수도 있어요."

"그래, 그래주면 좋겠어. 그게 차라리 낫겠다. 사는 게 참 힘드네."

"교회에서 일을 알아봐줬다면서요."

"그랬지. 그랬는데 이제 교회 안 다니려고. 오해는 하지 마. 나는 큰집에 가기 전부터 신자였어. 기도하고 회개하는."

"그런데?"

"이제 기도할 게 없어서."

"회개할 건 있지 않나?"

혜주는 조남국의 연락을 받았을 때부터 예상하고 있었다. 그녀는 조남국의 보호관찰사와도, 그리고 그가 의탁하고 있는 교회 목사와도 접촉하고 있었다. 조남국은 모범수답게 출소 후에도 모범적이었다. 작은 일도 성실히 했고 기도도 열심히 했다. 그렇다고 그를 지켜보는 사람들이 한결같이 말하는데 혜주의 앞에 앉은 조남국은 다른 이야기를 한다.

보이는 모습과 말하는 모습이 다르다. 그가 말하는 그를 믿어야 하나, 보이는 그를 믿어야 하나? 이제 와서 무엇을 믿든 차이는 없다고 혜주는 생각한다. 조남국은 비겁한 겁쟁이일 뿐이다.

"얼마가 필요해요?"

"진짜 주려고?"

"정의를 위해서 내가 지불해야 할 대가가 얼마냐구요!"

"됐어. 준다니 받기 싫어지네."

"……"

"가끔 궁금해. 내가 지금 너를 가지고 네 아버지를 협박하면 이 번에는 돈을 줄까?"

"……"

"아니지. 날 쥐도 새도 모르게 죽일 수도 있겠지. 그때 말했던 것처럼. 그리고 이번에는 진짜, 딸이니까."

"내가, 널 죽일 수 있어."

"아니, 넌 날 죽일 수 없어."

"……"

"나한테 듣고 싶은 이야기가 있으니까."

고백과 부인과 변명, 후회와 증오와 분노. 이미 충분히 들었던 이야기를 또 들을 뿐이다. 조남국은 언제쯤 다른 이야기를 할까.

처음에 물었다. 그러면 왜, 왜 그때 경찰에서 보미를 죽였다고 말했느냐고. 조남국은 말했다. 자신도 죽고 싶었노라고. 가족들이 부끄러워하는 자신이 부끄러워 죽고 싶었노라고. 그리고 살아서 돌아갈 곳이 없었노라고.

그리고 조남국은 말했다. 자신은 보미를 죽이지 않았다고. 너도 알지 않느냐고 내가 그런 사람이 아니라는 걸…… 네가 살아 있 듯 보미도 살아 있다고.

혜주가 기억하지 못하는 그때 일을 조남국은 안다. 아버지도 황현준도 김소희도 말해주지 않는 일. 아니, 그들은 모르니 말할 수 없을 것이다. 그들도 단지 추정하고 상상할 수밖에 없을 테니까. 그때 그곳의 일들을 아는 사람은 셋뿐이다. 한 사람은 죽었고 한 사람은 기억하지 못하고 한 사람은 거짓말을 한다. 이 전제는 옳은 것인가.

내가 본 것에는 내가 없고 내가 상상한 것에는 내가 있다.

조남국은 그날에 대해 아주 오래 생각했다.

그날로부터 일주일의 기억은 선명했고 반론의 여지가 없었다. 그러나 그 이후의 이야기는 명확하지 않다.

은혜주라는 아이를 유괴했다. 하지만 은혜주의 아버지는 그를 모욕하고 아이의 몸값을 거절했다. 그는 아이 아버지가 왜 그렇게 나오는지 궁금했다. 돈이 그렇게 중요하냐고, 내가 그렇게 만만하냐고 따져 묻고 싶었다. 그는 다시 전화를 걸었다. 아이가 받았다. 아이가 그에게 물었다. 정말 혜주를 데리고 있냐고. 아이가 뜻밖의 제안을 했다.

그때부터 게임이 시작되었는지도 모른다.

그는 아이에게 약속 장소와 시간을 이야기했다. 그리고 멀리서 지켜보았다. 약속 시간이 흐르고 또 흐르고 또 흘렀지만 아이는 여전히 그 자리에 있었다. 그는 경찰이 추운 날씨에 열세 살 아이를 저렇게 오랜 시간 내버려둘 리 없다고 생각했고 자신이 인전하다고 판단했다.

그렇게, 그 아이가 그에게 왔다. 어둠 속에서 나온 아이는 놀랍도록 은혜주 같았다. 안면인식장애가 있는 그에게는 더 그랬을 것이다.

쌍둥이처럼 닮은 소녀들이 서로의 얼굴을 바라보았다.

진짜 게임이 시작되었다.

소녀가 말했다. 이제 자신이 왔으니 다른 소녀는 보내달라고. 그러자 다른 소녀가 말했다. 저 아이는 은혜주가 아니니 놓아주라고. 그가 말했다. 누가 진짜 은혜주냐고. 은혜주가 아닌 사람을 집으로 보내주겠다고. 그다음에 남은 사람은 어떻게 되는 거냐고 소녀가 물었다. 돈을 받으면 은혜주도 집으로 돌아갈 수 있다고 그가 말했다. 돈을 받으면요?라고 소녀가 물었다.

아이들은 둘 다 끝까지 자신이 은혜주라고 했다. 시간이 흐르고 그는 초조해졌다. 경찰의 포위망은 좁혀졌고 한 아이가 아프기 시작했다. 계속 이러면 둘 다 죽이겠다고 그가 말했다. 드디어 한 아이가 진실을 고백했다. 그 아이의 말을 전적으로 믿은 것은 아니었다. 판단은 그가 했다. 그는 진짜 은혜주라고 믿을 수밖에 없었던 한 아이만을 데리고 도주했다. 아픈 가짜 은혜주는 버렸다. 그 아이가 그대로 죽어도 그건 그 아이의 운이라고 생각했다. 신문기사가 났다. 실종되었던 은 모 양이 집으로 돌아왔다고. 그는 속은 것이다.

남은 아이가 물었다. 친구는 어찌되었느냐고. 그는 네 친구 은혜주는 집으로 돌아갔다고 말했다. 그럼에도 아이는 거짓말을 계속했다. 자신이 은혜주라고. 아버지한테 연락해서 돈을 달라고 하면 줄 거라고. 그는 그때도 나약하고 무능력하기는 마찬가지였다. 살기 위해서는 기억을 바꾸어야 했는지도 모른다.

그가 믿는 것과 다른 일들이 일어났을지도 모른다.

하지만 그는 여전히 믿는다. 그 일은 그렇게 진행되었음을.

"그애는 떠나고 싶어했고 떠났어. 아직 돌아가지 않은 것뿐이야. 이제 곧 돌아갈 곳도 없어지겠지. 엄마가 죽으면. 아무튼 그애는 네가 생각하는 그런 순진한 소녀는 분명 아니었어."

"……"

"그 아이는 왜 자신을 계속 은혜주라고 이야기한 거지? 그리고 너는 진짜 아프긴 했던 거야? 죽을 것 같던 애가 어떻게 거기까지 간 거지? 그때 네가 죽었으면 그 아이의 운명은 달라졌을지도 모르지."

"나는 당신한테 궁금한 게 딱 하나뿐인데 당신은 나한테 참 궁금한 게 많군요."

"……"

"그걸 안다고 아무것도 달라지지 않을 텐데요."

"이제 그런 생각이 들어. 너도 답을 모르는 것이 아닌가 하는.

네 말대로 너희는 고작 열세 살이었으니까. 이 세상이, 사람이 얼마나 냉혹한지 몰랐겠지. 은혜주! 은혜주로 사는 건 어때? 김보미가 그렇게 되고 싶어했던 은혜주로 사는 지금 네 인생 말이야."

그때는 몰랐던 것을 알게 된다. 그때도 알았던 것을 더 잘 알게 된다. 그러나…… 그리고…… 어쩌면 그때는 몰랐던 것을 지금도 모르고 있는 것이 아닐까.

"당신한테 그런 거짓말 들으려고 여기 나온 거 아니야."

"누구나 거짓말을 하지. 살다보면 그렇게 돼."

"……"

"그리고 살기 위해 거짓말을 해야 하기도 하고."

"그러다보면 그 거짓말을 믿고 살게 되기도 하는 거고요."

"……"

"그렇다고 해서 진실이 바뀌지는 않아요."

"……"

"보미 어디다 묻었어요?"

그는, 소녀를 강에 버렸다, 아니, 소녀와 강에서 헤어졌다.

소녀는 살아 있었다. 그렇게 믿는다. 아니, 소녀는 살아 있었을 수도 있다.

*

"은형사, 그 사람 만났어?"

경찰서로 돌아온 혜주에게 김형사가 말했다.

"누구요?"

"분수대 아이 사건 가족, 그 오빠 있잖아. 전화해보라고 했더니 그냥 기다린다고 했는데 안 보이네. 만난 거야?"

혜주는 영우에게 전화를 걸었다. 받지 않았다. 문자를 보냈다. 어디 있어요? 내가 그리로 갈게요.

혜주가 하는 양을 보고 있던 김형사가 말했다.

"그 사건은 황과장님이 이제 마무리하라셨잖아."

"……"

"과학수사대 쪽에서도 아무것도 안 나오고 증인도 증거도 없어. 붙잡고 있을 건덕지가 없잖아. 과장님한테 또 한소리 듣지 말고 접어두지 그만."

"가족들한테 미안하잖아요."

"그 사람들 우리한테 아무 기대도 없어."

장기 미제 사건의 유가족들은 사건을 재조사한다고 해도 시큰둥한 반응을 보일 때가 있다. 실망할 대로 실망해서는 경찰에 대해 불신이 팽배한 것이다.

"그러고 보면 그 남자는 참 잘 자란 편이지. 아버지 꼴에 비하면. 안 그래? 그런데 그 남자 무슨 돈으로 학교 다니고 의사가 된 거야?"

"장학금 받지 않았을까요?"

"은형사는 정말 경제 감각이 없어. 학비는 그렇다 쳐. 서울 생활비가 좀 비싸? 가난하면 서울에서 정상적인 대학생활이 안 돼. 어릴 때부터 유학한 은형사 같은 사람이야 잘 모르겠지만."

혜주는 김형사의 충고인지 핀잔인지 모를 이야기를 묵묵히 들었다. 한때는 웃어넘길 수 있는 이야기가 어떤 때는 화살이 되어 꽂혔다. 이 사람들이 내 아버지를 알고 있다. 내 아버지의 돈을 짐작하고 있다. 또 나 아닌 아버지를, 아버지의 돈을 보고 있다.

그러나 십오 년 사이 변한 것도 있었다. 아버지를 바꿀 수도 아버지의 딸인 나를 바꿀 수도 없다. 그 사실은 죽어도 바뀌지 않는다. 죽어도 바뀌지 않을 것들로 살아서 전전긍긍하기에는 인생이 그리 길지 않을지도 모른다. 인생은 언제든 끝날 수 있다. 그리고 끝나는 바로 그 순간까지도 공평하지 않을 수 있다. 그것이야말로 진짜 경제 감각이었다.

"왜 다들 가난한 사람들은 나쁜 짓을 한다고 생각하죠? 가난하면 양심도 파나요? 진짜 양심 없이 냉혹한 건 부자들 아닌가요?"

그렇게 말하고 혜주는 나가버렸다.

그 모습을 지나가던 황현준이 보았다.

"무슨 일이야?"

"아무 일도 아닙니다. 은형사가 요즘······"

김형사는 정확히는 모르지만 자신이 혜주에게 무언가 실수를 했다는 것을 안다. 지금까지 옆자리에서 겪어본바 혜주가 화내는 건 화낼 만한 상황이다.

"아, 피해자 가족 만나러 가는 겁니다."

"피해자 가족?"

"그 분수대 살인 사건 아이 오빠······"

현준은 혜주를 생각한다. 어디서부터 무엇이 어떻게 잘못되었나.

십오 년 전 은혜주를 찾았다. 아이는 정신이 없었지만 아이의 물건, 피아노 책에는 은혜주라는 이름이 쓰여 있었다. 가까스로 정신을 차린 아이는 여전히 겁에 질려 있었지만 이름을 묻자 자신이 은혜주라고 했다. 특종 욕심을 가진 한 기자가 경찰의 발표 전에 보도를 했다. 아버지 은용훈이 딸을 만난 것은 보도가 나간 후였다.

그때 현준은 은혜주가 돌아온 것에 안도하며 김보미를 떠올렸다.

수사 인력은, 그리고 그들의 관심은 정당하게 배분되지 않았다. 모두가 은혜주만 찾고 있었다. 아무도 사라진 또 한 소녀 김보미를 찾지 않았다. 심지어 까맣게 잊고 있었다.

*

영우는 경찰서에서 가까운 카페에 있었다. 커피를 마시고 있던 영우 앞에 혜주가 앉았다. 간간이 통화를 하긴 했지만 그날 이후 직접 얼굴을 본 것은 처음이었다. 마주앉아 어떻게 시작해야 할지 몰랐다.

커피가 나왔다.

커피가 달아요, 라고 혜주가 말했다. 커피가 달아서 좋다는 말인지, 싫다는 말인지 알 수 없었다. 말에도 표정이란 게 있는데 그녀의 말에는 표정이란 게 없었다. 게다가 그녀는 진짜 얼굴에도 표정이 없었다. 온화하다기엔 부족한 눈웃음, 무표정하다고 말하려다보면 아주 살짝 올라간 입꼬리…… 그것이 그녀가 늘 갖고 있는 얼굴이었다.

처음에는 그 표정이 수줍음 섞인 호의라고 생각했다. 그다음에는 평화로운 선의라고 생각했다. 슬픈 체념이라고 생각한 적도 있었고 소소한 기쁨이라고 생각한 적도 있었다. 보는 이에 따라 적당히 해석될 그녀의 표정을 영우는 이제 그냥 연예인의 맨얼굴 같은 거라고 생각한다. 용서가 가능한 수준의 가식적인 민낯. 그리고 그런 그녀에게 또다른 표정이 있다는 걸 그는 안다.

지친 고독의 표정. 오래 견디는 자가 숨 고를 때의 표정.

그녀가 자신 앞에서 그 표정을 지었을 때 그는 그녀를 알아보기로 결정했다. 그녀에게도 그런 표정이 있어서가 아니었다. 자신 앞에서 그런 표정을 지었다는 것 때문이었다. 그 느낌은 그가 그녀에게 완벽한 타인만은 아니라는 일종의 안도감을 주었다.

"그 남자가 그 유괴범인가요?"

"봤어요?"

"네."

"……"

"당신은 형사가 어울리지 않는 사람 같군요."

그녀가 웃었다. 쓸쓸하게 쓸쓸하게 슬프게.

"당신 말고도 저한테 그렇게 말하는 사람이 있어요. 보미 이야기를 알면 모두가 그렇게 말하죠. 다른 이유들도 있고요. 그 견해가 그 사람들에게는 진실이겠지만 그 진실은 전혀 진지하지 않아요."

"……"

"저보다 더 경찰이 되어야 할 이유가 있는 사람이 있을까요. 열세 살 때부터 나는 진실을 찾고 있어요."

"그 진실을 찾는 데 경찰이 가장 좋다고 생각하는 건가요?"

아닌가요, 라는 순진하고 정직한 아이 같은 표정으로 그녀는 그를 본다. 그는 그렇다고 생각한다. 어쩌면 그녀가 옳을지도 모른다. 적어도 자신보다는 옳을지도 모른다.

"당신은 동생이 사라진 날의 기억이 없다고 하셨죠?"

"당신은 그날 이전의 기억이 불분명하구요."

열세 살에 사라진 것들…… 사라졌으므로 기억하지 못한다. 혹은 사라졌으므로 기억한다. 이제 혜주는 희미한 기억이 거울을 보는 것 같은 이유를 알 것 같다. 이름을 물었다. 은혜주라고 했다. 또 이름을 물었다. 은혜주라고 했다. 거울이 점점 더 선명해진다. 하지만……

영우는 혜주의 얼굴에서 비밀을 본다. 여전히 말할 수 없는 비밀을…… 영원히 확인되지 않을 비밀을……

커피가 얼마 남지 않았다.

"아버지를 병원에 입원시켰습니다."

"정말 잘하셨어요."

"그리고 다시 일을 시작할지도 모르겠습니다."

"그럼 서울로……"

혜주는 자신의 표정이 변하고 있다는 걸 느낀다. 그리고 이 서운함이 당황스럽다.

"아니요. 부산에서 일할 수 있을 것 같습니다."

"아, 그래요."

그녀의 얼굴에서 지친 고독의 표정, 오래 견디는 자가 숨 고를 때의 표정이 스쳐지나간다. 그러다 가식적인 형사의 민낯을 지으려고 애쓰더니 이내 숨 고를 때의 표정으로 다시 돌아간다.

영우는 생각한다. 이제, 그녀는 무슨 말을 하려는 것일까.

"아버지는 어떤 사람이었죠?"

그는 대답이 없다. 다시 물어야 한다, 고 혜주는 생각한다.

"폭력적인 성향은 없었나요?"

"꼭 그렇지는 않았어요."

"무슨 뜻인가요?"

"그렇게 평생 노예같이 살면서 그런 분노도 없을 수는 없죠. 사기 당하고, 일하고 돈 못 받고, 없는 사람 취급받고, 심지어 사람 취급 못 받을 때도 많았어요. 아버지, 자기 자신의 무능함에 대한 분노가 컸어요. 그래서 술 마시면 집이 엉망이 됐죠. 하지만 사람을 때리지는 않았어요. 일생이 때리는 게 아니라 맞는 사람이었죠."

영우는 화가 나 있다. 이 남자의 이런 모습이 처음인가. 그러더니 이내 다시 냉혹할 만큼 냉정해진다.

"아버지의 인생이 폭력에 대한 변명이 될 수는 없다고 생각합니다. 하지만 정상참작은 가능하지 않을까요?"

"그렇게 생각하시나요?"

"지금 아버지를 의심하는 건가요?"

질문이 너무 가까웠다. 위험하다고 그녀는 생각했다. 하지만 이성적인 판단과는 달리 그녀는 감정에 이끌리고 있었다. 그 사건 이후 그가 한시도 놓여날 수 없었던 그림자를 걷어낼 수 있을지도 모른다. 잔인한 진실이 위선적인 거짓보다는 낫다고 그녀는 믿는다. 그녀가 숨을 들이쉬었다.

"아버지가 동생의 유체가 발견된 그 아파트에 살았던 적이 있어요. 아셨나요?"

"대학에 가고 아버지와 연락이 끊겼습니다."

"어떻게……"

"서로를 보고 있기가 괴로웠으니까요."

고등학생 때도 불가피한 경우가 아니면 기숙사에서 집에 오지 않았다. 공부 때문에, 라는 핑계는 언제나 가장 효과적이었다. 대학생이 되고 난 후 그는 집으로 한 번도 내려오지 않았다.

"잘못 생각하신 거예요. 아버지는 영채를 죽일 이유가 없어요……"

영우는 생각한다. 아버지가 누군가를 죽이고 싶었다면 그 사람은 엄마일 거라고. 그러자 다른 의문도 떠오른다. 아버지는 실종된 가족을 가진 다른 사람들과는 다르게 한 번도 여동생을 찾는 노력을 해본 적이 없다. 아버지는 영채가 이미 죽었다는 걸 알고 있었던 것이 아닐까.

"증거는 있나요?"

"가능성 중 하나일 뿐이에요."

"그 가능성이 얼마나 되는지 모르겠지만 설령 백 퍼센트에 가깝다고 해도 아버지는 그러지 않았을 겁니다. 사람은 이유 없는 살인을 하지 않습니다. 사람이라면요."

가족이란 퍼즐이다. 어느 한 조각만 없어져도 완성이 되질 않는다. 그 퍼즐이 무너진 건 어머니 때문이다. 아버지가 원인을 제공했

지만 그 원인은 아버지의 개인적인 무능만은 아니었다. 차라리 죽
으로고, 당신이 죽으면 보험금이라도 타서 남은 우리 행복하게 살
거라고 입버릇처럼 말한 것은 어머니였다.

　잊고 있었던 나쁜 기억들. 가장 나쁜 기억이 덮어버린, 그렇고
그런 나쁜 기억들이 되살아나고 있다. 죽음은 퍼즐이다. 퍼즐의
마지막 조각이다.

가름끈

불에 타지 않는 것들을 생각한다
이상하게도
—신미나, 「싱고」[*]

　휴대전화 바탕 화면은 변함없이 어떤 그림이다. 검은색 우산을 쓰고 빨간 미니 드레스를 입은 여자가 걸어가고 있는 유화. 검정 하이힐을 신은 옆모습의 여자는 왼발로 축축한 지면을 디딘 채 오른발은 들고 있었다.
　오래된 휴대전화의 작은 화면으로 볼 때 그림의 크기를 가늠할 수도 없었고 이 여자가 이것보다 큰 그림의 일부인지 아니면 전체

---

*『싱고,라고 불렀다』(창비, 2014)

인지도 알 수 없었다. 그리고 그림은 전체적으로 균형에 문제가 있었다. 검은색 우산은 가녀린 여자에 비해 너무 컸고 팔은 우산대보다 더 가늘었다. 여자는 이보다 훨씬 큰 그림 속에 작은 부분으로 존재하는 것이라고 추정하는 것이 합리적이었다.

그런데 왜 그녀는 큰 그림 속에서 아주 작은 부분으로 존재했을 여자를 전체로 불러낸 것일까.

***

백만 명의 사람이 바다를 향해 촘촘히 서서 불꽃놀이가 시작되길 기다리고 있다. 부모의 손을 잡거나 가슴에 안긴 아이들의 눈은 기대로 별처럼 반짝이고, 어른들도 어느새 동심으로 돌아가 검푸른 바다와 하늘을 두근두근 바라보았다.

시월의 마지막 주 토요일이었다.

모든 것이 갑자기 시작되었다. 우르릉, 피웅, 콰광, 거대한 폭발음과 함께 하늘은 어느새 빛으로 물들어갔다. 함성과 웃음소리, 감탄, 그리고 빛, 또 빛, 또 또 또 빛. 끝없이 쏟아부어지는 빛의 향연. 한순간 모두 행복의 빛에 물들었다. 모두들 기대했기에 기꺼이 동참하는 행복의 물결.

부모는 아이에게 속삭인다. 저기 저 화려한 불꽃을 보라고. 어떤 아이에게는 인생의 첫 불꽃이리라.

그리고 어떤 사람에게는 인생의 마지막 불꽃이 될지도 모른다.

병원에 입원한 후 이정규는 마치 기다리기라도 했던 것처럼 상태가 갑자기 더 나빠졌다. 각종 검사 결과 의사들은 여태 살아 있는 것이 신기할 정도라고 했다. 암세포가 장기 곳곳에 전이되었으며 치매 증상까지 있었다.

은혜주도 그 사실을 알고 있었다. 이정규가 범인이라고 해도 그는 심판대 위에 올라가기도 전에 이 세상 사람이 아닐 것이다. 그렇다고 해서 진실을 찾는 일을 멈출 수는 없는 법이다.

이영우는 알아야 했다. 아버지가 정말 그랬는지. 알고 싶었다. 어떻게 된 일인지. 인간을 살인자로 만드는 것은 무엇일까. 선천적으로 타고나는 것일까. 후천적으로 개발되는 것일까. 아버지처럼 되고 싶지 않았던 아들이 어느 날 자신의 얼굴에서 어쩔 수 없이 아버지를 발견하게 되는 것처럼 피할 수 없는 유전자인 것일까. 아니면 어떤 정신적 결함이 잠자고 있다가 폭발하는 것일까.

혜주는 궁금했다. 이영우는 아버지가 범인이 아닐 거라고 단언했다. 그 단언의 근거는 무엇일까.

이정규를 보는 두 가지 이야기가 있다.

첫번째. 그는 미친 사이코패스 살인자이다. 딸을 죽이고 파묻고 자기가 저지른 짓을 즐기기 위해 늘 무덤이 보이는 곳에 있었다. 그리고 그것이 가능하도록 하기 위해 보험금을 타내려고 아내마저 없앴다.

두번째. 그는 불운한 아버지였다. 불가피하게 딸이 죽자 그 무덤을 이십 년 동안 지키며 자신을 괴롭혔다. 그런 그가 아내를 죽인 이유는 아들에게 자신과 다른 삶을 살게 해주기 위해서였다.

두 이야기는 한 작가가 쓴 다른 버전의 이야기일까. 아니면……

이정규의 상태가 나아지면 질문을 해볼 것이다. 하지만 이대로 그가 죽는다면 어떻게 되는 것일까. 그녀는 미궁에 빠진 사건보다 다른 것을 염려한다. 그들 부자 사이에 미처 못다 한 말은 영원히 못다 한 채로 남는 것일까.

불꽃 축제가 끝나는 순간 엄청난 피로감이 밀려온다.

그 피로감은 이제부터 시작될 예고된 고난의 귀갓길 때문이다. 벌써부터 빵빵대는 자동차들의 클랙슨 소리가 들린다. 경찰로는 모자라 동원된 봉사대원들이 신호등과 길목에서 사람들과 차의 흐름을 통제한다. 불꽃이 사그라든 곳은 쓰레기들로 넘쳐났고 차들이 일제히 빠져나가면서 도로는 주차장으로 변해버렸다. 도로가 막힐 것을 예상한 사람들로 지하철도 가득찼다.

혜주는 그 시간 광안대교에 있었다. 인파를 관리하는 경찰 무리에 있었으므로 축제를 즐길 여유 같은 건 없었다. 하지만 불꽃은 보였다. 어떤 때에는 더 잘 보였다.

갑자기 부슬부슬 비가 내리기 시작했다. 불꽃이 쏘아올려졌을 때와는 또다른 함성을 쏟아내며 사람들이 분주히 움직였다. 기묘한 밤의 행렬이었다.

불현듯 그가 생각났다. 그와 나눈 어떤 것이 생각났다.

그리고, 잠시 지나가는 비를 맞는 경우가 있어요, 라고 그가 말했던 것이 생각났다. 기다리지 못해서가 아닐까요? 라고 그녀가 물었다. 그 정도는 아무것도 아니라는 걸 아니까요, 라고 그가 대답했다. 그날 비가 왔던가. 대화와 그의 표정이 생각나는데 어떤 날인지 어디인지 좀처럼 떠오르지 않았다.

이제야 떠오른다. 그런 어떤 날이. 처마밑에서 기다리다 기다리다 결국 빗속을 뛰어간다. 집에 도착해서 옷을 갈아입는 동안 비가 그친다. 조금만 더 기다릴걸. 아니, 어차피 맞을 거 처음부터 기다리지 말걸.

호각 소리가 요란하다.

그들은 언제나 비가 가장 휘몰아치는 바로 그 시간, 빗속을 뚫고 지나간다.

*

방안은 어두웠고 낮은 조도의 조명등 하나만이 켜져 있었다. 침대 사이드 테이블에는 약과 물이 삼분의 일쯤 남은 유리잔, 그리고 네 권의 책이 차곡차곡 쌓여 있었다. 그중 제일 위쪽 책만 약간

삐딱하게 놓여 있었다.

혜주는 침대 옆 의자에 앉았다. 발아래 뭔가 느껴져 내려다보니 책이 한 권 떨어져 있다. 그녀는 책을 집어 들어 살펴보았다. 표도르 도스토옙스키, 『카라마조프가의 형제들』. 커튼이 쳐진 창쪽으로 모로 누워 잠든 소희의 얼굴과 양장본 책을 번갈아 보았다. 이책을 읽다가 잠든 것일까. 그런데 어디까지 읽었을까. 양장본의 가름끈은 페이지를 잃고 힘없이 고개를 떨구고 있었다.

그녀는 가름끈을 제일 뒤 페이지에 꽂고 첫 페이지부터 읽기 시작했다. 소희가 깰 때까지. 그렇게 그동안 그녀가 읽어온 책의 시작 페이지는 얼마나 많았던가.

소희의 병세가 깊어지면서 그녀는 가능하면 날마다 병원에 갔다. 약에 취해 잠든 소희가 언제 깨어날지 알 수 없었다. 그 기다림이 언제까지든, 끝날 날이 머지않았음을 알았으므로 그녀는 최선을 다해 최대한 기다릴 수밖에 없었다.

소희가 깨어났다. 눈을 뜨자마자 괜찮다며 이제 그만 집으로 가서 쉬라고 손짓을 한다. 진심일 테지만 저 부탁을 따르면 이 순간이 두 사람의 마지막일지도 모른다.

"보고 싶은 것, 하고 싶은 것 없어요?"

그 문장 앞에 '마지막으로'가 붙어야 하지만 혜주는 말하지 않았다.

그날 이후로 혜주와 소희는 문장에서 늘 어떤 단어를 생략하거나 다른 단어로 대체하면서 말해왔다. 그 생략된 단어가 품고 있는 진실, 대체된 단어가 안고 있는 거짓, 끝끝내 문장으로 말해지지 못할 이야기가 사라지기 전에 먼저 숨어버렸다.

눈뜰 때마다 아이가 보인다.

아이를 볼 때마다 소희는 아프다. 아이의 시간은 언제 다시 흐르게 되는 것일까? 창밖은 아직 어둡다. 아침은 더디 올 것이다. 오늘, 아니 내일 날씨가 궁금하다. 날씨가 좋다는 생각을 마지막으로 한 게 언제인지. 기억은 늘 덥거나 추웠다. 어른이 된 후.

떠나는 날 날씨가 좋았으면 좋겠다. 아이가 힘들지 않게. 혼자 힘들지 않게.

소희는 다시 눈을 감는다.

소희는 본다.

가장 먼저 피는 봄꽃 나무 아래 노인이 된 자신이 앉아 있는 것을. 지금부터 이 세상에서 가장 먼저 사라질지 모를 노인에게 이 봄은 마지막일지도. 그래서 봄꽃이 피자마자 누더기 옷을 껴입고 지팡이를 짚고 길을 나섰을지도 모른다. 매화가 피고 개나리가 피고 진달래가 피고 벚꽃이 피고, 세상의 온갖 꽃들이 피어오르면 인생의 겨울을 살고 있는 이들에게도 아주 잠시 봄이 온다.

봄처럼 환하게 웃으면서 흩날리듯 사라지는 것이 인생이라는
걸 그렇게 긴긴 계절을 살아낸 후에야 알게 되지 않아 다행이다.

*

영우가 보호자용 침대에 누워 있고 주변에는 책이 여러 권 놓여
있다. 생각 때문에 잠 못 이루던 영우는 책을 집어 들었다. J. M.
쿳시, 『페테르부르크의 대가』. 가름끈이 꽂혀 있는 페이지를 펼쳐
보았지만 내용이 기억나지 않았다. 시간을 확인했다. 오전 여덟시
가 가까워오고 있었다. 스케줄을 확인했다. 시간은 충분했다.

영우는 침대 머리에 등을 기대고 생각을 멈추고 책을 읽기 시작
했다. 그가 잊은 어제와 연속된 시간이었다. 이미 읽은 부분이 기
억나지 않지만 그는 책의 앞 페이지를 들추어보지 않았다.

아버지가 꿈결처럼 그를 불렀다.

"영우야."

"아버지, 영채는 어떻게 된 거죠?"

끝없는 질문이 시작되려 하고 있었다. 부모는 언제까지 진실로
부터 자식을 보호해야 할까.

이정규는 다시 눈을 감는다.

아이들을 두고 나가는 날마다 불안했다. 하지만 어쩔 수 없었

다. 살려면 그렇게 하는 수밖에 없었다. 그가 며칠 만에 집으로 돌아왔을 때 아들은 피가 묻은 채 망연자실해서 딸아이를 안고 있었다. 눈물의 흔적만 남았을 뿐. 그때는 이미 울고 있지도 않았다. 그 광경을 본 순간 그는 무슨 생각을 했던 것일까. 딸아이를 떼어내자 아들은 기절하듯 잠들었다. 무슨 일이 일어난 것인지 알 수 없었다. 바깥도 안도 세상도 어두웠다. 그는 그 어둠 속에서 자신이 해야만 하는 일, 할 수 있는 일을 생각했다.

그는 이렇게 배웠다. 산 사람은 살아야 한다고. 그는 또 이렇게 배웠다. 네가 이렇게 사는 건 네가 못났기 때문이라고. 그는 늘 그렇게 들었다. 다 네 탓이라고. 그러니 지금 눈앞에서 벌어진 이 모든 일들도 그의 탓이었다.

그가 수습하고 그가 감당해야 하는, 이미 벌어진 일이었다. 원인은 중요하지 않았다. 결과가 우선이었다. 이 결과 다음에 이루어진 결론을 바꾸는 일. 그리하여 이미 일어난 비극을 더이상은 비극으로 만들지 않는 일.

그에게는 대가 없는 착취가, 감사 없는 희생이 늘 당연했다. 그러므로 새삼스럽게 누군가가 그에게 감사할 일은 없다는 것 또한 알고 있었다. 그러나 그런 그도 출구가 필요했다. 죄책감을 털어낼 핑계가 필요했다.

그는 이런 일이 왜 일어났는가를 생각했다. 그년 때문이었다. 그년이 집에만 있었어도, 그년이 가족을 떠나지만 않았어도, 아무리 생각해도 제 자식까지 버린 그년 탓이었다.

다행이라고 생각하면서 살았다. 아들이 아무것도 기억하지 못해서. 자기 몫의 일이 끝난 후 아들이 깨어나서 물으면 할 대답을 생각했었는데 아들은 질문을 잊어버렸다.

그리고 이제 그도 그 대답을 잊었다.

곧 질문도 잊을 수 있을 것이다.

여기 이 조그만 방마다 놓인 침대, 그 위에 누운 사람들은 자신의 끝을 알고 있고, 그 끝을 준비하기 위해 이곳에 왔다. 온갖 고통의 끝일 이곳에서는 모든 것을 내려놓고 평화로워야 한다. 살인자도, 아버지도.

좋은 아버지는 가장 일찍 일어나고 가장 늦게 잠든다는 프랑스 속담이 있다. 아버지는 가장 일찍 일어나고 가장 늦게 잠들었지만 좋은 아버지가 아니었다. 좋은 아버지일 수 없었다. 영우는 이제 아버지를 가장 늦게 일어나고 가장 일찍 잠들게 할 수 있다. 그래서 상대적인 삶의 피로와 절대적인 육체의 고통을 최소화시킬 수 있다. 아버지의 마지막은 그럴 자격이 있다.

예전에 아버지의 눈에서 봤던 게 무엇인지 깨닫기 시작했다. 그는 알아보았다. 아버지가 그에게서 자신의 모습을 봤듯이, 그도 거울 속 자신의 모습에서 아버지를 보기 시작했다.

아버지는 그걸 알고 있었다. 이제는 그도 알고 있다.

그는 어느 때보다도 아버지와 가까워진 기분이었다. 어떤 말도 오가지 않고, 오로지 숨소리와 심장박동 소리만 들리는 이곳. 아버지를 보는 것이 자신을 보는 것 같았다. 투쟁은 무의미했으며 희망은 부질없었다는 것을 이제 아버지도 알 것이다.

의사가 아니라 아들로서 그는 아버지의 마지막을 선택한다. 삶보다 평화로운 죽음. 거의 존재하지 않는 존재. 한없이 없음에 가까운 그 상태가 아버지에게 몹시 어울렸다.

*

꽃이 시들기 시작했다.

카라와 피어리스, 안스리움과 드라이 수국으로 구성된, 초록과 보라가 차분히 대비를 이룬 특별하고 우아한 조화는 장례식이 끝나갈 무렵 카라가 환하게 뿜어내던 희디흰 꽃잎 끝부터 빛을 잃기 시작하더니 밤이 되자 보라색 안스리움이 점점 더 어두워져 검은빛을 띠었다. 짙어진 꽃잎은 무겁게 처져갔고 습기 많은 여름의 냄새를 닮아갔다.

그녀 혼자 남았다.

사라진 이의 삶을 기억하는 산 사람은 그녀 혼자뿐일 것이다.

그 혼자 남았다.

사라진 이의 죽음을 기억하는 산 사람은 그 혼자뿐일 것이다.

숲의 아이들

잘못 내디딘 한 발자국은 이미 길을 잃었다는 말이다
이제 그만 길을 잃어버리고 싶었다
—이제니,「녹색 감정 식물」*

    그는 공항에 갔다. 비행기의 이착륙 모습을 볼 수 있는 거대한 창 앞에서 그는 어디로든 떠날 수 있는 사람처럼, 아니 곧 어딘가로 떠나는 사람처럼, 그러나 아직은 시간이 남은 사람처럼 앉아 있었다. 갈 곳은 정해져 있고 아주 오랫동안 떠나 언제 이곳으로 다시 돌아올 수 있을지 모를 사람 같은 기분에 젖어들었다.

    그렇게 그는 몇 시간을 앉아 다른 나라로 날아가는 비행기를

---

*『아마도 아프리카』(창비, 2010)

보곤 했다. 그 몇 시간 동안 그는 가장 외롭고 자유로운 사람이 되었다.

공항에서 집으로 돌아오는 버스를 타면 한편으로는 안심이 되었다. 이곳은 익숙해서 불친절한 도시였다. 부딪혀도 사과할 줄 모르는 사람들, 피로에 저절로 신경질이 표출되며 어느 정도는 무조건 함부로 굴 수 있는 사람들. 그 속에서 그는 견디고 살아야 했다. 이 버스 안의 모두가 그렇게 살아간다고 생각하고 싶었다.

***

십일월 셋째 주, 겨울이 시작된 것처럼 추웠다.

며칠 전 어느 북쪽 지방에서는 눈이 펑펑 와서 마른가지 위로 두껍게 쌓였다. 여린 가지는 눈의 무게를 이기지 못하고 오 센티미터는 낮아졌다. 겨울이 오면 세상은 무서운 속도로 모노톤이 되어가고 가늘게 마르면서 여위어갈 터였다.

영우는 옷깃을 여미며 가을이 끝나고 겨울이 시작되는 하늘의 경계를 올려다보았다. 어서어서 돌아가라는 재촉의 움직임. 그래도 그는 여기 이 시간에 잠시라도 머물러 기억하고 싶었다.

아버지가 죽었다.

의문에 대해 짐작할 수 있지만 말하지 않은 답을 남기고. 그가 짐작하는 답을 아버지가 틀렸다고 했고, 그래서 그는 그 답을 정답이라고 생각했다.

그날도 오늘처럼 날씨가 환했다. 하늘에는 구름 한 점 없었고 지금 그가 바라보고 있는 하늘보다 몇 배는 파랬을 것이다. 어릴 때는 하늘이 파랗다고만 생각했다. 그리고 구름은 새하얀 줄만 알았다.

그는 오래전 그날이 기억이 났다, 고 생각한다.

이십 년 전, 겨울이 끝나갈 무렵 화창한 날 밤에 악마가 깨어난 것은 아니었다. 아버지도 그도, 악마나 괴물이 아니었다. 지금 그는 괴물이 되었지만 그때는 아니었다. 아버지도 그도 잘못했다. 그는 어리고 두려워서 잘못했고 아버지는 오로지 그를 위해서 잘못했다. 그날의 일이 정확히 기억나지 않는다. 그러나 기억해야만 한다. 아버지가 그를 위해서 그런 결정을 내렸을 때의 그 마음만은.

아버지는 최선을 다했을 뿐이다. 그동안 살아오면서 몸소 겪어온 최선. 그 최선이 틀린 것이었다고 해서 아버지를 비난할 수는 없다. 적어도 아들인 나는, 이라고 영우는 생각한다.

처음으로 그는 그런 생각을 한다. 여기서 멈춰야 해.

애초에 가졌던 이유들이 무의미해졌다. 정당하다고, 옳다고 믿었던 이유들이 도미노처럼 차례로 무너져내렸다. 시작을 없앰으로써 가능할 거라고 여겼던 그 무엇도 그의 환상이거나 자기기만이었다. 일련의 연속된 점, 점, 점들이 선으로 이어져 그라는 슬픈 괴물이 되었다.

긴 하루였다.

영우는 길을 헤매 다녔고, 결국 바닷가로 갔고, 세상 어디에나 있을 것 같은 커피숍에서 커피를 마셨고, 아쿠아리움에서 멍하니 해파리를 바라보다가 한 사람을 생각했다. 문자를 보냈고 답이 왔다.

그는 바닷가의 반대편 거리로 걸어갔다.

차들이 멈칫거린다. 묘한 정체가 생겼다. 건널목을 건너며 살펴보니 고양이 사체다. 몇 번씩이나 차가 다시 치고 지나갔는지, 얼마나 오래 여기 이러고 있었는지…… 그는 뒤돌아선다. 죽음을 그냥 내버려둘 수 없다.

다시 길을 건넌다. 그녀의 새끼 고양이들 가운데 한 마리일 수도 있을까. 그는 납작해진 고양이의 무늬로 진실을 밝혀내고자 한다. 다시 길을 건넌다. 그녀가 보기 전에 고양이 사체를 치워야겠다. 다시 길을 건넌다. 생각한다. 그것이 과연 나을까? 고양이의 죽음을 아는 것과 고양이가 영영 사라지는 것 가운데.

여름의 나비에게는 삼 일. 하루살이에게는 스물네 시간. 그리고 그녀의 고양이에게는 삼 개월. 일생 같은 마지막. 누군가의 영원이었을 하루가 아직 끝나지 않았다.

*

　토요일 오후에 조남국은 약속이 있었다. 상대방은 약속 시간 오 분 전에 갑자기 취소했고, 그는 이미 십 분 전에 약속 장소에 도착 한 상황이었다. 그는 약속 취소에 화가 나기보다는 서운했다. 취 소 문자를 한동안 바라보다가 주위를 둘러보았다.

　그는 맞은편 거리의 갤러리로 들어갔다. 갤러리에서는 사진전 이 열리고 있었다. 그는 동선을 따라 사진을 보기 시작했고 한 사 진 앞에 멈추었다. 머리를 질끈 묶은 소녀가 콘크리트 틈 사이에 핀 식물을 하염없이 바라보고 있는 사진이었다. 한참을 멈추어 있 었다. 그 사진이 그의 무언가를 자극했으나 그는 무엇인지 알지 못했다. 아직도 알고 싶지 않았다.

　조남국은 집으로 가는 지하철을 탔다. 하지만 이대로 돌아가고 싶지 않았다. 갈 곳이 없었다. 해야 할 일이 생각났다. 아니, 할 수 있는 일이 생각났다.

　"김소희가 죽었다면서……"

　조남국은 역시 혜주의 예상대로였다.

　"김소희가 나한테 편지를 보낸 건 알고 있지?"

　"……"

　"감동적이더군. 정말 내가 그 여자 딸을 죽였고 어딘가에 묻었

다면 그곳을 가르쳐주고 그 여자의 마지막을 편하게 해주고 싶을
정도로 말이야. 하지만 어떻게 해? 난 안 죽였고 어딨는지 모르는
데……"

"……"

"왜 아무 말도 안 하지?"

"지겨워서요."

"……"

"뭐 새로운 이야기 없어요?"

"새로운 이야기? 넌 왜 경찰이 됐어? 원하는 건 뭐든지 할 수
있는, 아니 아무것도 안 해도 편하게 살 수 있는 부잣집 딸내미
가……"

"당신은 왜 그러고 살아요?"

"……"

"그게 내 대답이에요."

"김소희가 죽으니까 상황이 아주 많이 달라지네."

"마음대로 생각해요."

조남국은 혜주의 태도가 마음에 들지 않았다. 김소희의 죽음은
예상대로 그에게 손실이었다. 그의 이야기에 절대적으로 귀기울
이고, 그의 손바닥에서 놀아날 가장 중요한 인물이 없어졌다. 하
지만 사람은 언제나 죽고, 특히나 약해빠진 인간은 오래 버티지
못한다고 조남국은 생각했다.

김소희가 빠져나간 자리에 누구를 대신할까. 그 생각을 하자 그
는 조금 설레기도 하고 또 두렵기도 했다. 감옥에 갇혀 있는 십오
년 동안 그 남자는 더 큰 거물이 되었고 심지어 존경받는 좋은 사
람이 되어 있었다. 그 사실이 조남국에게는 몹시 부당한 결과처럼
느껴졌다.

　"만약에 말이야……"

　"……"

　"내가 너희 아버지한테 너를 가지고 돈을 요구하면 줄까?"

　"안 줄 거야."

　혜주의 대답은 망설임이 없었다. 아주 단단히 준비된 대답에 조
남국은 당황한다.

　"왜 그렇게 생각하지? 네 아버지는 실수에서 배우는 것이 없는
사람이야?"

　"왜냐하면……"

　"……"

　"난 아버지 진짜 딸이 아니니까."

　혜주는 자신이 보미일지도 모른다는 생각을 하기 시작하면서
이 순간을 상상해왔다. 오직 이 순간 때문에 자신이 보미여도 좋
을 것 같았다. 차갑게 식힌 복수의 절묘한 순간……

　"당신은 그때도 틀렸고 지금도 틀렸어."

　"도대체 무슨 이야기를 하는 거야, 은혜주?"

"난 당신과는 다른 사람이니까. 그때는 약속을 지키기 위해 어쩔 수 없이 거짓말을 했지만 지금은 진실을 말할게. 내 이름은 은혜주야. 그런데 난 김보미야."

십오 년 전 약속했다. 이름을 물었다. 은혜주라고 했다. 이런 때 다른 사람이 물으면 그렇게 대답하기로 약속했으니까. 또 이름을 물었다. 은혜주라고 했다. 반드시 그렇게 대답해야 한다고 그랬으니까. 그때부터 은혜주가 되었다.

때로는 자부심에 가득찬, 때로는 비겁함의 극치인 조남국은 이 사건에 연루된 모두가 자신이 만든 대로 죽을 때까지 희망과 절망 사이에서 고통받길 원했을 것이다. 그것이 그의 존재 이유였고 악마의 기도였다. 그 고통에서 해방된 존재는 죽은 사람뿐이다. 이 드라마는 이제 막 떠난 이가 만든 기도의 결과이다.

조남국은 이제야 김소희의 편지를 제대로 이해할 수 있었다. 보미가 더 좋은 곳에서 더 잘살고 있다고 믿는다, 라는 문장의 진짜 이유를. 그리고 이어진 문장들의 진짜 의미를. 하지만 죽어서도 기도할 것이다. 당신이 지옥에서 살기를. 왜냐하면 내 딸은 당신을 용서하지 않았으니까.

"네가 김보미라고? 그러면……"

"그러니까 당신이 틀렸어. 당신이 은혜주가 아니라고 믿었던 그 아이가 진짜 은혜주이고, 당신의 가치 기준이라면 그 아이는 집으로 돌아가야 할 분명한 이유가 있는 아이니까 죽지 않았으면 집으로 돌아왔겠지. 그러니까 당신이 죽였다고. 이제 그 미친 개소리 그만하고 어디에 묻었는지 말해, 말하란 말이야."

진실의 전부는 아니지만 진실의 일부를 알았으니 이제 조남국은 어떻게 할 것인가. 누가 그의 말에 귀기울일까.

"다시 한번 나를 게임으로 끌어들이겠다는 건가?"

"머리를 써. 당신 머리 좋다면서."

"네가 보미라는 걸 네 아버지가 알아?"

"무슨 바보 같은 질문이지?"

"……"

"자기 자식을 못 알아보는 부모도 있어?"

조남국은 그때처럼 또 이성을 잃어버릴 것만 같았다. 도대체 무슨 일이 일어나고 있는 것인가. 아니, 무슨 일이 일어난 것인가.

"널 죽여버릴 거야."

"당신은 이미 날 죽였어. 십오 년 전에. 죽은 사람은 다시 죽이지 못해."

이제 조남국은 더이상 할 이야기가 없을 것이다. 더 선명한 증거이자 증인 앞에서 작가의 상상은 아무런 힘도 없으니까. 이제부터 이 이야기는 혜주이자 보미인 그녀가 쓴다.

"이런 걸 게임이라고 생각한다면 당신은 십오 년 전 게임에서도 졌고 이번 게임에서도 질 거야. 내가 약속하지."

*

영우는 약속 시간을 생각하지 않고 약속 장소로 갔다. 약속 시간은 한참 남았고 주변을 서성거리다가 그녀를 보았다. 은혜주, 그리고 조남국……

조남국은 그때 이성적이지 못했다. 계획대로 되지 않은 순간부터 그는 확신을 잃었고 어떻게 해야 할지 몰랐을지도 모른다. 그런 순간 인간은 목적만을 생각한다. 최초의 목적만을. 어떻게든 그 목적을 달성해야만 이 잘못을 보상받을 수 있다고. 지금도 조남국은 그러고 있는 것인지도 모른다.

조남국은 은용훈에게 전화를 걸었다.

"용케도 지금까지 나를 속였어. 당신 딸 은혜주 말이야. 그 아이가 어딨는지 알려줄게. 돈을 줘."

'미친 소리 하지 마. 내 딸은 지금 경찰서에 있어.'

"경찰서에 있는 은혜주는 은혜주가 아니잖아. 진짜 네 딸 말이야."

'내 딸이 누군지 알고 감히 이러는 거야? 부산 남부경찰서 소속 은혜주 형사가 바로 내 딸이야.'

은용훈의 목소리는 휴대전화 너머로 희미하게 들릴 뿐이다. 혜주는 짐작한다. 아버지가 무엇을 말하는지, 무슨 생각을 하는지…… 그리고 이번에는 그 짐작이, 추측이 진심에 가닿기를 바

272

랄 뿐이다.

셀 수 없을 정도로 많은, 어른들의 비밀과 단 하나의, 아이들의 약속이 있었다. 그때의 어른들은 어떻게 거짓말을 하게 되었고 그 거짓말을 왜 지금까지 계속하고 있는 것인지 혜주는 모른다. 그저 상상할 뿐이다. 한쪽 방향으로 선을 이으면 그 거짓말들은 전부 가짜이고 다른 쪽 방향으로 선을 이으면 그 거짓말들은 결국 진짜 이다.

기억과 망각 사이에서 사라진 것은 누구일까. 그리고 진짜 사라진 것은 무엇일까. 사라진 것을 지키기 위해 최악 가운데 최선을 다한다. 십오 년 전 은혜주는 세상이 얼마나 무서운 곳인지 모르는 소녀였다. 그리고 세상에서 제일 용감한 소녀였다. 이제 은혜주는 세상이 얼마나 무서운 곳인지 아는 어른이다. 그러나 세상에서 제일 용감해지기를 희망하는 경찰이다.

"너, 그리고 너희들, 모두 나한테 실수하는 거야."

"……"

"그 아이의 시체를 찾고 싶지 않은 거야?"

"인정하는 건가요? 김보미를 죽였다고……"

"아니, 난 죽이지 않았어."

이영우는 절규하는 조남국의 이야기를 듣는다. 그리고 차분하고 냉정한 은혜주의 결의에 찬 표정을 지켜본다. 오래 견디는 자가 숨 고를 때의 표정. 절대적인 고독의 표정. 아주 오랫동안 준비해온 소설이다.

조남국은 감옥에서 그날에 대해 소설을 썼다.

자신만 아는 것을 숨기고 그들이 아는 뻔한 것을 비틀고 서술의 완급을 조절하고. 그러자 처음에는 어설픈 변명처럼 들리던 이야기들이 점점 꼴을 갖추어간다. 그리고 어느새 본인도 무엇이 진실인지 어디까지가 사실인지 헷갈리는 지경에 이른다. 혹은 그렇다고 생각한다. 그리고 그런 것이 더이상 중요하지 않다고 믿는다. 하지만 아무리 꾸미고 숨기고 부인해도 그의 본성은 변하지 않고 이야기의 본질도 변하지 않는다. 조남국은 반성할 줄 모르는, 어리석어서 더 끔찍한 괴물일 뿐이다.

영우도 그날에 대해 소설을 썼다.

사실을 왜곡시키고 지우고 바꾸고 잊었다. 그래도 그에게는 처음부터 끝까지 변하지 않는 것이 있었다. 사랑했던 사람이 사라졌다. 원하던 일이 아니다. 그래서 이제부터 원하던 일, 사람들이 간절히 원하지만 하지 못하는 일을 해주겠다. 그가 아주 잘하는 일은 고통을 멈추기 위해 죽음의 속도를 조절하는 일이었다. 하지만 이번에 그가 할 일은 죽을 때까지 극한의 고통을 지속시키는 일이다.

거짓을 지키려면 수많은 거짓이 필요하다. 하지만 진실은 단 하나의 사실로도 충분하다.

*

영우는 약속 장소에서 기다린다. 혜주는 몇 시쯤이라고 말했던 약속 시간에 늦는다. 혜주가 도착했을 때 영우는 어둠이 내려앉은 가운데 차분했다.

"무슨 생각을 하는 건가요?"

혜주가 물었다.

"이제부터 어떻게 해야 하는지……"

"네?"

"폭설로 조난당한 당신에게 선택이 두 가지밖에 남지 않았다고 가정해봅시다. 어두운 산길을 올라가거나 내려가거나."

"무엇을 선택하든 결과는 그리 다르지 않을 것 같은데요. 오르다가 죽거나 내려가다가 죽거나."

"오르면 꼭대기에는 산장이 있고 내려가면 마을이 있을 것입니다."

"가는 도중 어떤 쪽이 더 포기하지 않을 가능성이 높을까, 를 생각했다면 내려가는 길을 택했을 겁니다. 내려가는 것이 더 쉬우니까요. 하지만 난 오르기를 택할 거예요."

그녀는 생각한다. 어떤 순간은 영원히 돌아오지 않을 것이다. 가끔은 여전히 기억의 틈을 그럴듯한 상상으로 채워야 할 것이다. 나는 십오 년 전에 죽은 소녀이다…… 나는 십오 년 전에 죽은 것으로 알려진 소녀이다…… 나는 십오 년 동안 죽은 소녀이다……
나는 십오 년 동안 누군가가 간절히 찾고 있는 그 소녀이다.

그리고 그때부터 내가 누구든 나는 그들 모두의 아이였다.

"길의 끝에서 죽음을 만난다면 정상에 서고 싶어요. 적어도 산
꼭대기를 오르다가 죽은 사람이 되고 싶어요. 중도에 포기하고 내
려가는 사람이 아닌. 이 선택은 분명 어리석고 무모하겠죠."

"우리 인생에 어리석지 않고 무모하지 않은 일이 있던가요."

그는 결심을 굳힌다. 이 결심이 불러올 이후의 일들을 생각한
다. 아니, 생각하지 않는다. 이번 인생은 잘못되었다. 그렇다고 다
음 인생이 있을 것 같지도 않다. 아니, 다음 인생이 있다 한들 다
시 살고 싶지가 않다.

그놈을 찾아가야겠다.

*

혜주를 만나고 온 이후부터 조남국은 잠을 이루지 못했다. 격분
이 지나간 후 울분이 찾아왔다. 은혜주는 진짜 김보미일까. 아니
면 기억에 문제가 있어 사실은 은혜주이면서 자신이 김보미라고
생각하는 것일까. 아니면 조남국을 끝장내기 위해 김보미인 척 거
짓말을 하는 것일까.

그때 조남국은 아이에게 제대로 질문하지 않았고 아이의 말을

제대로 듣지도 않았다. 처음에는 애들은 진실만을 말한다고 생각했고 나중에는 애들도 거짓말을 한다고 생각했다.

십오 년 전 그 일에 대해 생각하며 겨우 잠드는 나날이 다시 시작되려 하고 있었다. 감옥에서 보낸 시간 동안 그는 자신이 혼자라고 생각했다. 하지만 그 생각은 틀렸다. 바깥세상에서 그는 그보다 더 철저히 치밀하고 냉정하게 혼자였다.

깊은 밤 어둠 속에서 누군가가 움직인다. 쥐도 새도 아니다.
귀신이 아니라면, 사람이다.

누구지?
……
누가 보냈나?
……
아무튼……
……
기다리고 있었어.

달빛이 새어드는 어두운 방 조남국은 혼자 중얼거린다.
사형 집행 전 마지막 밤을 보내는 사람처럼.

그 일이 있기 전까지는 나도 평범한 시민이었어. 지켜야 할 법을 지키고, 내야 할 세금을 꼬박꼬박 내면서 나라가, 경찰이 나를 지켜주리라 믿는 그런 보통 사람. 그러나 그 일 이후 나는 정반대편의 사람이 되었어. 이렇게 될 줄 알았다면 그러지 않았을 거야. 하지만 그 일 이후 나는 정반대 방향으로 달려가야 했어. 삼십육계 줄행랑이 무슨 뜻인지 알게 되었어. 그런데, 정말 내가 도망치고 싶었던 건 나 자신이었어.

......

정말이지 난 그런 짓 하고 싶지 않았어. 가족 때문이었어. 가족을 지키고 싶었거든. 하지만 난 실패했고 내 가족은 내가 한 일의 이유 같은 건 무시하고 내가 한 일의 결과만 가지고 나를 판단했지. 세상 사람들과 다를 바 없었고, 세상 사람들보다 더 가혹했지. 가족인데, 가족이 그러면 안 되는 거 아냐?

......

세상은 늘 나한테만 가혹했어. 내 잘못이 아닌데, 나 혼자서만 잘못한 게 아닌데, 왜 늘 대가는 나 혼자 치러야 하지. 왜 나 혼자서만 벌을 받아야 하지. 억울했어. 억울해서 견딜 수가 없었어.

......

그 아이는 나를 끈질기게 찾아왔어. 어느 시기부터는 그 아이를 기다리게 됐지. 오지 않을까봐 걱정이 됐어. 나는 내 이야기가 끝날까봐 두려웠어. 그러면 아무도 날 찾지도, 기억하지도 않을 테니까.

......

그 아이는 세상이 얼마나 무서운 곳인지 모르는 소녀였어. 그래서 세상에서 제일 용감했지. 지금쯤은 세상이 얼마나 무서운 곳인지 아는 어른이 되었을 줄 알았지. 내가 졌어. 그 아이들에게. 고백할게. 내가 아는 모든 걸.

하지만 죽음은 아직 멀고 너무 쉽다.
진실은 너무 어렵고 아직도 길다.

그 아이들 말이야. 어떻게 그럴 수 있지. 죽을 줄 알면서도 끝까지 서로를 위해 해야 할 말을 했어. 어떻게 그렇게 서로를 믿을 수 있지.

......

나는 한 아이를 창고에 남겨두고 한 아이를 데리고 도망쳤어. 내가 은혜주라고 믿었던 그 아이는 끝까지 자신이 은혜주라고 했어. 이미 내가 버려두었던 그 아이가 진짜 은혜주라고 신문에 다 나왔는데 말이야. 물론 그런 거 그 아이는 몰랐겠지. 사실 시간이 얼마나 흘렀는지 그 감각이 흐려지기 시작했지.

......

나는 우리같이 보잘것없는 인생을 위해 대가를 지불할 사람은 없다고 아이에게 말했어. 아이는 자신을 풀어주면 돈을 줄 수 있다고 계속 말했어. 그놈의 돈, 돈, 돈…… 나는 자신이 은혜주라고 계속 거짓말을 하는 아이에게 질렸어. 그런 거짓말을 계속하는 아이에게서, 집에 돈이 많다고 말하는 아이에게서, 나는 과연 누구를 보았던 것일까.

어둠 속 귀신처럼 서 있는 사람이 들어야 할 말은 하나.
……
사람들은 진실을 알고 싶어해. 나 역시도 그래. 아이들이 왜 그랬는지, 내가 왜 그랬는지, 그들이 다 왜 그랬는지, 내가 미친 건지, 그들이 미친 건지, 세상이 미친 건지, 정말 진짜 일어난 일이 무엇인지. 하지만 사실과 진실은 어쩌면 다른 것이고, 어떤 사람들은 끝내 알지 못한 채로 죽게 돼. 난 그 아이 엄마가 그렇게 죽었다고 생각했어. 간절한 것을 찾지 못한 채 죽었다고 말이야. 그리고 그들 모두 그럴 거라고. 그런데 이제는 내가 갖고 있는 비밀이 뭔지 모르겠군.
……
그럼에도 불구하고 어둠 속 귀신처럼 서 있는 사람이 들어야 할 말은 오직 하나뿐.

그리고 그 말의 진실 여부에 따라 그는 죽거나 산다.

혹은 그 말의 거짓 여부에 따라 그는 죽어도 살거나 살아서 죽는다.

*

강으로 어둠이 찾아오고 있었다. 철새가 차례로 점을 이루며 날아갔다. 하나, 둘, 셋, 넷, 다섯, 여섯, 일곱 개의 점은 날갯짓을 하며 점점 더 작은 점이 되어갔다.

그는 홀로 강가에 차를 세웠다.

할일을 끝내고 담배 한 대를 피우자 노을이 물러가며 밤이 찾아왔다. 밤하늘에는 별이 보이지 않았고 강의 냄새는 점점 더 짙어졌다.

그는 다시 차에 올라탔다.

겨울 꽃

사랑하는 일만 남아 있다고 믿기엔 우린 어딘지 이 세상 사람이 아닌 것
같았다
—박상수, 「여름이 남기고 간 선물」

추운 겨울이 아주 긴 나라에서 산 적이 있다. 차가운 날씨가 계
속되었고 대부분의 날들이 흐렸다. 가을인가 하고 느낀 날부터 나
무는 잎사귀를 우수수 떨구었고 이내 겨울의 나무가 되었다. 그
나라는 잎사귀 하나 없는 활엽수인 채로 아주 오래 봄이 오기를
기다리는 나무들의 나라였다.

그런데 어느 겨울날 그녀는 보았다. 그 앙상한 나무가 꽃을 피
운 것을.

가혹하도록 춥고 흐린 겨울의 한가운데를 지나고 있던 날이었

다. 꽃은 한 송이가 아니었다. 크고 흐드러지게 활짝활짝 피어 있었다. 그녀는 가던 길을 멈추고 서서 오래도록 바라보았다. 차갑고 매서운 겨울바람이 부는데도 흔들리지 않는 꽃을. 그것은 그림이었다. 건물 벽에 누군가가 꽃 그림을 그렸고 그 벽 바로 앞에 커다란 나무가 있었던 것. 나무는 흔들려도 꽃은 흔들리지 않았다.

겨울바람 속에서 그녀는 눈이 시릴 때까지 흔들리는 나무를, 결코 흔들릴 수 없는 꽃을 바라본 적이 있다.

*　*　*

경찰서 취조실의 벽은 회색이다. 조명은 약간 어둡다.

혜주는 이 자리에 앉아 이렇게 차분해지는 것이 처음이다. 아니다. 이 자리가 처음이다. 그녀는 늘 건너편에 앉았다. 그녀의 맞은편에는 이 사건의 담당 형사가 앉아 있다. 삼십대 중반, 경위⋯⋯ 그녀와 계급이 같다.

경위가 물었다.

"조남국의 사망 추정 날 뭐 했습니까?"

"제 알리바이는 이미 확인한 걸로 아는데요."

조남국이 죽었다. 겨울이면 아무도 찾지 않는 강가에 쓰러져 죽은 그는 봄이 와서야 발견되었다.

"살인 동기를 가진 사람이 은혜주 형사밖에 없습니다. 그 어머니는 이미 죽었으니까요."

"인정합니다."

경위가 놀라서 그녀를 쳐다보았다.

"조남국을 죽일 이유를 가진, 이 세상에 살아 있는 사람은 저 하나뿐이라는 걸. 하지만 죽여야 할 이유가 있다고 모두 죽이진 않습니다. 살인은 아무나 하나요?"

"……"

"저한테는 그런 능력이 없습니다."

경위가 안심인지 실망인지 모호한 한숨을 내쉬었다.

혜주가 이어서 말했다.

"조남국은 얼어죽었습니다. 게다가 그의 옆에서 발견된 휴대전화는 오래도록 켜져 있었습니다. 조남국은 누구에게든 연락할 수 있었지만 아무에게도 연락하지 않았습니다. 아내와 자식은 물론 119나 112에도."

"하지만 마지막으로 통화한 사람은 당신이었습니다."

"아마도, 그가 제일 자주 연락을 한 사람이 저일 겁니다. 아닌 가요?"

"……"

경위는 대답하지 않고 물었다.

"조남국이 자살했다고 생각합니까?"

"그걸 제가 생각해야 합니까?"

"알겠습니다. 이거 다, 형식적인 절차인 거 아시죠……"

혜주는 취조실의 검정 유리를 바라보았다. 검정 유리 너머로 황현준이 지켜보고 있을 것이다. 그는 곧 아버지에게 전화를 할 것이다. 모든 것이 끝났다고. 무사히……

"이해해주세요. 이제 가셔도 됩니다."

혜주는 자리에서 일어나 경찰서를 나왔다.

*

불을 켜면 너무 밝고 불을 끄면 조금 어둡다. 이럴 경우 어떤 사람은 밝은 쪽을, 어떤 사람은 어두운 쪽을 택한다. 어쩌면 어떤 사람은 '너무' 쪽을 어떤 사람은 '조금' 쪽을 택한 것일지도 모른다. 혜주는 너무 밝은 쪽을 택했고 영우는 조금 어두운 쪽을 택했다.

이영우가 사라졌다.

조남국이 죽은 강가 그 자리에서 유골이 발견되었다.

겨울이 가고 봄이 오고 있다.

밤이 가고 아침이 오고 있다.

해운대 백사장의 끝자락에 미포가 있다. 새벽이면 배를 끌고 나가서 고기를 잡는 어부가 있고 물질을 하는 해녀가 있는 오래된 포구, 미포의 초입에 아침 식사를 할 수 있는 식당이 있다. 혜주는 일주일에 두세 번 이곳에서 식사를 한다. 공깃밥과 된장찌개, 생선구이, 김, 달걀말이, 몇 개의 밑반찬. 선택의 여지가 없는 하나의 메뉴는 단조롭지만 평화롭다. 아침 식사를 한 후에는 세상 어디에나 있을 것 같은 카페 이층에 앉아 커피를 마시면서 시집을 읽는다. 시 열 편을 읽고 난 후 그 가운데 한 편을 골라 읽고 또 읽는다. 커피잔이 바닥을 드러낼 때까지. 그러고는 바닷가를 산책한다.

해변을 따라 혜주는 동백섬까지 걷는다. 동백은 사월까지…… 하지만 요즘 꽃들은 계절을 자주 잊는다. 연속적이면서도 불연속적인 어떤 흐름 속에서 시간이 조금씩 더 자신의 것이 되어가는 것을 혜주는 경험하고 있다. 가끔은, 걷다가 멈춘다. 이유는 알 수도 있고 모를 수도 있고, 알고 싶을 때도 있고 모르고 싶을 때도 있다. 하지만 어떤 순간은 영원처럼 멈춰 선다.

A4 전단지가 전봇대에 붙어 있다. 봄이라는 강아지를 찾고 있다. 잃어버린 날짜는 지난겨울. 줄에 묶인 채로 공원에 있었는데 잠깐 한눈을 판 사이에 사라졌다고 했다. 봄이를 찾으면 전단지를 스스로 떼겠으니 제발 떼지 말아달라는 간곡한 부탁. 사례금과 휴대전화 번호가 둘.

오랫동안 세월에 부딪힌 종이는 단단하게 코팅되었음에도 쓸쓸하게 낡아버렸다. 빗물이 스며들었는지 두 개의 전화번호 중 하나의 마지막 자리가 번져 알아볼 수가 없다. 이름이 있고 나이가 있고 사람 가족이 있는 강아지. 연락처의 주인들은 사라진 그날부터 매일 이름을 부르며 찾아다녔을 것이다.

집으로 돌아왔을까, 봄이는.

사라진 것들의 이름은 영원히 계속해서 불린다. 그것들이 다시 돌아올 때까지. 죽은 자의 이름은 영원히 기록된다. 묘비에.

이제 혜주는 열세 살 보미와 작별 인사를 할 수 있다.

하늘도 파랗고 바다도 파랗다. 햇빛이 반짝이는 봄 바다 위로 물고기 한 마리가 펄쩍 뛰어오른다. 다시, 또다시. 그녀는 반짝이는 은빛 물고기의 비상을 바라본다. 다시, 그리고 또다시. 여름이 오면 세계에서 두번째로 큰 아쿠아리움에 가야 한다.

작가의 말

어느 여름밤에 나는 그들에게서 그 이야기를 들었다.

그로테스크한 동화 같거나 서정적인 미스터리 같거나 하드보일드한 러브스토리 같은…… 어떤 순간에는 서늘한 실화 같고 어떤 순간에는 뜨거운 허구 같은…… 목소리에 빨려들어갔다가 숨소리를 따라 빠져나오는…… 그 이야기를 듣는 동안 나의 자세는 아마도 내내 두시 방향으로 화자 가까이 기울어 있었다가 아주 잠깐 열한시 방향으로 펴졌을 것이다.

내내 삼인칭 시점으로 서술된 그 이야기가 바로 그들 자신의 이야기일지도 모른다는 것을, 아니 그들 자신의 이야기라는 것을 깨달은 것은 그해 여름이 끝나갈 무렵이었다.

나는 궁금해졌다. 그들의 진짜 이야기가, 아니 그들이 진짜 누구인지…… 아마도 우리가 되어야 마땅했으나 될 수 없었던 그들…… 어쩌면 우리가 그러지 못했기에 그렇게 되고 만 그들……

그 여름 이후 무더운 여름밤이면 그들의 안부가 궁금해졌다.

*

초등학교 때 상상 친구가 있었다.

일반적인 경우와 달랐던 점은 내 상상 친구를 현실의 내 친구들이 알고 있었다는 것이다. 우리 네다섯 명을 제외한 반 아이들은 내 상상 친구를 다른 학교에 다니는 우리의 친구라고 생각했다. 우리는 그 친구가 어떤 아이인지, 어제 그 친구를 만나 무엇을 하고 놀았는지, 오늘 방과 후엔 그 친구의 집에 가서 무엇을 할 건지 이야기했다.

시작은 내가 했는데 그 이야기를 나 혼자만 지어낸 것이 아니었다. 그 친구가 어찌나 매력적이었는지 다들 그 친구의 소식을 궁금해했다. 내 상상 친구는 어린 우리가 가졌던 희망과 결핍을 모두 가진 아이였을 것이다.

*

작가의 말을 써야 하는 때가 오면 언제나 같은 생각을 한다. 미리 좀 써두었으면 얼마나 좋았을까. 하지만 장편소설을 작업하는 동안에는 그런 생각이 나지 않는다. 과연 이 소설을 끝낼 수 있을지, 언제 책이 되어 세상에 나올지 모르는데 작가의 말이라니……
그런 여유는 내게 없다.

누군가 언제 작품이 완성되었다는 생각이 드느냐고 물은 적이
있다. 그때 나는 여기서 더 보면 토할 것 같은 신체적 반응이 오
는 순간이라고 대답했다. 이 소설의 그런 순간은 지난가을 토지
문화관에서 왔다. 그곳에서 나는 이 소설을 지겹도록 고치고 또
고쳤다.

아무것도 할 수 없는 시간도 있고 그것밖에 할 수 없는 시간도
있다. 정말 작가의 말을 써야 하는 시간에는 나는 소설에 대해 더
는 아무것도 생각하고 싶지 않은 상태가 된다. 그러므로 이 글은
소설에 썼다가 없어도 될 것 같아 잘라낸 문장, 소설을 쓰면서 떠
올랐으나 소설에는 없어도 되는 이야기일 뿐이다.

세상이 멈춘 듯한 시절을 살고 있다. 거리두기가 체질이었던 나
는 거리두기가 상식이다못해 강박인 시절을 보내면서 가까이하기
를 그리워하는 사람이 되었다. 피트니스센터가 휴관하면서 트레
드밀 대신 불가피하게 실외 달리기를 하게 되었고, 외식이 어려워
지면서 다시 요리를 시작했고, 고양이들 때문에 원래도 청소를 자
주 하긴 했지만 더 열심히 하게 되었다. 나쁜 시절이 예상치 못한
방향으로 나를 변화시켰는데 어떤 것은 나쁘지 않아 다행이다. 우
리 모두의 어떤 다행들을 끌어모아 더 나은 오늘이 되면 좋겠다.

소설을 쓰면서 알게 된 것들이 있고 알게 된 사람들이 있다. 그
것들이 더 중요해지고 그 사람들이 더 소중해질 것이라는 사실을
안다. 중요한 것과 소중한 것을 지킬 수 있는 힘을 가진 사람이 되
고 싶다.

2020년 여름
박주영

문학동네 장편소설
숲의 아이들
ⓒ 박주영 2020

초판 인쇄 2020년 6월 17일
초판 발행 2020년 6월 22일

지은이 박주영
펴낸이 염현숙
책임편집 김영수 | 편집 이재현 강윤정 김필균
디자인 고은이 유현아 | 마케팅 정민호 박보람 우상욱 안남영
홍보 김희숙 김상만 지문희 우상희 김현지
제작 강신은 김동욱 임현식 | 제작처 한영문화사

펴낸곳 (주)문학동네
출판등록 1993년 10월 22일 제406-2003-000045호
주소 10881 경기도 파주시 회동길 210
전자우편 editor@munhak.com | 대표전화 031) 955-8888 | 팩스 031) 955-8855
문의전화 031) 955-3576(마케팅) 031) 955 2679(편집)
문학동네카페 http://cafe.naver.com/mhdn | 트위터 @munhakdongne
북클럽문학동네 http://bookclubmunhak.com

ISBN 978-89-546-7215-3 03810

잘못된 책은 구입하신 서점에서 교환해드립니다.
기타 교환 문의: 031) 955-2661, 3580

www.munhak.com